L'Auteure

Hana s'est beaucoup promenée dans les livres des autres. C'est avec un plaisir sans mélange et une curiosité toujours intacte qu'elle a visité différents univers et fait la rencontre de nombreux personnages…

Et c'est tout naturellement qu'elle a eu envie de passer de l'autre côté du miroir et d'inventer son propre monde pour inviter à son tour les lecteurs à voyager dans les pages de ses histoires. Elle a commencé par de courtes promenades sous forme de nouvelles avant d'oser se lancer dans l'écriture d'un grand voyage imaginaire…

HANA CLAISTEL

Eden Island

1. Le secret

INCEPTIO

Direction éditoriale :
Guillaume Lemoust de Lafosse

ISBN : 978-2-490630-50-9

Inceptio Éditions
13 rue de l'Espérance
La Pouëze
49370 ERDRE EN ANJOU

www.inceptioeditions.com

À Christelle et à Claire,
« Devinez combien je vous aime »

« Nous n'héritons pas de la terre de nos ancêtres, nous l'empruntons à nos enfants. »

Antoine de Saint-Exupéry

Les yeux levés vers le ciel, elle ne peut s'empêcher d'espérer encore. Même si la trappe vient de se refermer. Même si l'appareil commence déjà à s'élever lentement. Même s'il est désormais évident qu'il a choisi de l'abandonner là, seule au milieu des déchets. Et quand cette insupportable réalité parvient enfin à se frayer un chemin dans les ramifications de son cerveau réfractaire, la douleur explose en milliers d'éclats qui semblent transpercer chacun de ses organes. Au moment où elle s'effondre sur le sol, il lui semble pourtant entendre une voix qui hurle son nom, mais sans doute n'est-ce que l'écho de son propre cri…

Chapitre 1

« Ils ont cru trop longtemps que la Terre domestiquée n'était qu'un simple décor où pourraient se jouer toutes les folies humaines…, car pendant des siècles les rêves des hommes se sont résumés à deux mots : croissance et consommation. Pour satisfaire leurs besoins sans cesse croissants, ils ont allègrement pillé les ressources de la Terre sans se soucier du lendemain. Au lieu de chérir leur mère nourricière, ils se sont comportés comme des enfants avides, égoïstes et capricieux, l'exploitant sans le moindre scrupule, et ne laissant aux générations futures que quelques miettes pour tenter de survivre.

La plupart des espèces animales et végétales qui peuplaient la Terre ont quasiment disparu. Nous sommes aujourd'hui au pied du mur. Alors que la civilisation humaine est au bord de l'effondrement, Eden Island est le tout dernier espoir d'une planète à l'agonie. »

Extrait du journal de Jonas Samson

Quelques poissons-clowns s'approchent comme s'ils voulaient traverser la paroi transparente derrière laquelle se tient Analia, mais ils s'en retournent aussitôt pour disparaître de son champ de vision.

— Allez, on choisit nos tenues pour le bal de promo ! décrète Shani en se jetant sur une grosse boule blanche qui se déforme aussitôt pour s'adapter précisément à la forme de son corps.

Analia se détourne de la paroi translucide et regarde son amie en poussant un soupir.

— Un peu plus tard, je n'ai pas trop envie de faire ça maintenant.

— Ben voyons, « un peu plus tard, je n'ai pas trop envie de faire ça maintenant » ! mime Shani. Tu m'as déjà dit ça hier et avant-hier ! Tu sais que parfois, j'ai vraiment envie de renoncer au rôle de meilleure amie ?

Shani s'est levée et pointe un doigt accusateur vers elle en haussant les sourcils. Sa silhouette longiligne moulée dans la combinaison turquoise réglementaire pour leur tranche d'âge se meut gracieusement dans la pièce pendant qu'elle parle avec animation.

— Un des rares jours de l'année où on va pouvoir décider de ce qu'on porte, où on va pouvoir s'amuser, boire des cocktails pleins de perles multicolores, se coucher tard, danser, faire la fête quoi ! Et Madame n'a pas envie de se pencher un peu sur ce qu'on va porter pour affoler tous les garçons présents à la soirée ! T'y crois-toi ? ajoute-t-elle à l'intention d'un gros poisson multicolore qui s'approche de la paroi vitrée. Je rêve ! Ou plutôt, je suis en plein cauchemar !

— D'accord, on regarde, capitule Analia en regagnant le centre de la pièce.

Autant se débarrasser de cette formalité tout de suite. De plus, elle en a assez de cette étiquette de rabat-joie que Shani lui colle en permanence sur le front. Elle va lui prouver qu'elle aussi peut être frivole et superficielle ! Sans doute suffit-il de se forcer un peu !

— Enfin une parole sensée ! Il était temps ! Bon, on va commencer par toi. Comme Mademoiselle est parfaite, Mademoiselle aura bien plus de choix que moi ! Ça va nous permettre de voir tous les nouveaux modèles, dit Shani d'un air gourmand tout en regardant son poignet.

Le bracelet qui y est incrusté affiche dix voyants verts et dix autres de couleur rouge. Elle saisit le poignet de son amie.

— Bien sûr, tous les voyants sont au vert : la fille parfaite ! Et la fille parfaite a droit à tout ce qu'elle veut, raille-t-elle.

— Arrête, se défend Analia en retirant son poignet. J'essaie juste de faire de mon mieux, c'est tout. Parfois j'ai l'impression que c'est un défaut. Je ne fais pas ça pour avoir des récompenses. Je pense juste que si chacun donne le meilleur de lui-même, ça profite à tout le monde.

Shani la fixe avec un air ouvertement moqueur.

— Tu es vraiment trop sérieuse ! Allez miss perfection, détends-toi et mets ce magnifique bracelet devant le détecteur, qu'on s'amuse un peu.

— Bonjour Analia, dit aussitôt une voix féminine aux intonations mélodieuses. J'ai le plaisir de vous annoncer que vos crédits sont au maximum. En quoi puis-je vous aider ?

— J'ai besoin d'une tenue pour le bal de promo.

— Très bien, vous avez accès à toutes les tenues du showroom. Souhaitez-vous visionner tous les modèles ou préférez-vous affiner votre choix par forme, par couleur ?

— Envoie-les toutes, crie Shani en se trémoussant sur le siège qui se déforme au gré de ses mouvements.

— Je suis désolée, un problème est survenu au niveau de la reconnaissance vocale.

— Les voir toutes, confirme Analia.

— Le programme est lancé. Je vous souhaite un agréable moment.

La pièce s'obscurcit légèrement et, quelques instants plus tard, une série de robes de soirée apparaît en trois dimensions. Longues, courtes, imprimées, unies. Le nombre de robes virtuelles qui défilent sous ses yeux en flottant dans la pièce est si grand qu'Analia se sent incapable de mémoriser le moindre modèle.

Shani se redresse soudain avec l'air extasié du croyant face à l'apparition d'une divinité :

— La 43, la 43, c'est la robe qu'il te faut ! hurle-t-elle

Mais d'autres robes virtuelles arrivent déjà dans la pièce.

— 43, dit Analia qui a déjà oublié à quoi ressemble cette tenue.

Les différents modèles s'estompent. Une seule robe apparaît au milieu de la chambre en tournoyant lentement devant leurs yeux : de couleur dorée avec un bustier orné de milliers de petites perles, elle se termine par des voiles qui retombent de façon aérienne jusqu'au sol.

— C'est exactement ce modèle qu'il te faut, tu vas être époustouflante là-dedans. C'est Ta robe !

Analia lance un regard dubitatif à son amie avant de dire :

— Essayer le modèle.

Elle se voit alors, en trois dimensions, vêtue de la robe. Elle a beau savoir que c'est sa propre image virtuelle qu'elle contemple, elle a du mal à se reconnaître : une fille brune, grande et mince, dont les cheveux ondulés retombent en cascade sur les épaules, tourne gracieusement devant elle. La robe épouse si parfaitement sa silhouette fine qu'elle semble une seconde peau. La fille qu'elle regarde, sans vraiment se reconnaître, est incontestablement d'une grande beauté !

— Tu es juste… fracassante dans cette robe, déclare Shani, qui contemple tour à tour son amie puis son image virtuelle.

Analia est elle-même impressionnée. Elle est tentée un instant de choisir cette robe qui attirera à coup sûr tous les regards sur elle, mais après réflexion, elle se dit que ce n'est pas une si bonne idée.

— Je ne suis pas certaine de vouloir être fracassante. Non, jamais je ne pourrai porter ça, j'ai l'impression d'être nue et en plus je ne me reconnais pas.

— Bon, je ne vais pas t'obliger non plus à être la fille la

plus sexy de la soirée. Il y a des limites à l'amitié. Alors tu choisis laquelle, miss camouflage ? demande Shani d'un ton railleur.

Analia, soudain pressée de se débarrasser de ce qui lui apparaît décidément comme une corvée, opte rapidement pour une robe de soie blanche teintée de légers reflets argentés qui la mettra en valeur sans pour autant attirer tous les regards sur elle. Une robe simple et élégante qui lui permettra de se fondre gracieusement dans le décor. Shani grimace, mais s'abstient de tout commentaire.

— À moi maintenant !

Elle approche son bracelet du détecteur. Une voix neutre déclare :

— Votre crédit est de cinquante pour cent. Que puis-je faire pour vous ?

Après qu'elle ait fait sa demande, les robes commencent à défiler, mais en nombre beaucoup plus restreint. Il y a tout au plus une dizaine de modèles, et aucun n'égale en qualité de coupe et d'impression ceux qui ont été proposés à Analia. Shani gémit en observant d'un air dépité son double virtuel dans chacun des modèles proposés. Elle finit par opter pour une robe rouge cramoisi. Analia lui assure qu'elle lui va à ravir, sans pour autant parvenir à alléger sa frustration. Au moment où elles quittent la chambre sous-marine pour emprunter l'escalier en colimaçon qui permet de rejoindre la surface de l'habitation, elle bougonne encore en regardant son bracelet.

La pièce principale, toute en rondeur organique, est illuminée par les derniers rayons du soleil. Depuis les baies vitrées qui ouvrent sur le lagon, on distingue quelques passants sur les ponts qui servent à relier entre eux les différents îlots.

La mère d'Analia est occupée à ranger des petites boîtes rectangulaires de tailles diverses et contenant des denrées alimentaires.

— Bonjour Madame 450.

— Shani, je t'ai dit cent fois que tu pouvais m'appeler Jaine. C'est tout de même moins formel que de m'appeler par mon numéro de famille !

Les deux adolescentes s'approchent du bar translucide aux formes fluides et ondulantes derrière lequel se tient la jeune femme. Celle-ci, du plat de la main, étire un peu la matière qui constitue le bar de manière à créer une petite avancée sur laquelle elle dépose deux gobelets qu'elle remplit d'un liquide bleu, puis une assiette remplie de biscuits roses et moelleux d'une rondeur parfaite.

— Oh, des bredzes ! s'exclame Shani. J'adore ça, mais on n'a jamais assez de crédits chez moi pour s'en offrir.

— Eh bien profites-en alors, ils sont tout frais, je viens juste de les recevoir, répond Jaine en faisant glisser l'assiette vers elle. Votre journée s'est bien passée ?

— C'était d'un ennui mortel comme d'habitude, affirme péremptoirement Shani en enfournant un biscuit entier dans sa bouche.

— Tu exagères comme toujours, corrige Analia en piochant à son tour dans l'assiette.

— D'accord, alors cite-moi un cours passionnant qui a eu lieu au centre de formation aujourd'hui ?

— Le cours de civilité communautaire ? propose délibérément Analia pour provoquer son amie.

— Oh oui, « Ne te demande pas ce que la communauté peut faire pour toi, mais demande-toi ce que tu peux faire pour la communauté » ! On le sait par cœur, on le répète tout le temps.

— C'est le président d'un grand pays appelé États-Unis qui avait dit à peu près ça à l'époque des Grandes Terres, intervient Jaine.

— On a vu des images de ce pays en Histoire de l'humanité,

c'est incroyable d'imaginer qu'une telle étendue de terre a pu exister un jour, remarque Analia.

— Bon, c'est vieux tout ça, intervient Shani, et tout le monde est d'accord pour dire que c'était vraiment pas génial. Alors, à quoi bon faire des cours là-dessus ?

— Pour qu'on apprenne à devenir plus raisonnables ? tente Jaine en jetant un coup d'œil complice à sa fille.

— En parlant d'être raisonnable, remarque Shani, je dois rentrer. Si la patrouille me trouve toute seule dehors à la tombée de la nuit, elle ne me demandera pas ce qu'elle peut faire pour moi, elle me ramènera illico chez moi et je vais encore perdre des crédits !

Elle saisit son sac à dos et se dirige d'un pas dansant vers la porte-fenêtre en leur adressant un discret salut de la main.

— Merci encore pour les gâteaux Madame 4… euh… Jaine. À demain Analia, sûr qu'on va encore faire de nouveaux pas vers la sagesse, ajoute-t-elle en lui faisant un clin d'œil.

Elles la regardent traverser la terrasse puis emprunter le pont qui lui permettra de rejoindre l'île où se trouve l'unité d'habitation de sa famille. Une unité beaucoup plus petite et moins confortable que celle d'Analia, car les parents de Shani, des plus de 1 000, disposent en conséquence d'un nombre de crédits beaucoup plus restreint.

— C'est une gentille fille, remarque Jaine, c'est dommage qu'elle ait toujours envie d'enfreindre les règles et qu'elle ne veuille pas s'investir davantage au centre de formation. Je suis certaine qu'elle a un remarquable potentiel.

— Shani est comme ça. On en a souvent parlé. Parfois, elle fait des efforts pendant des semaines, elle s'applique vraiment pour être conforme et un jour elle craque : elle enfreint une règle, rentre en retard ou répond de manière inappropriée. C'est plus fort qu'elle. Elle n'a jamais réussi à avoir plus de six voyants verts sur son bracelet. Là, elle est au maximum, à mon avis elle va bientôt craquer !

— Elle me rappelle ton grand-père, remarque Jaine en hochant la tête.

Une voix métallique résonne dans la pièce, empêchant Analia de répondre :

— Flash spécial, souhaitez-vous être informé ?

— Oui, répond aussitôt Jaine qui interrompt ses activités pour se tourner vers le mur blanc.

Des images apparaissent sur la paroi : on aperçoit d'abord l'île principale et ses extensions en forme d'immenses étoiles végétales, la caméra balaie ensuite l'étendue marine jusqu'à l'imposant champ de force qui entoure le lagon, matérialisé sur l'écran par un faisceau de lignes rouges. De l'autre côté, on aperçoit les débris de plusieurs embarcations et des corps qui flottent à la surface de l'eau. « Plusieurs centaines de sans bracelet ont tenté de franchir la barrière pour rejoindre Eden Island. Les radiations émises par la grande barrière ont disloqué les embarcations. Aucun survivant n'a été repéré par les équipes de secours. Plusieurs mouvements suspects ont cependant été détectés du côté intérieur de la barrière. Il paraît peu probable qu'un sans bracelet ait réussi à franchir l'enceinte, mais si toutefois vous repériez quelque chose d'inhabituel, veuillez en informer immédiatement les autorités référentes ».

Les corps et les débris flottant sur l'étendue d'eau turquoise se dématérialisent, rendant sa blancheur à la paroi. Quand il s'agissait de projeter des séquences particulièrement dramatiques, les images n'étaient jamais en trois dimensions afin de ne pas heurter de façon trop violente la sensibilité des spectateurs.

— C'est affreux, commente Analia, ça arrive de plus en plus souvent. J'ai l'impression que les conditions de vie des sans bracelet deviennent de pire en pire.

— C'est le cas, répond sa mère. Les étés sont de plus en plus secs, les gens s'entretuent pour le moindre point d'eau.

— Pourquoi on ne les aide pas davantage ?

— On fait tout ce qu'on peut, seulement c'est compliqué, tu le sais très bien. Le Dehors n'est pas une société organisée comme ici. Dans plusieurs endroits, ce sont des petits groupes qui ont pris le pouvoir, c'est difficile d'avoir des interlocuteurs fiables. On envoie des vivres, du matériel, mais ils sont parfois détournés et n'arrivent pas toujours jusqu'aux populations. En plus, tu dois comprendre que nos propres ressources ne sont pas infinies. Même si ça peut sembler cruel, nos dirigeants sont malheureusement dans le vrai quand ils affirment que l'archipel n'a pas vocation à accueillir toute la misère du monde.

— Imagine qu'on aperçoive quelqu'un qui a réussi à franchir la barrière, on le dénoncerait vraiment ? demande Analia.

Jaine fixe sa fille de ses yeux bleus :

— Bien sûr qu'on le dénoncerait ! Et on ne ferait pas ça par méchanceté ou par manque d'humanité ! Je le ferais et tu le ferais aussi car tu sais que c'est ton devoir. Souviens-toi des leçons d'histoire : les ressources surexploitées, la montée des eaux, les déplacements de population, les guerres qui ont suivi, les attentats, la terreur quotidienne partout sur la Terre. Tu as vu les films ? Tu voudrais vraiment vivre dans ce monde-là ? Notre équilibre est précaire, notre société ne fonctionne que parce que chacun respecte rigoureusement les lois. Un jour peut-être, on pourra élargir ce modèle au-Dehors, mais pour l'instant, le monde n'est pas prêt. Il faut l'accepter et nous préserver.

Bien sûr qu'elle sait tout cela. On le lui a répété tant de fois ! Analia s'éloigne du bar pour contempler le lagon que le coucher du soleil peint de diverses nuances orangées, elle aperçoit toutes les petites îles artificielles qui s'ouvrent comme des corolles fleuries, dont les pétales aspirent la lumière. Les palmiers rosis par le soleil ne tarderont pas à devenir phosphorescents pour servir d'éclairage naturel, une fois la nuit tombée. Dans ce halo de lumière mordorée, les couleurs se fondent harmonieusement pour façonner un paysage d'une beauté si parfaite qu'il en devient presque irréel. Elle est heureuse de vivre ici, et infiniment reconnaissante envers les dirigeants qui assurent sa protection, pourtant elle ne parvient pas à chasser de son esprit les images de tous ces corps flottant au-delà de la barrière. À cette heure-ci, les équipes de nettoyage les ont sans doute déjà transportés plus loin, puis lestés afin qu'ils trouvent un tombeau au fond de l'océan. Rien de ce qui se passe à l'extérieur n'est caché à la population, c'est le prix à payer : c'est bien parce que les vagues et les corps étrangers viennent se fracasser contre la barrière que l'eau est si paisible au sein du lagon.

Chapitre 2

« Avec la disparition progressive des Grandes Terres, les civilisations, telles qu'elles existaient dans le passé, se sont éteintes. Ne subsistent à l'heure actuelle que quelques territoires de dimensions réduites occupés par des microsociétés isolées. Si certains groupes se contentent de survivre dans l'anarchie la plus totale, d'autres sont parvenus à mettre en place des modèles d'organisation plus ou moins élaborés qu'il convient d'observer avec le plus grand intérêt. »

Extrait du journal de Jonas Samson

Il entend les voix qui hurlent son nom depuis le rivage, et cette clameur enthousiaste le porte aussi sûrement que les vagues de l'océan. L'expérience le dispense de pencher la tête pour deviner la couleur de sa planche : elle est forcément jaune, signe qu'elle contient encore un peu d'énergie solaire. Ne surtout pas se précipiter. Tracer un sillon régulier dans l'eau en faisant des petites gerbes d'éclaboussures de chaque côté. Son concurrent le plus proche est à deux mètres devant lui, mais il ne doit pas gaspiller trop tôt l'énergie qu'il lui reste. Il se laissera d'abord porter par les vagues et attendra le tout dernier moment pour accélérer. Tous ses muscles sont tendus au maximum pour insuffler à la planche une position lui permettant d'avoir un maximum de vélocité. Il ne connaît pas de moment plus incroyable que celui-ci : cette vitesse vertigineuse, cette sensation de liberté absolue.

Toute la haine, toutes les peurs, les frustrations, les tensions se transforment momentanément en énergie pure. Il glisse sur l'océan en se sentant en parfaite harmonie avec cette eau qui le porte. Quand il juge le rivage suffisamment proche, il imprime une légère poussée supplémentaire à la planche. Devant lui, Joao essaie de faire de même, mais il n'a plus suffisamment d'énergie et il parvient à le dépasser sans difficulté. Avant même d'avoir atteint le rivage, il sait qu'il a gagné. Les autres concurrents sont trop loin derrière lui pour espérer le rattraper.

« Aylan ! Aylan ! Aylan ! »

Son nom résonne de toutes parts. Il n'a pas encore quitté sa planche que des mains lui tapent déjà sur l'épaule pour le féliciter.

« T'as explosé le record ! »

« T'es jamais allé aussi vite ! »

Joao s'approche à son tour. Nulle trace de rancune ou de frustration dans ses yeux noirs.

— Bravo frère, t'étais imbattable aujourd'hui !

— Seulement aujourd'hui ? le taquine Aylan, je te bats tout le temps !

Ils se tiennent côte à côte sur le sable. Le corps noir et les cheveux bruns de Joao offrant un contraste saisissant avec le buste doré et la chevelure blonde d'Aylan, pourtant tous deux dégagent la même énergie, quasi animale. Ils sont conscients qu'ils viennent de vivre un moment magique et ils le savourent sans retenue. Le quotidien reviendra toujours assez tôt.

Quelques minutes plus tard, Aylan se dirige vers l'estrade dressée sur le rivage. En sentant la terre brûlante et craquelée sous ses pieds, il regrette déjà la sensation de fraîcheur et de légèreté que lui a procurée l'océan quelques instants plus tôt.

— Bravo Aylan. J'étais certaine que tu gagnerais. Je l'ai même dit à Monsieur Jacquot, il voulait pas me croire !

Il s'arrête en entendant la petite voix qui vient de lui parler. C'est celle d'une enfant aux cheveux si blonds qu'ils en deviennent presque blancs et dont la peau est d'une pâleur quasi translucide. Elle tient la main d'une femme aux cheveux clairs dont la peau tannée trahit au contraire de longues heures passées au soleil. Dans son autre main, la fillette serre une peluche représentant un lapin qui a perdu un œil et une bonne partie de sa fourrure ; Aylan s'arrête à leur hauteur en faisant mine de regarder le lapin :

— Tu veux dire que Monsieur Jacquot n'a pas confiance en moi ?

— Lui non, mais moi si, dit-elle avec un grand sourire.

— Et pourquoi étais-tu si sûre que j'allais gagner ?

— C'est ce que disent le soleil, la lune et les étoiles, récite l'enfant en le fixant d'un regard rieur.

— Et ils ne se trompent jamais, dit Aylan en lui faisant un clin d'œil.

— Et ils ne se trompent jamais, conclut la petite fille avec un sourire si éblouissant qu'il illumine aussitôt son visage diaphane.

Puis elle ajoute à voix basse :

— En fait, je crois que Monsieur Jacquot est un peu jaloux de toi !

Il se penche et prend la petite fille dans ses bras.

— Allez sœurette, allons chercher mon trophée.

Il sourit à sa mère qui lui presse affectueusement l'épaule en le félicitant, puis se dirige vers l'estrade avec sa sœur dans les bras. La chaleur est si intense qu'il sent les rayons du soleil attaquer son torse nu comme des glaives de feu. Il met sa main sur la tête de la petite fille pour essayer de la protéger un peu et elle se niche en retour contre son épaule avec un soupir d'intense satisfaction.

Oren, un homme aux cheveux longs et au corps solidement

charpenté, se tient sur l'estrade. Sa capacité à régler les conflits de façon équitable, son autorité naturelle et le discernement dont il sait faire preuve dans les situations délicates l'ont naturellement propulsé depuis quelques années au rôle de chef du village. Même si toutes les décisions sont prises en commun par l'ensemble de la population, il faut parfois quelqu'un qui sache trancher à la fin des débats, et tout le monde s'accorde à reconnaître sa légitimité. Il salue tous les participants et félicite Aylan pour sa performance. La foule applaudit à tout rompre. Il lui remet ensuite une coupe grossièrement taillée dans du bois et, surtout, une bourse en cuir contenant des pièces en argent.

— Merci d'être là pour nous faire rêver. Merci à tous les concurrents pour cette magnifique démonstration. Je crois que tout le monde sera d'accord avec moi pour dire que nous venons de passer un excellent moment !

Une ovation s'élève à nouveau pendant qu'Oren serre chaleureusement Aylan dans ses bras.

Quelques heures plus tard, la nuit est tombée et l'air en provenance de l'océan apporte enfin un peu de fraîcheur. Depuis la terrasse où il est assis, Aylan entend le bruit des vagues qui viennent mollement s'échouer sur la grève. Sa mère sort de la maison pour lui tendre une tasse remplie de tisane d'algues.

— C'était une belle journée, déclare-t-elle en s'asseyant dans un fauteuil en osier près de lui. Ça fait du bien de se retrouver tous ensemble.

— Oui, dommage qu'il n'y en ait pas plus souvent. Mais avec ce que j'ai gagné, ça devrait nous permettre de tenir le coup un petit moment.

Aylan fait sauter plusieurs fois la bourse dans sa main avant de la tendre à sa mère :

— Mets-la en lieu sûr.

— J'aimerais tant que cet argent soit pour toi, que tu ne sois pas obligé…, soupire Anna.

— Tu voudrais quoi ? la coupe Aylan, que je vous laisse vous débrouiller toutes seules, Louna et toi ?

— Non bien sûr, mais tu es si jeune et tu as déjà tellement de responsabilités… je ne sais pas ce que je ferais sans toi. Sans l'argent que tu gagnes dans les courses, sans le travail que tu fournis, ce serait difficile de tenir le coup… Les travaux dans les champs sont vraiment sous-payés… et je me dis parfois que tu n'as jamais eu d'enfance, ajoute-t-elle en plongeant sa main dans l'épaisse chevelure blond doré de son fils.

— Tu en connais beaucoup des gars de mon âge, ici, qui peuvent se vanter d'avoir eu une enfance ? En plus, je suis heureux maman de m'occuper de vous deux, alors cesse de te tracasser avec ça. On va aussi pouvoir acheter des médicaments pour Louna. Comment elle allait ce soir ?

— Excitée mais fatiguée, toujours si fatiguée. J'ai l'impression qu'elle a encore maigri et elle s'épuise de plus en plus vite. Les potions que lui donnent les soigneurs ne sont pas vraiment efficaces. En réalité, je pense qu'ils ne savent même pas ce qu'elle a, conclut-elle avec un soupir de découragement.

Chaque fois qu'il regardait la peau si fine et si pâle du petit visage de Louna, une peur insidieuse s'emparait de lui sans crier gare et il savait que sa mère partageait la même terreur silencieuse. Même si elle ne se plaignait jamais et affichait une constante bonne humeur, ils voyaient la petite fille s'affaiblir de jour en jour.

— Avec l'argent que j'ai gagné, on va aller voir de vrais médecins. Ils sauront, eux.

— Non, c'est trop risqué, les routes sont dangereuses en ce moment. Il y a de plus en plus d'attaques dès qu'on sort du périmètre. Les gens ont faim, ils sont prêts à tout.

— J'en parlerai à Oren, on pourrait peut-être se glisser dans un convoi. Comme ça on sera protégé.

Aylan pose sa tasse et dit :

— Bon, je dois aller prendre mon tour de garde. J'ai déposé des bidons d'eau à l'intérieur, tu n'auras pas besoin de ressortir.

Avant qu'il se lève, elle prend sa main dans la sienne et la porte à ses lèvres.

— Tu es le meilleur fils dont on puisse rêver. Ton père serait si fier de toi.

Il regarde la femme qui lui fait face. Dans sa longue tunique blanche, malgré ses traits tirés, elle a l'air encore très jeune. Ses deux enfants ont hérité de son épaisse chevelure blonde et de ses yeux bleus. Et c'est d'elle également qu'ils tiennent leur beauté solaire.

— Et moi, je suis très fier d'être ton fils. Verrouille la porte dès que je serai parti. La bourse que j'ai gagnée pourrait attirer des convoitises.

Quelques minutes plus tard, il traverse en compagnie de Joao les rues en terre rouge bordées de petites maisons blanches frileusement serrées les unes contre les autres. Certains murs usés et maintes fois réparés sont ornés de coquillages incrustés dans la chaux. Quelques poules noires errent en liberté. Plusieurs villageois sont assis sur des bancs à l'extérieur pour profiter un peu de la fraîcheur du soir. Des hommes âgés jouent aux dés, des mères bavardent tout en surveillant des enfants qui s'amusent avec de petites figurines grossièrement tailladées dans du bois. Une frêle jeune femme assise sur un banc allaite son bébé. L'homme au visage basané qui se tient à côté d'elle sur le pas de la porte interpelle les deux adolescents :

— Sacrée course, les gars !

— Comme tu dis, répond Joao, mais je crois que tu t'es davantage appliqué en fabriquant la planche d'Aylan que la mienne !

— Écoutez-moi ce blanc-bec, dit l'homme en riant, ça va être la faute de ma planche ! Toutes mes planches sont excellentes, y a que les qualités des coureurs qui diffèrent, ajoute-t-il en lançant un clin d'œil à Aylan.

Ils plaisantent encore quelques minutes puis les garçons se dirigent vers les ocres collines rocailleuses qui se dressent à la périphérie du village. Ils s'attardent quelques instants près des enfants qui jouent à la balançoire sur un siège en plastique attaché par deux cordes à la branche d'un arbre. Encore un de ces objets que les vagues ramenaient régulièrement sur la plage. Quand ils venaient s'échouer ainsi, ils étaient généralement récupérés, puis commençait pour eux une nouvelle vie sur l'île, certainement très différente de leur utilisation précédente. Si personne n'en voulait, les villageois les entassaient et les soudaient de manière à construire une sorte de mur d'enceinte autour du village. En les agglomérant avec de la résine et de la colle d'algue, ils servaient également d'embarcations. Arrivés près des jardins potagers, les deux adolescents prennent la relève de deux hommes plus âgés qui leur tendent aussitôt leurs fusils, avec un visible soulagement.

— Bon courage les gars, on n'est pas mécontents de vous céder la place. Eh, il paraît que vous avez été de vrais champions cet après-midi. Dommage qu'on ait raté ça ! Allez, ouvrez l'œil quand même.

Ils s'installent sur une butte, en surplomb des cratères creusés dans la terre volcanique. Technique séculaire qui permet de retenir l'eau le mieux possible. Au centre de chacun d'eux, on devine les plantations aux petites taches vertes qui constellent la noirceur de la terre.

Joao se met à rire.

— Regarde les deux héros du jour en train de veiller sur des carottes et des navets ! Ça sent bon l'aventure, non ?

— N'empêche qu'on sera bien contents de les manger cet hiver, réplique Aylan. Alors tais-toi et surveille les carottes. S'agirait pas qu'il y en ait une qui te file sous le nez !

Pendant quelques instants, seul le bruit des vagues qui s'échouent sur le rivage trouble le silence nocturne. Puis Joao reprend la parole :

— C'était une belle course cet après-midi, la plus belle qu'on ait faite. Tu sais, j'ai même cru que j'allais gagner, pour une fois ! Je croyais que tu n'avais plus d'énergie, mais t'es plus malin que ça ! J'aurais dû m'en douter. Tu vois, la vie ça devrait toujours être ça : glisser sur l'eau le plus vite possible. Il n'y a que là que j'ai l'impression d'être vraiment vivant. Et libre ! Le reste du temps, c'est de la survie.

Aylan comprend parfaitement ce que veut dire son ami. Il a éprouvé exactement la même sensation quelques heures plus tôt. C'est ce qu'il aime chez Joao : depuis qu'ils sont enfants, ils sont si proches qu'ils ressentent souvent les mêmes choses et se comprennent parfaitement sans avoir besoin de passer par les mots. Opposés par leur physique, mais jumeaux de cœur. Indissociables comme le jour et la nuit, comme aimait à le dire sa mère lorsqu'ils étaient enfants. Au moment où il s'apprête à répondre, ils entendent un bruit de branches écrasées. Ils saisissent aussitôt leurs fusils puis restent parfaitement immobiles, à l'affût d'un nouveau mouvement suspect. C'est finalement la silhouette efflanquée d'un animal tenant à la fois du loup et du chien qu'ils voient approcher.

— Jasper, espèce de bon à rien, qu'est-ce que tu fais ici ? dit Joao sur un ton de reproche. T'étais censé garder la maison.

— Laisse-le, il va nous aider à monter la garde ! Pas vrai Jasper ? dit Aylan en caressant le chien qui vient immédiatement poser sa maigre tête sur son genou.

— Ben voyons, j'ai fait une super affaire le jour où je l'ai récupéré, celui-là. Je voulais un chien de garde, une bête féroce et voilà, remarque Joao avec un air dégoûté en regardant Jasper qui s'est finalement installé sur le dos pour se faire gratter le ventre par Aylan.

Jasper redresse brusquement la tête. Une silhouette approche. L'homme porte une tunique sombre sur un large pantalon de toile. Ils reconnaissent Oren qui a emprisonné sa chevelure sombre dans une longue queue-de-cheval retenue par un catogan.

— Rien à signaler, les garçons ? Je fais le tour de tous les postes de garde.

— Non, on vient d'arriver, mais apparemment la journée a été calme.

— J'ai peur que ça ne dure pas. On signale de plus en plus de mouvements vers le sud. Les villages moins excentrés que nous se sont déjà fait attaquer à plusieurs reprises.

— Pourquoi maintenant ? Ça fait quelques mois que c'est plutôt calme.

— La sécheresse. Les gens n'ont plus de quoi se nourrir, il y a des mouvements de population vers les coins qui ont encore un peu d'eau. Dites-vous que comparé à d'autres endroits, on vit finalement plutôt bien, ici.

Devant l'air sceptique des garçons, il ajoute :

— En tout cas, on mange à notre faim et on a une source. Ça vaut peut-être pas la vie dans la zone protégée, mais c'est déjà un luxe d'avoir de l'eau. Ce n'est pas le cas partout. À mon avis on ne va pas tarder à voir du monde arriver, c'est l'affaire de quelques jours, quelques semaines tout au plus. J'ai renforcé les équipes autour de la source.

— Et on va faire quoi quand ils vont débarquer ? interroge Joao en le fixant de ses yeux sombres.

— On avisera le moment venu. Ça dépendra de leur nombre

et de leurs intentions. S'ils sont pacifiques, on essaiera de les aider, mais il faut se préparer au pire. Ils peuvent aussi nous attaquer. J'ai envoyé des hommes dans les villages voisins, ce serait mieux si on arrivait à s'organiser tous ensemble. De toute façon, on n'a pas assez de ressources pour nourrir des dizaines de personnes supplémentaires… Soyez vigilants : ce n'est pas parce que tout a l'air calme qu'il n'y a pas de danger.

Alors qu'il s'éloigne, il se tourne une dernière fois pour dire d'un ton plus léger :

— Au fait Aylan, encore bravo, magnifique course, tu as la trempe des champions. Et toi Joao, ne désespère pas, un jour tu le battras !

Il leur adresse un petit signe avant de se fondre dans la nuit.

— Tu vois, reprend Joao, tout ça me semble irréel, on est là à garder trois carottes et deux navets et peut-être qu'un jour on devra tirer sur des gens. Tu crois que tu pourras, toi ?

— Je pense que je pourrai si c'est pour nous défendre, on n'aura peut-être pas le choix, répond Aylan.

Pendant qu'il parle, il voit la frimousse pâle de Louna et le visage fatigué de sa mère. Oui, il pourrait tuer pour les défendre. Il n'en doute pas un seul instant. Perdu lui aussi dans ses pensées, Joao contemple l'océan.

— Tu crois que c'est mieux « là-bas » ?

— Là-bas ?

— Dans la zone protégée, je veux dire. Tu te souviens quand celui qui n'avait plus de bracelet avait échoué ici et qu'il avait raconté sa vie là-bas, ben ça fait quand même envie…

— Envie ? Envie d'avoir un bracelet incrusté dans le poignet avec des récompenses à la clé chaque fois que t'es bien sage ? Et des punitions si t'es pas conforme ? Et on te jette dehors quand on en a marre de toi ? T'as vraiment envie de ça ? D'être un toutou bien dressé qui fait le beau pour avoir des récompenses ? Ici au moins on est libres de faire ce qu'on veut !

Joao secoue la tête :

— Franchement, je n'en suis pas si sûr. Notre liberté, quand tu y réfléchis, elle ne nous sert pas à grand-chose. On est coincé sur cette île pleine de cailloux rouges et noirs et on a peur de se faire piquer nos légumes ! Et d'après Oren, ça va faire qu'empirer !

— Quand j'étais petit, enchaîne Aylan en fixant son ami, ma mère me contait souvent un vieux poème : c'était l'histoire d'un loup et d'un chien. Le loup était jaloux du chien, il voulait la même vie que lui, mais quand il a vu sur son cou la trace de son collier, à tout prendre, il a préféré sa liberté.

— Pas sympa pour les chiens, ton histoire ! Pas vrai Jasper ? dit Joao en caressant doucement la tête de l'animal. Regarde mon chien, ce n'est pas un esclave. Il est heureux, c'est lui qui m'a choisi.

— Ton chien n'a pas de collier, remarque Aylan.

— Un point pour toi, mon frère ! concède Joao. Le bracelet, c'est vrai, ce n'est peut-être pas terrible, mais quand même, quand il parlait du coin d'où il venait… Bon, peut-être que je suis naïf, mais moi ça m'a fait rêver. Je me rappelle encore ses paroles : des îles jardins comme des fleurs posées sur l'eau, des maisons flottantes aux courbes douces, moitié sur l'eau moitié sous l'eau, avec de l'énergie en permanence. Et puis les arbres lumineux, les fleurs aux formes bizarres… J'aimerais quand même voir ça de mes propres yeux, c'est comme ça que j'imagine… le paradis.

— T'es qu'un poète et un rêveur, se moque Aylan. Et de toute façon, ton paradis est entouré d'une barrière infranchissable. Je te rappelle que c'est plus facile d'en sortir que d'y entrer !

Mais Joao ne l'écoute plus, il contemple pensivement la sombre étendue d'eau qu'il a sous les yeux sans réellement la voir. Son esprit, emporté par les vagues de son imagination, surfe au loin, très loin dans l'océan… Là-bas, quelque part, beaucoup trop loin pour être visible, aux confins du rêve et de la réalité, il y a Eden Island, ce lieu magique où tout semble possible.

Chapitre 3

« L'harmonie de la communauté est essentiellement basée sur le sentiment, profondément enraciné en chacun de ses membres, d'occuper la place qu'il mérite. »

Extrait du journal de Jonas Samson

— Je déteste le pain vapeur. Je veux des gâteaux fourrés avec de la crème !

Le petit garçon assis à la table de la cuisine à côté d'Analia serre les bras contre sa poitrine tout en baissant la tête en signe de mécontentement. Sa mère s'approche de lui et explique patiemment :

— Aîko, tu as dépassé ton taux de consommation de gâteaux et de crème, je t'avais dit d'être raisonnable et de ne pas en manger en cachette. Je ne peux pas en commander avant…

Elle se penche sur le tableau de bord inséré dans le bar :

— … Huit jours.

— Huit jours de pain vapeur ! Je vais mourir, déclare le petit garçon en s'affaissant théâtralement sur la surface vitrée de la table. Mais il sert à quoi ton bracelet tout vert si tu peux pas avoir tout ce que tu veux ?

— Le bracelet te permet d'obtenir ce que tu es raisonnablement en droit de demander. Tu as peut-être envie de manger encore des gâteaux, mais ce n'est pas bon pour ton corps. Ton bracelet indique une prise de poids trop conséquente et si ça continue, toute livraison sera suspendue. Donc aujourd'hui, c'est pain vapeur ou rien !

— Mais comment quelqu'un d'aussi petit peut-il être aussi pénible ? interroge Analia en regardant son petit frère d'un œil mi-agacé, mi-attendri.

Elle soupire devant le regard courroucé que lui jette Aîko et se promet intérieurement de lui faire passer un ou deux bredzes de sa réserve personnelle dès qu'ils seront seuls. Ce genre de petite entorse au règlement passe généralement inaperçue.

— Que se passe-t-il mon bonhomme ? J'entends tes plaintes depuis le niveau inférieur. C'est une très mauvaise façon de commencer une journée aussi importante, remarque l'homme brun vêtu d'un uniforme noir qui vient de pénétrer dans la pièce principale.

Le visage du petit garçon s'illumine et il semble aussitôt oublier les contrariétés causées par la présence du pain vapeur dans son assiette.

— Papa ! Oh oui, c'est aujourd'hui que je vais avoir mon bracelet. Tu seras là, dis ?

— Bien sûr, je ne vais pas rater ça ! Mais j'aurai juste le temps d'assister à la cérémonie, ensuite je partirai en mission à l'extérieur, déclare-t-il en saisissant un pain vapeur qu'il examine avec circonspection.

— Oh Jaron, soupire Jaine, je déteste quand tu es envoyé en dehors de l'enceinte. C'est trop dangereux.

Il s'approche de sa femme et passe délicatement la main sur sa joue comme si ce seul geste avait une vertu apaisante. En retour, elle effleure la cicatrice qui court au-dessus de son arcade sourcilière pour lui rappeler les dangers du dehors.

— Ce ne sera pas long, je te le promets.

— Tu pars où ? demande Analia.

— Dans les terres du haut. Mission d'observation.

J'accompagne des recruteurs.

— Moi aussi quand je serai grand, je ferai des missions comme papa. Je conduirai un solavion et j'irai très loin dans le ciel.

— Commence par finir ton pain vapeur si tu veux conduire un solavion ! rétorque-t-il au garçon. Et dépêche-toi, sinon on va être en retard pour la cérémonie. En plus, on doit passer chercher ton grand-père.

Il se tourne vers sa femme.

— À propos de ton père, j'espère qu'il ne va pas créer de problème.

— Tu sais très bien que Nilo ne ferait rien qui puisse nous gêner, c'est juste…

— Qu'il n'est pas toujours très conforme, achève Analia en souriant à son père qui lui répond par un hochement de tête désabusé.

Une heure plus tard, ils descendent de l'hydrobulle qui les a transportés jusqu'à l'île principale. Analia et son grand-père Nilo avancent dans l'allée centrale précédés d'Aîko et de ses parents. Elle constate avec un pincement au cœur que le vieil homme a de plus en plus de mal à se déplacer, mais il refuse avec obstination de demander un siège mobile. Une animation inhabituelle règne sur cette partie de l'île, les cérémonies de remise des bracelets se succédant de façon ininterrompue jusqu'à la tombée de la nuit. Les familles se croisent en s'interpellant joyeusement à l'ombre des arbres majestueux qui bordent l'avenue. Les enfants qui ont déjà reçu leur bracelet lèvent fièrement le bras pour le montrer à ceux qui se dirigent vers le bâtiment des cérémonies. Un immense édifice entouré de bassins et de cascades artificielles, qui a, pour ce jour, la forme d'une immense coquille entièrement vitrée où vient se réfléchir la lumière du ciel.

Une grande agitation règne à l'intérieur : des dizaines de familles quittent la salle d'un côté tandis que d'autres entrent par le côté opposé. Plusieurs hôtesses virtuelles, reconnaissables à leur uniforme blanc et à leurs longs cheveux roses règlent les allées et venues. L'une d'elles s'approche d'eux et les prie de la suivre après avoir scanné d'un regard leurs bracelets.

— Quelle beauté ! Et dire qu'elle n'existe même pas ! ne peut s'empêcher de remarquer Nilo en la suivant du regard. J'aimerais bien connaître celle qui a servi de modèle à cet hologramme. Ils l'ont améliorée c'est sûr, mais ça devait quand même être quelque chose !

Après les avoir installés au premier rang, elle les salue d'un mouvement de tête avant de se diriger vers une autre famille. Analia s'assied à côté de son grand-père qui ajoute :

— Et sa voix ? T'as entendu sa voix ? Du velours ! Ils ont créé la femme parfaite ! Seulement si tu veux la prendre par la taille, tu passes la main au travers. Ça gâche un peu le plaisir quand même !

Analia regarde le poignet de Nilo.

— Tu n'as presque plus de voyants verts ! Mais qu'est-ce que tu as encore fait ? demande-t-elle d'une voix où la tendresse et l'inquiétude l'emportent sur le reproche.

— Oh, tu sais, sur l'îlot des anciens, ils ont vite fait de te faire passer au rouge. Quelques paroles inconsidérées, quelques gestes malencontreux… t'as pas le temps de tourner la tête que ton poignet a viré écarlate.

— Menacer un médecin avec une paire de ciseaux volée parce qu'il veut t'examiner, c'est ce que tu appelles un geste malencontreux ? demande-t-elle en essayant d'afficher une mine sévère.

— Ce n'est pas parce qu'on est vieux qu'on est un objet, je demande juste un peu de respect… Je n'avais pas demandé qu'on m'examine, moi ! Avec tout ça, ils ont même suspendu ma carte de loisirs. Remarque, pour ce que j'en ai à faire de leur salle des loisirs… Si seulement il y avait des hôtesses comme ici. Seulement les hologrammes qui s'occupent des vieux sont beaucoup plus moches, ils doivent penser que c'est meilleur pour notre cœur !

— Mais tu te rends compte, si tu perds tes deux derniers voyants verts, tu peux être exclu de la communauté. À ton âge !

Il se tourne et lui fait un clin d'œil.

— Tu t'inquiètes pour rien, jeune fille. Ils ne m'enlèveront jamais les derniers voyants. D'abord, ils n'oseront jamais expédier une personne âgée en milieu hostile, ce serait du jamais vu, et puis, même vieux et ronchon, je leur suis utile : personne ne connaît comme moi la topographie d'Eden Island… Des fois, ils viennent même me consulter en douce. Alors ne t'inquiète pas, ton grand-père ne risque rien !

Il se penche vers elle pour ajouter à voix basse :

— Et ne le répète à personne, mais j'ai quelques ressources cachées…

La salle s'assombrit doucement et tout le monde se tait. Quand la lumière du jour revient, une centaine de bambins de six ans parfaitement alignés en dix rangées se tiennent sur la scène. Ils sont tous vêtus du même uniforme bleu marine qu'ils garderont pendant les trois ans à venir. Au deuxième rang, Aîko est parfaitement immobile. Analia imagine la concentration dont doit faire preuve son petit frère, lui qui d'ordinaire est toujours en mouvement, et elle se demande combien de temps il va tenir. Deux hommes de petite taille, parfaitement identiques avec leurs visages triangulaires et leurs mentons proéminents, avancent sur la scène. Des spirales dorées ornent leur crâne chauve.

— Ah, les jumeaux Argoz et Gozrek 11. Je déteste les jumeaux, dit Nilo à voix haute. Tu ne sais jamais qui est qui et je me méfie d'eux, ils ont la tête d'un requin qu'on aurait croisé avec un poisson-clown !

— Je t'en prie, papa, chuchote Jaine, tais-toi. Tu vas nous faire remarquer.

— Que la communauté vous protège, déclament les deux hommes d'une seule voix.

— Et que nous protégions la communauté, répondent les spectateurs.

— Amen, dit moqueusement Nilo.

— Papa…

— Comme vous le savez tous, nous sommes réunis ici pour la cérémonie des bracelets, annonce l'un des deux hommes. Tous ces enfants ont atteint leur sixième année et sont désormais considérés comme des entrants.

Le deuxième jumeau prend la parole à son tour en se tournant vers les intéressés :

— Vous serez des entrants pendant les huit années à venir. Durant ces années, vous allez terminer votre formation : acquérir le savoir ainsi que les bases du comportement communautaire…

— Bla, bla, bla… apprendre à devenir des moutons. Tu as déjà vu un mouton, Analia ?

— Chut, grand-père.

— Et vous ferez ensuite une formation approfondie dans un secteur d'activité en fonction de vos capacités et des besoins de la communauté. Les voyants du bracelet qui va vous être remis sont entièrement verts, il ne tient qu'à vous, par votre comportement exemplaire et votre travail acharné, de conserver cette couleur. Jusqu'à présent, étant donné votre jeune âge, tout manquement au règlement n'avait aucune conséquence, à partir d'aujourd'hui vous êtes susceptibles de perdre des crédits. Donc, pour votre bien et pour le bien de tous, je vous demande de faire de votre mieux pour vous conformer à ce que la communauté attend de vous. Tout ce que vous lui donnerez, elle vous le rendra.

Plusieurs personnes vêtues des uniformes blancs et rouges des infirmiers passent dans les rangs et incrustent les bracelets autour des poignets des enfants après une rapide anesthésie. Une fois l'opération terminée, les deux hommes déclarent à nouveau :

— Que la communauté vous protège.

— Et que nous protégions la communauté, déclament les enfants d'une seule voix.

Chapitre 4

« La pauvreté et la précarité ne cessent de s'accentuer à l'extérieur de l'archipel. En raison de la pénurie des ressources, les mouvements de populations dans l'espoir d'une vie meilleure se sont nettement intensifiés. Or, nous n'avons d'autre choix que de tout mettre en œuvre pour dissuader les sans bracelet de s'approcher d'Eden Island, et ce, afin de préserver l'équilibre et l'unité de la communauté. Il est cependant à noter que les conditions de vie précaires favorisent parfois l'émergence de certains talents et compétences susceptibles d'être exploités au sein de la communauté. C'est pourquoi l'internalisation choisie peut devenir une option envisageable dans un nombre très restreint de cas. »

Extrait du journal de Jonas Samson

Le regard sombre et la mâchoire serrée, Aylan fait face au petit homme bedonnant qui se tient devant lui.

— Je veux que vous me disiez ce qu'elle a.

Aylan a beau tenter de maîtriser l'agressivité de sa voix, il n'a qu'une envie : secouer l'homme en blouse noire qui lui fait face jusqu'à ce qu'il obtienne une vraie réponse. Si tant est qu'il en ait une, ce dont il commence à douter fortement.

— Elle a de la fièvre, elle supporte mal la chaleur. Ça ira mieux quand les températures seront moins étouffantes. Je vais lui prescrire des herbes pour faire tomber la fièvre. Mais vous savez que ces herbes sont rares. Vous pouvez payer ?

— Espèce de charlatan ! La dernière fois, vos herbes ne lui

ont rien fait ! Elle est de plus en plus faible.

— Je ne vous permets pas de m'insulter, s'insurge son interlocuteur. Je n'impose ma médication à personne, si vous n'en voulez pas…

Aylan s'avance vers lui et saisit par le devant de sa blouse le petit homme qui ne lui arrive même pas aux épaules.

— Je vais te payer parce que je n'ai pas le choix, mais je te préviens : si cette fois-ci si son état ne s'améliore pas…

— Aylan, je t'en prie, lâche-le…

Sa mère a quitté le lit où elle était assise avec Louna pour s'approcher des deux hommes. La tension est si palpable que le volume de la petite pièce où ils se tiennent semble rétrécir encore. Elle laisse de côté l'aversion que lui inspire le guérisseur pour s'interposer avant que la situation ne dégénère.

— Lâche-le, Aylan. Je passerai prendre les herbes tout à l'heure, j'aurai l'argent.

L'homme réajuste sa blouse sur sa panse rebondie avant de la lisser du plat de sa main potelée ornée de bagues. Puis il relève la tête pour fixer Aylan de ses petits yeux noirs tout en tripotant nerveusement l'anneau doré qui orne son oreille.

— Il se pourrait qu'un jour ce soit moi qui n'aie plus envie de soigner des gens de votre espèce, déclare-t-il d'un ton dédaigneux.

Sur ces mots, il se tourne et, en se donnant autant d'importance que le lui permet sa petite taille, sort de la maison.

— Je vais le tuer, ce nabot, menace Aylan en brandissant son poing dans le vide. Un jour, je te jure que je le tuerai… Je ne supporte pas d'être à la merci d'un être aussi répugnant…

— Calme-toi, on a besoin de lui, réplique sa mère en posant une main apaisante sur son avant-bras, il est le seul à avoir encore des herbes médicinales. Même s'il nous exploite de manière honteuse, ses herbes font quand même un peu baisser la fièvre de Louna. On n'a pas d'autre solution pour le moment.

Elle va dans le coin de la pièce pour prendre la planche de solar-surf qu'elle tend à son fils en souriant :

— Ça me semble une bonne idée, non ? Vas-y, ça te fera du bien.

Quelques minutes plus tard, Aylan, debout sur sa planche, s'élance sur les eaux houleuses de l'océan. Bien que les rouleaux soient plus imposants que la veille, il épouse adroitement la crête des panaches cristallins qui ne cessent de se former et de se déformer dans de sourds grondements. Plus il zigzague sur cet océan hostile et déchaîné, plus les tensions disparaissent comme si elles se fondaient dans les vagues. Il prolonge ce jeu avec les éléments aussi longtemps qu'il le peut. Il accélère, ralentit, accélère à nouveau jusqu'à épuiser totalement l'énergie de sa planche et celle de son propre corps. Quand il quitte l'eau bouillonnante pour retrouver sous ses pieds la sensation granuleuse du sable noir de la plage, il se sent apaisé. Il s'étend au soleil quelques instants, mais se redresse vite en entendant des aboiements. Joao court dans sa direction en compagnie de Jasper, et Aylan ne saurait dire lequel des deux a l'air le plus excité.

— J'étais sûr que je te trouverais là, dit Joao d'une voix essoufflée pendant que Jasper se jette sur lui en aboyant joyeusement. C'est Oren qui m'envoie. Il y a des étrangers qui ont débarqué dans un solavion, il est posé sur la place. J'en avais jamais vu d'aussi près. Ils sont allés voir Oren dans la maison commune, puis Oren m'a envoyé te chercher. Je suis passé chez toi et ta mère m'a dit que t'étais allé faire de la planche.

— Pourquoi veut-il me voir ? demande Aylan qui peine à ingérer toutes les informations fournies par Joao dans un débit accéléré.

— J'en sais rien. Il m'a juste dit de te ramener. Allez

dépêche-toi. Vu l'allure de ces types, ça doit pas être le genre à attendre toute la journée un péquenot de ton espèce, déclare-t-il en lui tendant la main pour l'aider à se relever.

La foule massée sur la place entoure l'appareil gardé par trois hommes armés. Ce dernier, qu'on devine conçu pour fendre l'air à haute altitude, ressemble à un gigantesque rapace posé sur le sol. Ses ailes déployées, entièrement recouvertes de panneaux solaires, absorbent la lumière du soleil et les gens le contemplent comme si c'était une sorte d'oiseau fabuleux. Un des hommes repousse sans brutalité un enfant qui tend la main pour toucher la queue de l'appareil.

— S'ils ont peur qu'on leur pique, ils peuvent dormir sur leurs deux oreilles, je ne vois pas qui parmi nous serait capable de conduire un tel engin ! remarque Joao en passant à côté.

Les deux garçons pénètrent ensuite à l'intérieur de la maison commune, un bâtiment grossièrement blanchi à la chaux qui ne diffère en rien des autres habitations du bourg, si ce n'est que ses dimensions sont plus imposantes. Ils sont introduits dans une pièce sommairement meublée de quelques étagères en bois et d'une table entourée de bancs. Quatre hommes se tiennent là. Il y a Oren, dont la longue chevelure est emprisonnée dans une tresse, et trois autres hommes en uniformes noirs. Hormis la présence d'une cicatrice sur le front de l'un d'entre eux, Aylan les trouve parfaitement identiques avec leurs visages lisses, leurs cheveux coupés courts et leur air impassible. Oren lève les yeux vers les deux garçons. Il semble tendu, mais c'est d'une voix très douce qu'il s'adresse à eux :

— Approche-toi, Aylan. Joao, je te remercie de l'avoir amené jusqu'ici, mais je vais te demander d'attendre ton ami sur la place.

Il attend que Joao quitte la pièce pour enchaîner d'un ton neutre :

— Les personnes ici présentes sont venues pour te parler.

Aylan regarde Oren avec étonnement, mais ce dernier se contente de le fixer sans rien ajouter. L'un des hommes s'approche de lui alors que les deux autres restent au fond de la pièce, les mains croisées dans le dos. Aylan prend le temps de le jauger. Il est si différent des adultes qui l'entourent habituellement qu'il est difficile de lui donner un âge. Dans les quarante ans, peut-être. Tout chez lui, de son uniforme à la coupe de ses cheveux, semble parfaitement lisse et aseptisé.

— Bonjour Aylan. Je me nomme Naom 398. Comme tu peux t'en douter, je viens d'Eden Island. Je suis ce qu'on appelle un recruteur. Pour faire court, ma fonction consiste à repérer de jeunes gens particulièrement doués dans divers domaines. Je t'ai observé à plusieurs reprises et j'ai une proposition à te faire : je voudrais que tu intègres l'équipe de solar-surf d'Eden Island.

Aylan demeure parfaitement immobile, la proposition est si inattendue qu'il a l'impression d'avoir perdu l'usage de la parole. Depuis que Joao est venu le chercher sur la plage, il s'est demandé pourquoi ces hommes voulaient le voir, mais jamais il n'aurait imaginé une telle proposition. Quelques instants auparavant, il ne savait même pas qu'il existait une équipe de son sport favori à Eden Island ! Ne sachant comment réagir, il se tourne vers Oren qui se contente d'afficher une mine indéchiffrable puis regarde l'homme qui lui fait face.

— Attendez, j'ai un peu de mal à suivre, là... Pour commencer, vous dîtes que vous m'avez observé à plusieurs reprises ? Vous êtes déjà venu assister à des compétitions ? C'est la première fois que je vous vois ici.

— Je ne t'ai pas vu directement, si c'est la question que tu te poses. Mais nous avons des caméras aériennes... enfin... ces détails n'ont aucun intérêt pour l'instant. Quels que soient mes moyens d'observation, je sais que tu as un grand potentiel, même si tu as besoin d'un entraînement plus professionnel.

Aylan secoue la tête.

— Pourquoi voudriez-vous que j'accepte votre proposition ?

L'homme le regarde fixement quelques secondes avant de répondre :

— Parce que ce serait une grande chance pour toi. La plupart des sans bracelet…

— Des quoi ?

— Les sans bracelet, c'est ainsi que nous nommons les personnes qui ne vivent pas sur Eden Island. La plupart d'entre eux rêvent de venir sur l'archipel.

— Ça veut dire que j'aurai un bracelet au poignet et que je devrai obéir à des ordres ? demande Aylan en le défiant du regard.

— C'est une façon très caricaturale de présenter les choses, réplique l'homme avec une lueur amusée dans le regard. Les habitants d'Eden Island sont très heureux d'œuvrer pour le bien commun et leur quotidien est très agréable. Ils ont accès à des choses que tu n'imagines même pas.

L'homme balaie la pièce d'un air quelque peu dédaigneux.

— La vie est très précaire ici, reprend-il, et les choses risquent de très vite empirer. Ce que je te propose, c'est la chance d'une vie meilleure pour toi et ta famille.

— Ça veut dire que ma mère et ma sœur pourraient venir avec moi ?

— Non, c'est impossible, répond l'homme d'un ton ferme, nous n'intégrons jamais des familles, seulement des individus isolés pour que l'adaptation soit plus immédiate. Mais ta mère et ta sœur recevraient une aide substantielle ainsi que tout le village, d'ailleurs. On dédommage toujours généreusement les communautés qui nous fournissent du sang neuf !

— Du sang neuf ? C'est comme ça que vous me voyez ? demande Aylan en le fixant dans les yeux.

L'homme esquisse un mince sourire.

— En quelque sorte, oui, même si on peut appeler les choses autrement. Les éléments nouveaux, quand ils s'adaptent bien, insufflent de la vitalité à notre communauté. Le sang neuf, c'est juste une image !

Aylan balance sa tête de gauche à droite.

— Jamais je ne me séparerai de ma famille. N'y comptez pas un seul instant ! Si je suis le seul but de votre visite, je crois que votre mission est terminée !

Le dénommé Naom ne semble cependant pas du tout impressionné par le ton déterminé de l'adolescent qui lui fait face.

— Nous sommes venus en amis, réplique-t-il d'une voix neutre, je te laisse dix jours pour réfléchir à ma proposition. Je comprends que cela te paraisse brutal et inattendu, prends le temps de réfléchir. Mais pense bien que tu pourrais améliorer non seulement ta propre vie, mais aussi celle des autres. Je n'attends pas de réponse aujourd'hui, tu me la donneras à mon retour.

— Mon ami Joao rêve de venir à Eden Island, pourquoi ne pas lui proposer ? Il est très fort lui aussi, vous devez le savoir puisque vous nous espionnez, réplique Aylan en le défiant du regard.

— Nous connaissons Joao. Nous l'avons observé aussi, c'est vrai, mais c'est toi que nous voulons ! Toi seul. Tu sembles en colère alors que tu devrais être flatté.

Sur ces paroles l'homme quitte la pièce, suivi par les deux autres. Ils s'engouffrent dans le solavion sans prêter la moindre attention aux gens massés sur la place. Quelques instants plus tard, sous les yeux fascinés de la foule, l'engin s'élève verticalement dans le ciel sans faire le moindre bruit et, quand il a atteint une hauteur suffisante, disparaît à l'horizon à une vitesse prodigieuse.

Chapitre 5

« Eden Island est une utopie devenue réalité. Le plein épanouissement de chacun des membres de la communauté et ce, quel que soit son numéro de famille, est au cœur des préoccupations des dirigeants. »

Extrait du journal de Jonas Samson

— Je crois que j'ai trouvé ce que je veux faire plus tard pour contribuer au bien-être de la communauté, déclare Shani.

— Mon petit doigt me dit que ça va être une activité très superficielle, rétorque Analia en riant.

— Détrompe-toi, je compte devenir une scientifique de haut niveau.

— Vraiment ? s'étonne son amie en lui jetant un regard perplexe.

Parmi toutes les fonctions que Shani aurait pu exercer, scientifique n'est pas la première option qui venait spontanément à l'idée d'Analia.

— Oui, vraiment, parce qu'à mon avis il faudra que j'aie un sacré niveau si je veux être un jour capable à mon tour de créer de telles merveilles !

— Dire que j'ai failli croire que tu devenais sérieuse !

— Mais je suis on ne peut plus sérieuse, regarde tout ça !

Shani glousse de ravissement en se penchant vers la sphère translucide qui contient toutes les nuances de couleurs et de luminosité dont on pouvait rêver.

— Encore merci, ma petite Ani, d'avoir accepté de commander tout ça, je ne sais pas ce que je deviendrais sans toi. Regarde ce réflecteur de lumière, si avec ça je ne suis pas la fille la plus lumineuse de la soirée !

Les deux adolescentes n'ont pas encore passé leurs robes. Elles sont assises en sous-vêtements devant une table sur laquelle est disposée toute une palette de produits cosmétiques ainsi que différents bijoux qu'elles s'amusent à manipuler pour leur donner diverses formes. Même Analia, d'ordinaire moins superficielle, doit reconnaître qu'elle a l'esprit totalement absorbé par ces activités délicieusement futiles. Elles essaient différentes couleurs qui, couplées avec des réflecteurs, modifient sensiblement leurs traits par un jeu d'ombres et de lumière. Quand Analia se regarde dans le miroir tridimensionnel qui lui permet de voir l'intégralité de son visage, elle constate que ses traits semblent adoucis, sa peau acquiert une texture veloutée et ses yeux bleus brillent avec une intensité particulière.

— Ne change plus rien, ordonne Shani, tu es magnifique, mystérieuse à souhait. Et moi, tu me trouves comment ?

Le visage de Shani est illuminé comme si un minuscule soleil l'éclairait de l'intérieur.

— Rayonnante, c'est le moins qu'on puisse dire ! C'est un maquillage qui te ressemble. Tu devrais le garder, conseille Analia.

— Sûre ? demande son amie en se contemplant dans le miroir

— Sûre et certaine !

Elles enfilent ensuite les robes, expérimentant avec un étonnement ravi le frémissement soyeux du tissu qui semble palpiter au moindre mouvement de leurs corps.

— Rien à dire, ça change des uniformes, constate Shani en tournoyant dans sa robe rouge. Je me sens comment dire…

aérienne. Si ce soir nous ne sommes pas les reines de la soirée, je veux bien être jetée au-delà de la barrière de sécurité. Je te jure que quand Idrian va te voir, il va tomber à la renverse ! assure-t-elle.

Idrian. Le plus beau garçon de l'école. Le plus brillant. Le plus drôle. Le plus sportif. Issu d'une des plus importantes familles de l'île. Le garçon que toutes les filles rêvaient de séduire. Le garçon qui a demandé à Analia d'être sa partenaire pour le bal. Depuis toute petite, elle le regardait de loin comme un prince tout droit sorti des contes du temps jadis. Secrètement amoureuse, comme la plupart des filles de l'île sans doute, jamais elle n'aurait seulement osé lui parler tant il semblait inaccessible. Puis un jour, par hasard, ils avaient travaillé côte à côte au centre de recherches. Elle soupirait tout en tentant d'élaborer des graphiques censés démontrer de quelle manière le modèle de recyclage était encore perfectible.

— Si tu veux mon avis, tu t'y prends mal.

Elle avait brusquement levé la tête pour s'apercevoir qu'il observait son travail par-dessus son épaule.

— J'ai fait ça l'année dernière, je peux t'aider si tu veux, avait-il dit en souriant comme si sa proposition allait de soi.

Elle s'était contentée de hocher la tête et l'avait regardé promener ses doigts sur l'écran tactile tout en lui donnant des explications.

— Tu vois, ce n'est pas si compliqué, avait-il conclu avec un sourire.

Sans doute avait-il raison, sauf qu'elle n'avait guère écouté ses explications, fascinée qu'elle était par le mouvement de ses longues mains sur l'écran. Elle avait agité la tête comme pour éloigner un sortilège et une fois qu'elle eut repris ses esprits, ils avaient un peu discuté, puis ils s'étaient recroisés quelquefois. Pour Analia, le seul fait qu'il s'attarde quelques minutes pour bavarder avec elle ou même plaisanter était déjà un miracle en soi. Aussi avait-elle été pour le moins interloquée lorsqu'il lui avait proposé de l'accompagner à la soirée. Il aurait pu inviter des centaines d'autres filles – toutes les filles de l'île en fait –, mais pour d'insondables raisons, c'est elle qu'il avait choisie. Elle était flattée, certes, mais aussi terriblement angoissée. Jusque-là, elle ne l'avait rencontré que dans le cadre rassurant du centre de recherches et leurs conversations avaient toujours été de courte durée.

Si elle n'était pas à la hauteur ? Si son comportement n'était pas conforme à ce qu'il attendait d'elle ? S'il regrettait dès le début d'avoir invité une fille aussi insignifiante ? Ses propres parents avaient levé le même sourcil étonné quand elle leur avait annoncé qui était son cavalier, mais ils s'étaient abstenus de tout commentaire. Quand elle les avait interrogés, ils lui avaient seulement fait part de leur surprise, mais ne s'étaient pas étendus davantage. Ce n'est pas tous les jours qu'on se fait inviter par un moins de 100. Sans doute la trouvaient-ils eux aussi d'une affligeante banalité.

Elle ressent l'envie de faire part de ses doutes à Shani, mais elle s'en abstient sachant que cette dernière va se moquer d'elle en faisant allusion à sa prétendue perfection. Elle ajoutera que ce n'est jamais qu'une soirée et qu'elle prend toujours tout trop au sérieux. Analia sourit intérieurement en se disant qu'il est inutile de parler à son amie puisqu'elle connaît déjà toutes ses réponses.

Elles chaussent ensuite des sandales dorées dont les lanières viennent s'enrouler autour de leurs chevilles comme de minuscules lianes.

— On est de vraies princesses, déclare Shani, en regardant leurs pieds. Tu sais à quoi ça me fait penser ? Cette légende du temps des Grandes Terres qu'on nous racontait quand on était petites, il y a cette fille qui va au bal…

— Cendrillon ? hasarde Analia

— Oui, c'est ça. J'adorais cette histoire quand j'étais petite, c'était toujours celle que je demandais à la voix de me raconter pour m'endormir, et je rêvais que moi aussi je rencontrais une fée qui changeait mon uniforme contre une robe de princesse. Et ce soir mon rêve se réalise ! Enfin !

— C'est sûr que vous avez l'air de vraies princesses, confirme Jaine en pénétrant dans la chambre de sa fille. Dépêchez-vous, faute de carrosse, l'hydrobulle vous attend.

Il est rare qu'elles puissent disposer d'un hydrobulle pour elles seules, mais ce soir elles ont le privilège d'être les uniques passagères à être confortablement installées dans la sphère translucide qui les conduit sur l'île principale. Les étoiles qui paillettent le velours noir du ciel de leurs éclats épars, et les ponts semblables à des sentiers lumineux posés sur le sombre miroir du lagon, leur donnent plus que jamais la sensation de vivre un conte de fées. Alors que leur moyen de locomotion se rapproche silencieusement de l'île, elles aperçoivent, telles des auréoles de lumière colorées, d'autres bulles occupées par des adolescentes qui ont l'air tout aussi excitées qu'elles. Elles se dirigent toutes, dans une chorégraphie parfaitement orchestrée, vers le lieu du bal. Il ne fait aucun doute que c'est leur soirée !

L'hydrobulle accoste en faisant clapoter une série de vaguelettes contre la berge. Elle regarde les jeunes gens massés près de l'eau et aperçoit Idrian parmi d'autres garçons. Ils portent tous des costumes sombres d'une coupe très élégante, mais le cavalier d'Analia est le seul à ne pas avoir l'air emprunté dans ce vêtement inhabituel. Du fait de la position de sa famille, peut-être n'est-ce pas la première fois qu'il a l'occasion de porter ce genre de tenue. Sans doute a-t-il déjà assisté à de nombreuses soirées. Cette pensée fait ressurgir ses appréhensions et elle se dit qu'elle ne sera jamais à la hauteur. Tôt ou tard dans la soirée, elle fera ou dira quelque chose de parfaitement ridicule qui lui fera regretter son invitation. Elle se maudit intérieurement d'avoir accepté d'être sa cavalière ! Elle envie Shani qui connaît parfaitement son partenaire, Nyl, puisque ce dernier n'est autre que son ami d'enfance. Mais elle n'a pas le loisir de réfléchir davantage : Idrian s'approche déjà de la bulle et tend la main dans sa direction pour l'aider à descendre. Comme dans les histoires de princesses du temps jadis !

— Tu es très belle, constate-t-il après l'avoir examinée des pieds à la tête.

Qu'est-elle censée répondre ? Qu'elle aussi, elle le trouve très beau ? Qu'il est l'incarnation de tous les princes de contes de fées et qu'elle doit se pincer pour se persuader que tout cela est bien vrai ? Elle se contente de glousser bêtement tout en se reprochant de n'avoir pas trouvé une répartie spirituelle. Il va la prendre pour une véritable godiche ! De son côté, Nyl entraîne déjà Shani vers la fête dans un éclat de rire et elle se prend à jalouser leur insouciance pendant qu'elle avance aux côtés d'Idrian.

Le bâtiment dans lequel ils pénètrent a pris, pour la soirée, la forme d'un immense diamant aux multiples facettes. À l'intérieur, les murs ont été façonnés de telle sorte que les convives aient l'illusion d'évoluer dans une grotte minérale aux reflets bleutés. Des cascades de fleurs blanches et mauves sont disposées dans des niches creusées au sein des parois. Des hologrammes en forme de minuscules étoiles blanches flottent dans l'air et d'autres, semblables à des colombes, volent dans la pièce et se perchent parfois sur les branches givrées des arbres stylisés qui ornent la salle. Elle avait entendu dire que les organisateurs d'évènements aimaient créer la surprise par leurs décors somptueux, mais c'est la première fois qu'elle a l'occasion de le constater de ses propres yeux ! Et cela dépasse tout ce qu'elle aurait pu imaginer.

Une fois l'assemblée au complet, la grotte prend une teinte

bleu nuit. Le visage d'Eléa 2, la plus éminente responsable de la communauté, apparaît sur le mur principal de la salle, dans une sorte de halo phosphorescent. Ses cheveux d'une blondeur extrême sont coiffés en un chignon sophistiqué saupoudré de poussière d'or et ses sourcils, rehaussés d'une multitude de petits diamants, forment deux arcs parfaits. Le sourire chaleureux qu'elle adresse aux participants donne à chacun d'eux la sensation qu'il lui est particulièrement destiné.

— Tu n'as plus qu'à lui coller une baguette magique dans la main et tu pourrais croire que c'est une bonne fée ! Vas-y, fais un vœu pour voir, chuchote Idrian à l'oreille d'Analia.

— Bienvenue à tous, déclare Eléa 2 d'une voix suave où perce néanmoins un soupçon d'autorité. J'aurais souhaité de tout cœur être parmi vous en cette occasion, mais malheureusement, j'ai été retenue par d'autres obligations. Jeunes gens d'Eden Island, cette soirée est la vôtre. Même si votre formation n'est pas encore achevée, vous êtes désormais considérés comme des membres actifs de la communauté avec tous les droits et les obligations que cela implique. Nous sommes persuadés que vous saurez vous montrer dignes de votre nouveau statut. Mais laissons cela de côté pour le moment, ajoute-t-elle en souriant, ce soir, vous ne devez songer qu'à vous distraire. Les organisateurs, comme vous avez pu le constater en entrant, ont tout mis en œuvre pour que cette soirée soit inoubliable et je les en remercie. Je vous souhaite de profiter pleinement des festivités. Que la communauté vous protège.

— Et que nous protégions la communauté, répondent avec enthousiasme tous les adolescents présents dans la salle.

— Elle est vraiment impressionnante, remarque Analia, une fois son visage disparu. C'est la personne la plus charismatique que j'ai jamais vue.

— Je pourrai te la présenter si tu veux, répond Idrian.

— Tu plaisantes ? Tu connais Eléa 2 ? s'exclame aussitôt Analia qui a du mal à imaginer que cette femme, à l'apparence si parfaite, existe réellement en chair et en os quelque part sur l'archipel.

— Dire que je la connais serait un peu exagéré, mais c'est une amie de ma mère. Remarque, elle n'est pas très marrante. Toute sa vie tourne autour de l'organisation de la communauté. Elle venait à la maison quand j'étais petit, à l'époque elle devait s'appeler Eléa 17, et on m'envoyait prendre mon repas dans ma chambre sous prétexte qu'elle devait parler de sujets importants avec mes parents. Alors des fois, je remontais l'escalier et j'essayais d'écouter.

— Et c'était intéressant ?

— Bof. Il était souvent question de l'alimentation énergétique, des cellules d'habitation, de la Centrale… enfin bref, rien de très exaltant pour un gamin. Des fois, je m'endormais dans l'escalier, c'est te dire à quel point c'était passionnant ! Bon, que dirais-tu d'aller boire un verre ?

Il la prend par le coude et ensemble, ils se frayent un chemin pour accéder au bar. La foule est compacte, mais de minuscules diffuseurs disséminés dans les parois envoient à intervalles réguliers un air rafraîchissant au parfum floral. De ce fait et malgré la foule qui se masse dans la salle, l'atmosphère n'a rien d'étouffant. Au bout de quelques minutes, ils parviennent enfin à s'approcher du bar où se trouvent déjà Nyl et Shani.

Cette dernière tient dans sa main un verre fleur rempli d'un liquide rouge fluorescent dans lequel flottent des perles multicolores.

— Tu devrais goûter, dit-elle à l'intention de son amie, c'est tout bonnement divin !

Analia constate très vite par elle-même que son amie dit vrai. Les perles éclatent dans sa bouche libérant un goût de fruit d'une intensité inédite alors que le liquide dans lequel elles baignent imprègne tout le corps d'une agréable sensation de légèreté. Analia a vraiment l'impression d'être plongée dans un rêve. Idrian est aux petits soins pour elle, s'assurant qu'elle a de quoi manger et boire, la présentant à des étudiants qu'elle ne connaissait pas, lui parlant de sujets légers qui lui permettent de répondre spontanément sans avoir peur de faire une gaffe. Elle n'aurait pu rêver meilleur cavalier.

Maintenant qu'elle a dépassé son appréhension initiale, elle profite pleinement de la soirée. Elle exécute même avec Shani des chorégraphies totalement fantaisistes sur des airs joués par un des groupes virtuels les plus branchés du moment, puis, quand la musique devient plus douce, elle se retrouve tout naturellement enlacée dans les bras d'Idrian qui danse avec la plus parfaite décontraction. La salle a pris l'aspect d'un ciel nocturne qui donne aux adolescents la sensation de se mouvoir dans le vide. Des nuages d'étoiles inondent l'espace et viennent s'enrouler furtivement aux corps des danseurs comme de longs filaments lumineux avant de se défaire pour se disperser à nouveau dans la salle. Jamais, à part avec les membres de sa famille, elle n'a le souvenir d'avoir partagé un tel degré d'intimité avec quelqu'un. Elle a envie de laisser sa main remonter le long de son bras, d'oser passer les doigts dans ses cheveux bruns en le regardant dans les yeux, mais elle se contente de tournoyer avec lui, les mains sagement posées sur ses épaules. Comme s'il avait deviné ses pensées, il lui adresse un sourire qui la fait fondre et la serre légèrement plus fort. Elle se dit qu'elle est l'élue, celle qu'il a choisie parmi des centaines d'autres et qu'il la regarde à cet instant comme si elle était l'unique fille de l'archipel. Si elle avait un vœu à faire, ce serait celui d'emprisonner le temps dans la magie de cet instant parfait.

Quand la salle s'habille de gigantesques fleurs rouges

aux formes mouvantes et que la musique devient nettement plus rapide, Idrian la prend par la main pour l'entraîner à l'extérieur.

— Tu t'amuses ?

— C'est la plus belle soirée de ma vie, répond Analia avec un immense sourire. Remarque, je n'ai pas vraiment de point de comparaison. C'est la première fois que je suis autorisée à assister à un tel évènement. C'est censé être un passage vers l'âge adulte, mais j'ai l'impression d'avoir cinq ans !

Il s'arrête et la contemple pensivement.

— Tu n'as pas du tout l'air d'avoir cinq ans, dit-il en portant sa main à ses lèvres. Viens.

Ils avancent maintenant dans une petite allée éclairée de massifs fleuris au parfum capiteux.

— Ce sont des roselys, précise Idrian en désignant une des fleurs, un croisement entre deux espèces de l'époque des Grandes Terres. Ils ont gardé le parfum et la texture de la première et la forme de l'autre.

— Tu t'intéresses à la botanique ?

— Je n'irais pas jusqu'à dire ça, mais mon grand-père a beaucoup travaillé sur l'amélioration des espèces. Quand j'étais petit, j'adorais aller voir les nouvelles fleurs qui poussaient dans sa serre. Il prenait chaque fois le temps de m'expliquer ce qu'il faisait et me montrait des hologrammes d'espèces disparues.

— Tu as l'air d'avoir une famille vraiment intéressante, remarque Analia.

— Disons qu'elle est très investie dans l'amélioration de la vie de la communauté. Mais c'est le cas de la tienne aussi, non ?

— Oui, mes parents essaient toujours de contribuer au bien-être commun même s'ils n'ont pas un rang aussi élevé que le tien. On a vraiment de la chance de vivre ici ! Tout est tellement merveilleux.

L'allée qu'ils ont empruntée longe maintenant l'eau immobile du lagon.

— Tu crois qu'on a le droit de s'éloigner comme ça ? interroge Analia soudain inquiète à l'idée d'enfreindre le règlement.

— Aucune loi n'oblige les participants à rester à l'intérieur. Et ça fait du bien d'être un peu dehors, loin de la foule, tu ne trouves pas ? Viens avec moi, je te promets qu'on va être seuls au monde.

Il l'entraîne jusqu'à l'extrémité d'une des branches de l'île. Là, cachée des regards par une abondante végétation, se dresse une montgolfière blanche dont le ballon ressemble à une immense fleur de lotus. Idrian, qui tient toujours Analia par la main, s'en approche d'un pas décidé.

— Envie d'un tour dans les airs ? demande-t-il en souriant

— Mais...

— Il n'y a pas de « mais » ! Rien n'est trop beau pour toi ce soir ! déclare-t-il en lui faisant une sorte de révérence.

Avant même qu'Analia ait le temps de réagir, il scanne son bracelet pour pénétrer à l'intérieur de la nacelle. Idrian actionne maintenant le levier qui libérera l'air chaud grâce auquel ils pourront s'élever vers le ciel.

— Je n'arrive pas à y croire, dit Analia, alors que l'engin monte lentement vers la lune aussi ronde et blanche qu'une immense perle pendue dans le ciel.

— Appartenir à une des plus importantes familles de l'île donne accès à quelques privilèges, se contente de dire Idrian d'un ton détaché. Remarque, on ne va pas aller bien loin, le ballon est retenu par un câble qui l'empêche de se déplacer horizontalement, mais ça vaut quand même le coup d'œil. Regarde.

La montgolfière s'élève lentement dans le ciel nocturne et,

une fois la hauteur atteinte, Analia peut contempler le lagon semblable à un immense joyau lumineux posé sur l'écrin sombre de l'océan.

Au bout de quelques instants, Idrian cesse de contempler le paysage nocturne pour lui faire face.

— Tu es vraiment très belle, ce soir !

— Pas très dur d'avoir l'air plus belle qu'en uniforme !

C'est tout ce qu'elle trouve à répondre, soudain gênée par son regard insistant.

— Mais en uniforme aussi je te trouve très jolie.

Il se penche vers elle, soulève son menton et doucement, très doucement, embrasse ses lèvres. Dans un premier temps, Analia lui rend docilement son baiser puis elle s'autorise à promener ses mains sur sa nuque. Après un instant d'hésitation, elle se laisse envahir par les sensations inédites qu'elle sent monter en elle et éprouve l'envie de se serrer plus étroitement contre lui. Elle oublie sa timidité et sa peur d'être maladroite pour lui rendre son baiser avec une intensité qui la surprend elle-même. Il est le premier à se reprendre et la repousse doucement contre la paroi de la nacelle en la tenant légèrement à distance de lui afin que leurs corps ne soient plus en contact.

— Sous tes dehors timides, tu es… étonnante ! constate-t-il avec un petit sourire. Il vaut mieux qu'on redescende rapidement ou je ne répondrai plus de moi.

Mais elle n'a aucune envie de redescendre, pas plus que de retrouver les autres. Elle veut rester là, entre terre et ciel, blottie contre lui. Elle veut caresser ses cheveux, l'embrasser encore, prendre le temps de regarder chaque détail de son visage, tracer du doigt le contour de ses lèvres pour se persuader qu'elle ne rêve pas… Elle voudrait suspendre ce moment dans l'éternité… seulement il s'est doucement détaché d'elle et fait maintenant en sorte que la montgolfière redescende sur le sol.

Plus tard, dans l'hydrobulle en compagnie de Shani, elle l'écoute commenter la soirée en se contentant de glisser quelques mots de temps à autre. Cela ne semble nullement déranger son amie que l'excitation a transformée en véritable moulin à paroles. Tout est sujet à commentaire : le décor, les musiciens virtuels, la nourriture, Nyl qui n'a même pas eu la bonne idée d'essayer de l'embrasser... Analia, quant à elle, repense aux baisers qu'elle a échangés avec Idrian. C'était la première fois qu'elle embrassait un garçon. Et elle avait inconsciemment attendu ce moment pendant toute la soirée.

— Eh, miss distraite, c'est trop te demander de me répondre quand je te parle ? dit Shani en lui tapotant l'épaule.

— Excuse-moi, tu disais ?

— Je te demandais si le beau Idrian t'avait embrassée. Oui, bien sûr qu'il t'a embrassée, je vous ai vus sortir et là tu rougis, constate-t-elle d'un ton qui ne tolère aucune discussion. La Belle au Bois dormant a dû faire à peu près cette tête-là après que le prince charmant l'ait réveillée d'un baiser ! Alors, raconte, c'était comment ? Je suis sûre qu'il embrasse comme un dieu ! Je veux tous les détails.

Mais une agitation inattendue un peu plus loin sur le lagon dispense fort opportunément Analia de répondre. Plusieurs hydrobulles de sécurité sont immobilisés afin d'éclairer un point précis de l'étendue d'eau. Elles ne peuvent en voir davantage, leur propre véhicule bifurquant automatiquement afin d'emprunter un autre couloir hydraulique pour les ramener chez elles.

Quand Analia pénètre dans son unité d'habitation, elle constate que, malgré l'heure tardive, ses parents se trouvent encore dans la pièce principale. Ils lui tournent le dos et regardent les images diffusées sur la paroi. On aperçoit le corps d'un très jeune enfant qui flotte à la surface de l'eau sombre du lagon. Le commentateur est en train de préciser qu'il s'agit d'un sans bracelet qui a traversé le champ de force de la barrière. Sa petite taille lui ayant probablement permis de passer de l'autre côté. Son corps sans vie avait été retrouvé aux abords de l'île principale. Il ajoute que la sécurité va être renforcée et il en appelle à nouveau à la vigilance de chacun.

Analia échange à peine quelques mots avec ses parents. Elle s'était imaginé leur raconter la soirée avec force détails, mais elle n'en a plus envie et ils n'en demandent pas plus. Eux aussi ont l'esprit occupé ailleurs. Quelques minutes plus tard, elle met sa robe de soirée dans le bac de recyclage de sa chambre. Désormais sans utilité, elle sera directement envoyée dans la Centrale qui, à des centaines de mètres sous l'eau, recycle tout ce qui se trouve sur l'île. Au moment où elle enfile sa tenue de nuit, elle pense encore une fois à l'histoire de Cendrillon. Toute la soirée semble malheureusement n'avoir été qu'un rêve.

Analia peine à trouver le sommeil. Elle aurait aimé se revoir danser, penser à son prince charmant, mais l'image qui s'impose à elle est celle d'un petit corps malingre flottant sur l'eau comme une poupée désarticulée. Un minuscule corps d'enfant forcément invisible, quand, du haut de la nacelle, elle a contemplé d'un œil émerveillé l'archipel illuminé. Un enfant inconnu qui devait avoir à peu près l'âge d'Aïko. Un enfant qui n'avait pas eu la chance de naître du bon côté de la barrière.

Chapitre 6

« Si un élément particulièrement remarquable est détecté, une internalisation peut être envisagée, à condition que le sujet vienne seul et qu'il accepte sans aucune réserve toutes les règles de la communauté. »

Extrait du journal de Jonas Samson

— Tu devrais quand même prendre le temps d'y réfléchir, conseille Oren d'une voix calme.

— C'est tout réfléchi, pas un seul instant je ne pourrais imaginer partir sans Anna et Louna, répond fermement Aylan.

— Je pourrai veiller sur elles, tu sais… et elles seraient à l'abri du besoin.

L'homme et l'adolescent marchent sur la plage de sable noir. Ils aperçoivent au loin des pêcheurs en train de ravauder leurs filets qui les saluent de la main. Les derniers rayons du soleil couchant embrasent l'horizon, de telle sorte que l'océan tout entier semble ensanglanté. Depuis que le bruit de la proposition faite à Aylan s'est répandu dans le village, tout le monde semble avoir un avis sur le sujet. La plupart, bien sûr, pensent qu'il devrait accepter. Sa propre mère le pousse à le faire malgré le chagrin que ne manquerait pas de lui causer cette séparation. Joao n'imagine pas un instant qu'il pourrait refuser et même Oren semble partager cet avis. Aylan semble être le seul habitant du village à n'avoir pas la moindre envie d'aller là-bas.

— La vie est dure ici, mais je suis avec ma famille, mes amis, personne ne me dit ce que je dois faire et j'ai le sentiment d'être libre. Là-bas…

— Là-bas, tu pourras t'entraîner dans des conditions optimales, tu pourras t'instruire et comme il te l'a dit, tu auras accès à des choses dont on ne connaît même pas l'existence…

— Pourquoi me pousses-tu à y aller ?

— Je vais être franc avec toi : ils se sont engagés à nous fournir des denrées alimentaires et des médicaments, peut-être même des armes pour nous défendre…, répond Oren sans détourner le regard.

— Mais c'est du chantage ! s'insurge Aylan en lançant une pierre dans l'océan.

— Non, c'est le marché qu'ils ont proposé. Je te dis les choses telles qu'elles sont. Ce sont eux qui ont les cartes en main. Pas moi ! constate Oren d'un ton philosophique.

— Ils m'achètent, en quelque sorte ?

— Je pense qu'on peut le dire comme ça. Il y a des tas de garçons, ici, qui se précipiteraient à ta place.

— Pas de chance, le monde est vraiment mal fait. Il fallait que ce soit à moi qu'ils fassent cette proposition. Tout le monde a l'air d'avoir envie d'aller là-bas sauf moi !

Oren lui met la main sur l'épaule.

— Tu sais, je comprends ce que tu éprouves. Bien sûr, en tant que responsable du village, ça m'arrangerait que tu y ailles. De la nourriture, des médicaments et des armes en plus ne seraient pas du luxe, mais si j'étais à ta place…

Un sifflement violent interrompt brutalement leur discussion.

— C'est l'alerte, crie Oren soudain sur le qui-vive, il se passe quelque chose.

Plusieurs coups de feu se font entendre et, sans plus

réfléchir, ils s'élancent en direction du poste de garde le plus proche. Quand ils arrivent, ils découvrent les deux hommes étendus sur le sol, face contre terre. Oren se penche et tourne l'un d'entre eux :

— Morts tous les deux, on les a attaqués au couteau et on a pris leurs armes.

Ils reprennent leur course vers le village au milieu du paysage aride écrasé de soleil. En s'approchant, ils entendent des cris et voient de la fumée qui s'élève vers le ciel. Alors qu'Aylan continue de courir à perdre haleine, il sent soudain la main d'Oren sur son bras. Ce dernier le tire sans ménagement derrière un rocher.

— Attends, il faut s'arrêter, ça ne servira à rien d'arriver au village comme ça. Il faut comprendre ce qui se passe, voir combien ils sont…

— Il faut que j'aille chez moi ! dit Aylan en tentant vainement de se dégager de son emprise.

— Attends, j'ai dit. Suis-moi et ne discute pas.

L'ordre est presque chuchoté, mais l'autorité qui se dégage de sa voix est telle qu'Aylan lui obéit sans broncher. Ils se glissent derrière les rochers et escaladent une butte qui leur permet d'avoir un point de vue sur le village. Plusieurs maisons sont en feu, des silhouettes fantomatiques avancent sur la place avec des mouvements désordonnés. Des hommes pour la plupart, quelques femmes aussi. Des étrangers. Tous d'une maigreur extrême. Certains sont armés de fusils, d'autres tiennent à la main des sortes de lances en bois qu'ils agitent frénétiquement. Tous se déplacent étrangement, comme des animaux aux aguets. Les habitants du village, terrorisés, ont dû pour la plupart se terrer chez eux, mais ils aperçoivent plusieurs corps gisant sur la terre orangée. Certains ont dû être pris par surprise sans avoir le temps de se défendre ou de fuir. Aylan a l'impression qu'il va vomir, mais il s'efforce de rester parfaitement immobile tant qu'Oren ne lui donne pas l'ordre de bouger. Il constate que sa propre maison, un peu à l'extérieur du village, semble encore intacte. Mais comment être sûr que Louna et sa mère sont en sécurité ? Il sent son ventre se contracter et l'envie de vomir s'intensifie, mais il s'oblige à observer l'étrange ballet fantomatique qui continue à se déployer sur la place.

— Viens, ordonne soudain Oren, ne fais aucun bruit.

Ils se déplacent en silence pour ne pas être vus des étrangers. Oren se glisse entre deux rochers dans un renfoncement qu'Aylan n'avait jamais remarqué auparavant. Il déplace plusieurs pierres et dévoile une cachette contenant des armes. Il prend deux fusils et en tend un autre à Aylan. Il fixe quelques instants l'adolescent dans les yeux :

— Cette fois-ci, ce n'est pas pour jouer ! Fais attention à toi et tire sans te poser de questions. Pas de place pour les états d'âme. C'est eux ou nous !

Quand ils pénètrent dans le village, les hommes sont en train d'enfoncer les portes des maisons. Ils ont entassé sur la place plusieurs jerricans d'eau et des sacs de nourriture. De nouveaux coups de feu retentissent. Plusieurs villageois sont en train d'investir la place en tirant à bout portant sur les étrangers qui ripostent aussitôt. Oren et Aylan surgissent et tirent à leur tour. L'adolescent regarde dans le viseur sans cesser d'avancer puis appuie mécaniquement sur la gâchette en s'efforçant de ne penser à rien. Oren avance sur la place en tirant sans arrêt. Chacun de ses tirs semble faire mouche. Plusieurs silhouettes se sont effondrées sur le sol tels des pantins désarticulés. Aylan ne peut s'empêcher d'espérer que ce soient les balles des autres et non les siennes qui ont fait mouche avec autant d'efficacité. Mais il sait aussi que les multiples séances d'entraînement dispensées par le chef du village ont fait de lui un excellent tireur. Il entend encore quelques coups de feu puis tout redevient étrangement silencieux. Oren, encore sur ses gardes, scrute les environs à la recherche d'un nouvel ennemi susceptible de surgir à tout moment. Peu à peu, les autres villageois baissent leurs armes et forment un attroupement au centre de la place.

— On les a tous eus, je crois, s'exclame un homme trapu en essuyant la sueur sur son visage.

Tous se regardent, hébétés, pour l'instant incapables de se rendre compte de ce qui vient de se passer. Le bruit. L'odeur de poudre. Les morts dont le sang vient se mêler à la terre rouge. Tout semble irréel. Peu à peu, les portes des habitations s'ouvrent, des hommes et des femmes arrivent à leur tour sur la place. Aylan s'élance vers sa maison.

Courir. Arriver sur la terrasse. Voir la porte. Penser que peut-être derrière, il y a l'enfer. Le malheur. La désolation. La pousser d'un geste violent pour endiguer la peur qui l'étreint comme un étau, et voir sa mère et sa sœur terrées dans un coin de la pièce. Apeurées, mais saines et sauves. Les étrangers ne sont pas venus jusque-là.

Quand il les prend dans ses bras, il s'aperçoit qu'ils tremblent tous les trois à l'unisson. Il aurait tant voulu, à ce moment précis, être encore un enfant qu'un adulte aurait serré contre lui en lui assurant que ce n'était rien de grave, que tout allait s'arranger et redevenir comme avant ! Mais aujourd'hui, c'est lui l'adulte qui doit protéger sa mère et sa sœur. Il aurait voulu pouvoir rassurer Louna qui presse Monsieur Jacquot contre elle d'un geste convulsif, seulement il ne trouve pas les mots. Il se contente de la serrer contre lui en caressant ses boucles blondes.

Ce qui vient d'arriver, ils le redoutaient confusément depuis des semaines. Leur pire cauchemar est devenu réalité. La faim a transformé les hommes en tueurs. Ils ne sont plus venus quémander de l'aide comme les fois précédentes : privés de tout, ils sont venus tuer pour prendre le peu qu'ont les autres. Les hommes et les femmes qu'il a aperçus n'avaient rien de mercenaires ou de tueurs professionnels, ils ressemblaient à des animaux affamés que le désespoir aurait dépouillés de toute humanité.

Maintenant qu'elles sont en sécurité, il laisse les deux femmes dans la maison après une dernière étreinte et revient sur la place pour aider les autres. Il se joint à la chaîne humaine qui s'est organisée pour éteindre le feu. Mais il ne peut s'empêcher de balayer l'endroit du regard à la recherche de Joao. Il connaît bien son ami, il aurait dû être ici en train de se rendre utile, mais il a beau regarder autour de lui, il ne l'aperçoit nulle part. Il interroge les hommes autour de lui, mais personne ne semble l'avoir vu. Au bout de quelques minutes, n'y tenant plus, il abandonne son poste. Il doit trouver Joao. Se débarrasser de l'horrible pressentiment qui lui comprime la poitrine.

Il fait d'abord le tour de la place. Quelqu'un a apporté une charrette sur laquelle les hommes chargent les cadavres des étrangers. Aylan n'a aperçu que leurs maigres silhouettes squelettiques et maintenant ces hommes et ces femmes sont morts. Tout lui semble irréel. Un cauchemar dont il va forcément se réveiller. On lui dit que les morts du village, neuf hommes, des guetteurs pour la plupart, et trois femmes, ont été ramenés dans leurs demeures. Joao n'est pas parmi eux. Aylan sent les griffes qui lacèrent sa poitrine se desserrer un peu, mais il n'en demeure pas moins très inquiet. S'il est vivant, il devrait être là sur la place !

Il s'engage dans les rues adjacentes et croise quelques villageois au regard hébété qui se dirigent vers le centre. Une poule noire s'enfuit en caquetant furieusement. Une femme appuyée contre un mur serre contre elle un enfant qui pleure convulsivement. Quand Aylan passe à sa hauteur, elle lui fait un pauvre sourire qu'il essaie tant bien que mal de lui rendre. Et soudain au bout de la rue, il le voit. Ou plutôt, il le devine. Ce n'est qu'une vague silhouette accroupie, mais il se met à courir sachant instinctivement que c'est Joao. Quand il arrive près de lui, il comprend avant même que son ami d'enfance ne lève vers lui son visage baigné de larmes :

— Ils ont tué mon chien.

Il serre contre lui la tête de Jasper dont la fourrure est ensanglantée. Aylan se penche et prend délicatement Joao par l'épaule. Ils restent accroupis ainsi de longues minutes puis il dit :

— Viens, on va l'enterrer.

— Je sais qu'on devrait être là-bas à aider les autres. Je sais qu'il y a des morts. Je sais que ce n'est qu'un chien, en plus c'était un bon à rien, mais c'était un bon chien. Où que je sois dans le village, il arrivait toujours à me trouver ! Tu te souviens quand je l'ai recueilli ? C'était un chiot affamé, personne n'aurait parié sur sa survie. Et pourtant c'est devenu un grand chien. Le meilleur des chiens ! Et c'était ma seule famille.

Il caresse délicatement le corps sans vie de Jasper. Aylan comprend qu'il a besoin d'un peu de temps et reste à côté de lui sans rien dire, puis au bout d'un moment, quand il le sent enfin prêt, il l'aide doucement à se relever. Joao porte son chien dans ses bras comme s'il berçait un enfant malade. Ensemble, ils se dirigent vers leur poste de garde près des jardins potagers et commencent à creuser silencieusement un trou dans la terre asséchée.

La nuit est tombée depuis longtemps pourtant, hormis les enfants, personne ne dort. On veille les morts dans les familles endeuillées. Demain, les villageois se réuniront pour les enterrer et leur rendre un dernier hommage, mais pour l'heure, Oren les a réunis dans la maison commune. Il dresse d'abord la liste des personnes décédées, tous laissent derrière eux une femme, un mari, un enfant. Il énumère les noms dans un silence recueilli. Aylan les connaît tous, pour avoir partagé des tours de garde avec certains d'entre eux, pour avoir travaillé dans les champs avec d'autres. Il se souvient que Martha, dont Oren vient de citer le nom, lui donnait des tourtes à la pomme quand il était petit, les meilleures qu'il ait jamais mangées… Et maintenant, elle est morte ! Marcus, le fabricant de planches, fait aussi partie des victimes. Aylan l'entend encore plaisanter avec Joao, puis il revoit sa femme, si jeune, si frêle, penchée sur leur bébé. Ce n'était pas des proches, certes, mais ils avaient tous, à des degrés divers, fait partie de sa vie. Maintenant que la tension est retombée, il sent ses paupières picoter dangereusement et, quand il regarde Joao, il voit bien que ce dernier lutte férocement pour ne pas s'effondrer.

— Nous devons renforcer la sécurité autour du village, dit Oren.

— Ils venaient d'où ces types ? demande quelqu'un. Vous les avez vus ? Déjà, avant de mourir, ils ressemblaient à des cadavres ! Ils ont fait comment pour arriver jusqu'ici ?

— Ils ne sont pas venus par la plage, répond Oren. Avec Aylan, on les aurait vus. Je pense qu'ils viennent du Nord, et vu leur état, ça devait faire un moment qu'ils erraient.

— Mais qu'est-ce qui leur a pris de s'attaquer à nous comme ça ? S'ils avaient demandé, on aurait essayé de les aider. C'est toujours ce qu'on a fait jusqu'à présent, non ? dit une forte femme rousse aux cheveux frisés.

— Je pense qu'ils ont dû se faire chasser ailleurs. Alors ici, ils ont choisi d'attaquer.

— Tu crois qu'il va y en avoir d'autres ? interroge un autre homme.

— J'en ai peur, oui. On manque d'informations sur ce qui se passe ailleurs. Mais je crains que la famine sévisse dans de nombreuses régions et qu'il y ait des guérillas, que les gens partent sans savoir où aller…

— Alors, on fait quoi maintenant ? demande d'un ton bourru un homme aux cheveux blancs qui tient encore son fusil à la main.

— On multiplie les postes de garde et on attend d'avoir des nouvelles des autres villages. Si on ne fait pas face ensemble, on n'arrivera pas à s'en sortir. La prochaine fois, ils risquent d'être plus nombreux.

La réunion se prolonge. Certains posent des questions pratiques, d'autres expriment leur crainte ou leur révolte. D'autres encore se contentent de pleurer. Mais tous ont ce même besoin d'être ensemble et de parler. Oren le comprend et laisse chacun participer à sa façon, même si ce sont toujours les mêmes mots, les mêmes interrogations qui reviennent. Le lendemain, à l'aube, les hommes devront creuser la terre rouge pour enterrer non seulement les leurs, mais aussi leurs agresseurs. Il faudra aider les familles endeuillées. Protéger les récoltes à venir. Réparer les maisons brûlées. Mettre en commun le peu d'argent qu'ils possèdent pour se procurer de nouvelles armes. Il ne s'agira plus de vivre, mais de survivre.

Chapitre 7

« La passion et l'ambition des hommes ont conduit le monde au chaos. Il ne nous appartient pas de changer le passé, mais de construire l'avenir en formant des citoyens capables de maîtriser leurs pulsions destructrices. Toute notre entreprise doit tendre vers une même fin : la recherche de l'équilibre et de l'harmonie dans le respect de la planète qui nous héberge. »

Extrait du journal de Jonas Samson

Analia a toujours détesté être en retard. Contrairement à Shani, qui arrive généralement au centre de formation tout essoufflée après avoir couru pour être à l'heure, elle part à l'avance afin de savourer pleinement cette promenade matinale sur les ponts qui relaient les différents îlots. Elle ne prend l'hydrobulle collectif que quand les conditions météorologiques sont trop mauvaises, ce qui n'arrive quasiment jamais. Ce matin, le soleil brille dans un ciel sans nuages et une légère brise allège l'atmosphère. En se penchant un peu, elle aperçoit les poissons fluorescents qui peuplent le lagon, parfois ce sont même des dauphins qui s'approchent des îles. Certes, ce ne sont que des hologrammes, mais l'illusion est parfaite ! Sa belle humeur s'assombrit pourtant quand elle se remémore les informations de la veille : maintenant, on peut aussi apercevoir des corps d'enfants dans le lagon et ils sont, hélas, bien réels ! Elle tente d'imaginer la vie telle qu'elle est ailleurs, sur les multiples îles qui n'ont pas été pacifiées et protégées. Elle regarde parfois des reportages : le mode de vie des habitants est rudimentaire, beaucoup de terres sont entièrement desséchées, et si sur certaines îles la vie a l'air relativement paisible, sur d'autres, les conflits semblent éclater sans cesse. Il lui arrive parfois de se demander ce qu'aurait été sa vie si elle était née ailleurs.

Au terme de sa promenade, elle finit par atteindre l'île artificielle où se trouve le centre de formation. Ce dernier se compose d'un édifice principal entièrement vitré en forme de demi-lune et de toute une série de petits bâtiments disséminés au milieu des jardins suspendus. Après avoir inséré son avant-bras dans le lecteur, elle se dirige vers la troisième terrasse-jardin en empruntant un escalier zigzaguant au milieu de massifs fleuris aux couleurs orangées. Chaque journée commence systématiquement par un cours de bien-être qui a lieu à l'extérieur. Plusieurs élèves sont déjà en train de s'étirer sur la pelouse en attendant l'arrivée du professeur. Quand celui-ci apparaît, tous s'immobilisent. Il s'agit de Monsieur Chuan, un enseignant recruté dans les terres de l'Est.

— Que la communauté vous protège, s'exclament aussitôt les élèves d'une seule voix.

— Oui, oui, pareil pour vous, répond le professeur avec un vague signe de tête.

Les élèves se regardent en souriant. Les yeux bridés de Monsieur Chuan, son drôle d'accent et ses manières parfois déconcertantes attestent de sa récente arrivée au sein de la communauté. Analia, quant à elle, apprécie beaucoup son cours qui consiste à mouvoir son corps en accord avec sa respiration pour se sentir en symbiose avec l'univers.

— Laissez l'harmonie du monde se déverser en vous comme l'eau pure d'une fontaine régénérante, dit le professeur d'une voix douce.

Pourtant, ce matin-là, elle ne parvient pas à faire le vide dans son esprit. Elle ne cesse de voir le visage d'Idrian, de se rappeler ses baisers, il l'avait quittée sur un vague « à bientôt ». Cela signifiait-il qu'elle était devenue sa petite amie ? Qu'il y aurait d'autres rendez-vous ? Alors qu'elle lève machinalement les bras pour s'emplir de l'énergie de la terre, elle aperçoit Shani qui arrive en courant. Cette dernière tente bien de se glisser discrètement dans les rangs, mais Monsieur Chuan, qui l'a aperçue, l'apostrophe d'une voix qui a perdu toute douceur :

— Ne m'a-t-on pas dit que la ponctualité était une des règles fondamentales de cette communauté, une règle qui témoigne du respect que l'on porte à ceux qui nous entourent ? Vous venez peut-être d'arriver dans l'archipel ? ceci expliquerait votre méconnaissance des règles élémentaires…

— Veuillez m'excuser, Professeur, si je vous ai offensé. Je vous promets que c'est la dernière fois, s'excuse aussitôt Shani en affichant une mine exagérément désolée.

Il la fixe quelques instants, puis semble décider qu'une sanction nuirait à la sérénité du moment, car il lui fait signe de rejoindre les rangs.

— Tendez maintenant les bras vers le ciel pour vous emplir d'énergie céleste, remerciez le monde de sa splendeur…

Shani pousse un « ouf » de soulagement et se contente de remercier intérieurement le professeur de ne pas l'avoir renvoyée. Pour la splendeur du monde, elle verra un peu plus tard.

Différents cours s'enchaînent. En sciences, elles se retrouvent toutes les deux autour d'un microscope à l'aide duquel elles doivent observer la tige d'une fleur génétiquement améliorée pour stocker la lumière solaire afin de servir ensuite d'éclairage nocturne. Puis il y a le cours d'histoire de l'antiquité. Le professeur ayant été retenu sur l'île principale, les élèves doivent aujourd'hui se contenter de son hologramme. Il est question du monde englouti du second millénaire. L'hologramme disparaît et les élèves ont l'impression, grâce aux images virtuelles, de se retrouver au fond de l'océan. Pendant qu'ils contemplent d'immenses immeubles délabrés, la voix du professeur précise que les humains de l'antiquité les avaient baptisés « gratte-ciel », ce qui témoignait de leur infinie vanité. Puis une immense statue posée sur un socle apparaît. Elle représente une femme avec une couronne de pointes sur la tête, un de ses bras tient une sorte de livre, tandis que l'autre, tendu vers le haut, est brisé à hauteur du coude. Cette statue s'appelait « La statue de la Liberté » commente le professeur, c'était l'un des huit monuments les plus célèbres de l'époque des Grandes Terres. Une fois la visite virtuelle achevée, il demande quels élèves accepteraient de faire des exposés sur d'autres régions de l'antiquité. Analia se porte volontaire avec Shani pour en faire un sur une ville engloutie du nom de Paris, et dont il fallait retrouver le monument le plus célèbre.

— Le voici mon monument préféré, déclare Shani, quand elles pénètrent quelques minutes plus tard dans le centre de restauration situé au sein du bâtiment principal.

Les immenses baies vitrées leur donnent l'impression d'être encore à l'extérieur. Dès qu'elles sont installées à table, elles appuient leurs bracelets respectifs contre le lecteur, et quelques minutes plus tard une demi-sphère contenant leurs repas apparaît sur la table. Le contenu des sphères étant différent selon le métabolisme et les besoins de chaque adolescent. À peine le repas est apparu que Shani plonge avec enthousiasme sa cuillère dans un cube constitué d'une matière rose gélatineuse. De son côté, Analia porte distraitement à sa bouche un petit carré de pâte verte tout en regardant autour d'elle. À cette heure-ci, Idrian devait forcément être présent. Elle n'a qu'une envie : le revoir, lui parler, l'embrasser, revivre la magie de leur première étreinte. Au bout d'un certain temps, elle l'aperçoit enfin, assis au milieu d'autres garçons. Quand il lève la tête et la voit à son tour, il se contente de la gratifier d'un petit signe rapide avant de se tourner à nouveau vers le groupe qui l'entoure, sans plus se préoccuper d'elle. Vu la brièveté du regard qu'il lui a adressé, il doit être au milieu d'une conversation passionnante. C'est ce qu'elle se dit en émiettant machinalement le petit carré vert qu'elle tient dans sa main.

— Dis donc, si t'as pas faim, tu me passes en douce ce que tu ne veux pas ? l'interroge Shani qui a déjà terminé sa propre ration. Eh ! ça va ?

— Oui, juste un peu fatiguée c'est tout.

Même si son amie s'abstient de tout commentaire, Analia se doute qu'elle a parfaitement compris la situation. Elles déposent leurs demi-sphères dans les bacs de recyclage et quittent le centre de restauration sans qu'Idrian ait daigné lui adresser un autre regard. Analia ne peut s'empêcher de penser à cet instant que les contes de fées ne durent pas plus longtemps que les robes de soirée. Si elle avait perdu sa chaussure, il n'aurait certainement pas fait le tour de l'île pour la remettre à son pied. Sans doute vaut-il mieux qu'elle arrête de rêver et se concentre sur ses cours. C'était une belle parenthèse, mais elle est refermée. Elle se déteste d'être aussi naïve !

Malgré ses bonnes résolutions, l'après-midi lui semble interminable. En cours de technique artistique, les élèves doivent façonner une sculpture de leur choix à partir du bloc d'algoplast posé sur la table devant eux. Perdue dans ses pensées, Analia commence à modeler la pâte souple sans vraiment prendre garde à ce qu'elle fait. Et quand Shani se penche vers elle en déclarant :

— Il est incroyablement ressemblant !

Elle se rend compte qu'elle venait de modeler le visage d'Idrian et écrase la pâte d'un geste rageur.

— Ouh là, il y a comme un requin dans le lagon ! constate Shani à voix basse avant de revenir à sa propre sculpture – une silhouette féminine si légère et élancée qu'elle semble prête à prendre son envol.

Analia éprouve un immense soulagement en entendant la mélodie qui annonce la fin de la séance. Shani étant de corvée de rangement, c'est seule qu'elle emprunte le chemin du retour. Toute à ses pensées, elle avance sans accorder la moindre attention aux dauphins qui jouent un peu plus loin. Encore une illusion !

— Je persiste à dire que même en tenue réglementaire, tu restes très belle. Le turquoise te va à merveille.

Elle se tourne brusquement et manque de se cogner contre Idrian qui se tenait juste derrière elle, l'air espiègle.

— J'avais très envie de te voir, ajoute-t-il en approchant sa main de sa joue.

— Ce n'est pourtant pas l'impression que tu m'as donnée au centre de restauration, répond-elle d'un ton cassant. Tu m'as accordé autant d'attention qu'à…, voyons voir…, un vieil hologramme périmé bon pour l'effacement ?

Il rit franchement avant de caresser sa joue avec son pouce et de relever son menton.

— « Sache adapter ton attitude en fonction des circonstances », tu as déjà oublié les cours de civilité communautaire ?

— Pas toi à ce que je vois, répond Analia. Tu respectes le règlement à la lettre.

Il la prend par la main et l'entraîne un peu à l'écart du chemin près d'un saule dont les branches forment un rideau de feuilles qui les dissimule aux yeux des passants.

— « Ne convoite pas ce qui t'est interdit afin de ne pas

t'infliger de frustrations inutiles ». Tu vois, je connais tous mes cours sur le bout des doigts, dit-il en lui enserrant doucement la taille. Tu connais aussi bien que moi le règlement du centre : aucun contact physique entre les élèves. Et comme ils ont des caméras partout, je n'ai aucune envie de perdre des voyants verts sur mon bracelet. En fait, je ne suis pas certain de résister si je t'approche de trop près. Par contre à l'extérieur…

Il cesse de parler pour poser doucement ses lèvres contre les siennes en caressant lentement sa nuque. Les frissons qui parcourent immédiatement son corps estompent instantanément toute sa colère et elle se glisse contre lui pour lui rendre son baiser. La magie ne s'est pas estompée : elle éprouve le même plaisir que la veille à se lover dans ses bras.

Ils font ensuite une partie du chemin ensemble en se dissimulant de temps en temps derrière les arbres ou les massifs. Elle se sent réellement bien avec lui, elle n'a pas besoin de se forcer, ils parlent naturellement comme s'ils s'étaient toujours connus, tout semble facile et joyeux. Au moment de se séparer, il l'embrasse légèrement sur la tempe en lui donnant rendez-vous le lendemain.

C'est avec la sensation d'être légère comme une bulle qu'elle pénètre dans son unité d'habitation. Fait inhabituel, son père est déjà rentré. Il est en effet extrêmement rare qu'il soit le premier à regagner le domicile familial. Il se tient devant l'ordinateur central chargé de la gestion de l'habitation.

— Bonsoir ma chérie, ta journée s'est-elle bien passée ? l'interroge-t-il en lui adressant un sourire.

— C'était une journée… parfaite ! Oui, je crois qu'on peut dire ça, répond-elle en riant.

— À la bonne heure. J'ai quand même du mal à croire que ce soit seulement les cours du centre de formation qui suscitent un tel enthousiasme !

Se sentant rougir, elle tourne le dos à son père pour fouiller dans le bac à provision à la recherche de biscuits.

— Sois tout de même prudente, ajoute-t-il, on s'emballe très facilement à ton âge et on a parfois le cœur brisé.

— Comment se fait-il que tu sois là si tôt ? demande-t-elle en enfournant une petite bille moelleuse dans sa bouche.

— Je programme l'ordinateur pour créer une pièce supplémentaire dans la maison, là, juste derrière la cuisine. Si tu restes quelques instants, tu vas voir les murs se remodeler pour créer un nouvel espace.

— Oh oui, j'aime bien quand la maison se transforme ! Mais pourquoi avons-nous besoin d'un nouvel espace ? Vous avez obtenu une dérogation pour avoir un troisième enfant ? demande Analia en fronçant les sourcils.

— Euh non, nous n'avons aucun projet de la sorte ! s'empresse de répondre son père en riant. C'est juste que nous allons héberger pendant quelque temps une recrue extérieure.

Analia qui s'apprêtait à enfourner une seconde bille suspend son geste. Son père s'occupe régulièrement de recrutements extérieurs, mais c'est la première fois qu'il héberge lui-même un nouvel arrivant.

— De qui s'agit-il ? demande-t-elle avec un intérêt soudain.

— Je ne suis pas autorisé à te donner tous les détails pour l'instant. Mais ne t'inquiète pas, je suis certain que ce sera pour nous tous une expérience enrichissante, assure son père tout en effectuant les derniers réglages.

Après avoir observé avec intérêt le mouvement des murs et du sol qui semblent fondre puis se remodeler pour créer une nouvelle pièce, Analia descend dans sa chambre. Elle est très perplexe : un étranger ou une étrangère va donc partager leur quotidien. Qui est-ce ? Pourquoi arrive-t-il sur l'île ? D'où vient-il ? Les questions se bousculent dans sa tête et malgré son insistance, son père ne lui fournit aucune réponse. Bon, elle verra cela plus tard. Pour le moment, elle va s'accorder une petite pause. Elle place son poignet devant le détecteur en demandant « revoir le bal de promotion : Analia 450 et Idrian 58 », « demande enregistrée ». La pièce s'assombrit et un couple apparaît en trois dimensions. Lui, porte un costume sombre et elle, une robe de soirée d'une élégante simplicité. Alors qu'ils tournoient lentement comme s'ils flottaient au milieu des étoiles, Analia, admirative, doit convenir qu'ils sont d'une extraordinaire beauté et qu'ils forment un couple excessivement parfait.

Chapitre 8

« La communauté est semblable à un organisme vivant. L'introduction de tout élément extérieur fera l'objet d'un processus spécifique afin de vérifier qu'il est pleinement assimilable et ne présente aucun danger. »

Extrait du journal de Jonas Samson

— C'est beau ! regarde maman comme c'est beau l'océan vu d'en haut ! J'ai l'impression d'être un oiseau. Oh, il y a d'autres îles toutes noires ! Si on ne volait pas si haut, je pourrais même voir les gens.

Debout contre la baie vitrée du solavion, Louna contemple le paysage d'un air extasié, sans cesser un instant de babiller. Son excitation contraste avec l'attitude silencieuse des autres passagers : Aylan est assis à côté de sa mère et, sur les sièges leur faisant face, sont installés Naom ainsi que les deux hommes qui l'avaient accompagné la première fois. Quand ils ont pénétré à l'intérieur de l'appareil, l'homme avec la petite cicatrice sur le front leur a expliqué qu'il suffisait de s'appuyer sur la paroi pour qu'elle se déforme afin de leur offrir une assise. C'était ensuite leurs mouvements qui décideraient de la forme de leur siège afin d'offrir un confort maximal. Aylan n'avait pu s'empêcher d'être impressionné et il avait repensé à ce qu'avait dit Oren quelques jours plus tôt : « tu découvriras des choses dont on ne connaît même pas l'existence ». Il espérait seulement qu'il avait pris la bonne décision.

Quand les trois hommes étaient revenus deux jours auparavant, ils avaient demandé à revoir Aylan. Leur première proposition avait été considérablement modifiée : il était autorisé à emmener temporairement sur l'île sa mère et sa sœur. Ils ne pourraient certes pas habiter ensemble, elles passeraient leur séjour dans un quartier isolé de l'île, mais il aurait l'autorisation de leur rendre visite, et Louna serait examinée et soignée. Ensuite elles devraient rentrer. Sans doute avaient-ils compris que cette entorse à leur procédure habituelle était incontournable s'ils voulaient recruter Aylan. Ce faisant, ils avaient atteint son point faible, d'autant plus que la santé de Louna s'était encore détériorée ces derniers jours. Ses grands yeux bleus semblaient désormais prendre une place disproportionnée dans son visage pâle et amaigri.

Les hommes s'étaient également engagés à apporter des vivres, du matériel et des armes au village. Ils avaient tenu parole puisque le matin même, le solavion dans lequel ils étaient maintenant installés avait déposé une centaine de caisses devant la maison commune. Une centaine de caisses, c'était donc ce qu'il valait. Vu les menaces qui pesaient sur son village, il avait du mal à décider s'il était un lâche ou un héros. Il s'était dit que la santé de Louna passait avant tout. C'était son seul espoir de guérison, car il était parfaitement conscient que les médications disponibles sur l'île n'étaient pas suffisantes pour la soigner. Il n'excluait pas de repartir avec elles, une fois le traitement terminé et bien qu'il se soit engagé à rester deux ans à Eden Island.

Même si l'appareil se déplace dans le ciel à une très grande vitesse, les passagers ne ressentent aucune gêne. Aylan regarde sa mère qui lui rend un timide sourire et il se dit qu'elle doit se sentir aussi perdue que lui. Une fois la proposition acceptée, tout est allé très vite : Naom leur a annoncé qu'ils reviendraient les chercher deux jours plus tard, ils ne devaient rien emmener avec eux. Louna avait beaucoup pleuré à l'idée de se séparer de Monsieur Jacquot, son vieux lapin en peluche, mais ils avaient été intraitables : aucun objet extérieur ne pouvait être amené sur l'île. Si bien qu'elle avait fini par le confier à Joao qui avait solennellement promis de veiller sur lui jusqu'à son retour.

Tout le village semblait s'être donné rendez-vous sur la place le matin de leur départ. Aylan lisait l'envie, l'angoisse ou la gratitude selon les visages qu'il contemplait. Il avait lui-même du mal à croire qu'il partait. Toute sa vie, il n'avait connu que cet endroit, que ces gens qui l'entouraient, et soudain il allait tout abandonner. Il avait serré très fort Joao contre lui. C'était un déchirement de quitter son ami, son frère, celui avec lequel il avait toujours tout partagé.

— Tu vas gagner toutes les courses maintenant que je ne suis plus là ! lui dit-il pour essayer d'alléger un peu l'atmosphère.

— Certainement que oui, mais toi peut-être pas ! avait répondu Joao en essayant d'adopter le même ton léger. Ils doivent être très forts là-bas ! J'aimerais voir ça !

— Je te promets de leur montrer que je suis le meilleur ! Si je suis capable de te battre, les écraser ne sera qu'une simple formalité, avait crânement déclaré Aylan en affichant une assurance qu'il était loin de ressentir.

Alors qu'il se dirigeait lentement vers le solavion en parlant avec Joao, il avait remarqué Oren et sa mère, immobiles l'un face à l'autre, ils avaient beau se tenir à une certaine distance, leurs corps semblaient aimantés et aucun ne parvenait à détacher son regard de l'autre. Aylan s'était demandé comment il avait pu être aussi naïf et aveugle : sa mère était une jeune et jolie femme, et elle aussi laissait ici quelqu'un à qui elle semblait profondément attachée.

Il contemple maintenant le paysage qu'il découvre pour la

première fois vu du ciel. L'étendue bleue de l'océan est parfois rompue par quelques îles sombres qui semblent avoir été jetées là au hasard par un géant négligent. Ça ressemblait donc à ça le monde vu d'en haut : du bleu à n'en plus finir avec de temps en temps quelques petites taches de terre noire ou ocre. Des îles sculptées d'arêtes abruptes et granuleuses semblables aux écailles rugueuses de gigantesques dragons qui se seraient assoupis sur l'océan. Des étendues de terre tannées par le soleil au sein desquelles de minces serpents de verdure tentent vainement de se frayer un chemin.

Dans l'habitacle, aucun des trois hommes ne parle, mais leur silence ne recèle aucune hostilité. Aylan a plutôt l'impression qu'ils veulent leur laisser le temps de réaliser la situation, de s'acclimater à cet univers si nouveau pour eux. Il a du mal à démêler ses sentiments. D'un côté, il y a le déchirement de quitter ses amis, son lieu de vie. Mais en même temps il n'avait pas pu s'empêcher, quelques heures auparavant, d'éprouver une pointe d'excitation en approchant du solavion qui l'attendait – posé sur le sol comme un gigantesque oiseau noir prêt à prendre son envol.

— Regardez, regardez ! s'exclame soudain Louna.

— Nous approchons d'Eden Island, les informe Naom avec un mince sourire.

— C'est quoi toutes ces grandes lignes rouges au-dessus de l'eau ? demande la petite fille.

— C'est le champ de force qui protège l'île, répond un des hommes. On l'appelle « la barrière ».

— C'est parce que vous voulez pas que les gens viennent vous voir ? l'interroge-t-elle en le fixant de son regard candide.

— En quelque sorte, répond Naom d'un ton neutre. En tout cas, ils ne doivent pas venir sans y avoir été invités.

Mais la petite fille n'écoute déjà plus sa réponse : pour la première fois depuis le décollage elle est réduite au silence car Eden Island vient d'apparaître dans leur champ de vision. Comme le solavion entre dans sa phase de ralentissement, ils ont tout le loisir d'admirer l'île principale et les différentes extensions. Vu d'en haut, le lieu, par l'harmonie de ses couleurs et la fluidité de ses formes, est d'une beauté à couper le souffle. Malgré leur méfiance, Aylan et sa mère ne peuvent s'empêcher d'être tout aussi subjugués que Louna. Jamais, même dans leurs rêves les plus fous, ils n'auraient pensé contempler un jour un tel paysage. Un endroit comme nul autre, où la couleur turquoise de l'eau vient délicatement se fondre dans la végétation chatoyante qui ondule sous la caresse du vent.

Au milieu de cette palette qui décline des dizaines de nuances allant du vert tendre au vert le plus sombre, on aperçoit les bâtiments aux formes fluides et doucement arrondies, semblables à des perles de nacre piquées dans un océan de verdure. La fusion entre l'architecture et la végétation est si parfaite que tout semble se fondre harmonieusement dans le même organisme naturel. En cet instant précis, l'adolescent pense très fort à Joao qui a passé des heures à imaginer cet endroit et au bonheur qu'il aurait éprouvé s'il avait été là, à ses côtés.

Quelques instants plus tard, le solavion se pose en douceur sur une petite île à la lisière de l'archipel. Un peu à l'écart, elle n'est reliée à aucune autre île, tandis que les autres sont connectées par des ponts suspendus. Naom se lève :

— Soyez les bienvenus à Eden Island. Pour le moment, votre voyage s'arrête ici. Cette petite île est en quelque sorte la porte d'entrée de notre communauté.

Il désigne l'homme à la cicatrice.

— Jaron 450 va vous accompagner.

Il leur adresse un petit salut rapide avant de les inviter à descendre. Quand ils se retrouvent à l'extérieur, ils sont d'abord surpris par la douceur de l'air. Habitués à la chaleur torride de Pedrosa, ils savourent sans retenue la brise légère qui caresse délicatement leurs visages. Louna a spontanément glissé sa main dans celle de leur accompagnateur et ce dernier, loin de s'en formaliser, ouvre tranquillement la marche avec la petite fille. Ils longent une allée bordée de palmiers et d'arbustes odorants avant d'arriver devant une série de bâtiments qui affichent tous la même rondeur organique. Une jeune femme blonde vêtue d'une combinaison de couleur crème vient à leur rencontre.

— Bonjour, je m'appelle Ysilia, dit-elle avec un sourire chaleureux. Je suis chargée de vous accueillir et de m'assurer que votre installation se fasse dans de bonnes conditions.

— Je m'appelle Anna, répond la mère d'Aylan, et voici mes enfants.

— Je vous connais déjà tous, répond Ysilia, comme si cela allait de soi. Suivez-moi, je vous en prie.

— Aylan, toi, tu restes avec moi, dit Jaron.

Devant son air inquiet, il croit bon d'ajouter :

— Ne t'inquiète pas, vous vous retrouverez plus tard.

Il le conduit vers un autre bâtiment d'aspect plus austère dans lequel se trouvent plusieurs hommes en uniformes noirs. Devant le regard interrogateur d'Aylan, il précise :

— Ce sont des médecins qui vont t'examiner. Mais avant toute chose tu dois passer par la salle de désinfection.

— Pardon ?

— C'est le passage obligé pour tous les sans bracelet avant d'entrer dans l'île. Je vais d'ailleurs y aller aussi, car c'est obligatoire après toute sortie. Suis-moi.

Il guide Aylan vers un sas qui s'ouvre automatiquement en détectant le bracelet de Jaron.

— Retire tes vêtements et mets-les dans le bac à recyclage, puis, quand tu es prêt, pousse la seconde porte.

Aylan pénètre dans une petite pièce, se déshabille, voit une trappe dans le mur qu'il suppose être le fameux bac à recyclage et, après un instant d'hésitation, y jette ses vêtements. Ensuite, il ouvre la seconde porte et se retrouve dans une sorte d'immense tube gris qu'il n'a pas le loisir de contempler, car sitôt la porte fermée, le lieu s'emplit d'une vapeur chaude. Des milliers de gouttelettes semblent aussitôt s'attaquer à chaque pore de sa peau pour le nettoyer en profondeur. C'est surprenant, mais nullement désagréable. Au bout de quelques minutes, la vapeur disparaît et une onde de chaleur assèche son corps en quelques secondes. « Contrôle bactériologique négatif », déclare une voix métallique qui semble venir du plafond. Puis une porte dissimulée dans la paroi s'ouvre et il pénètre dans une autre pièce. Une sorte de combinaison grise est pendue au mur. Aylan l'enfile et se retrouve à l'extérieur avec l'étrange impression d'avoir été entièrement décapé.

Jaron, qui l'attend, l'observe d'un œil amusé :

— Eh bien, tu as déjà l'air d'un vrai habitant d'Eden Island. Il ne manque que le bracelet, mais chaque chose en son temps.

— Je suis obligé d'avoir un bracelet ?

— Bien sûr, chaque habitant d'Eden Island en a un. Tu verras, tu t'habitueras très vite. Pour le moment, vous allez passer quelques jours ici, Ysilia va s'occuper de vous, vous pouvez aller et venir librement sur l'îlot et ensuite je reviendrai te chercher.

Ils arrivent devant l'unité d'habitation où sont déjà installées sa mère et sa sœur. À leur approche, cette dernière qui est vêtue de la même combinaison qu'Aylan bondit à l'extérieur.

— Regarde, Aylan, regarde, ils m'ont donné un Monsieur Jacquot tout neuf.

Elle brandit sa peluche devant lui. Elle est en tout point identique à la précédente, si ce n'est qu'effectivement, celle-ci est flambant neuve !

Chapitre 9

« Les règles de la communauté sont édictées par le comité des Dix, regroupement de sages qui n'ont d'autre motivation que le bien commun. Chaque membre, en les respectant strictement, trouvera son propre épanouissement dans la recherche de l'intérêt général. »

Extrait du journal de Jonas Samson

Une grande effervescence règne sur l'île principale. Perdues au milieu de la foule, Analia et Shani attendent leur tour pour entrer dans le bâtiment central. Celui-ci a pour l'occasion la forme d'une immense soucoupe renversée et ses dimensions ont été recalculées afin de pouvoir accueillir tous les spectateurs. Les hôtesses virtuelles ne cessent de flotter dans tous les sens afin d'installer les participants en un minimum de temps. L'une d'elles s'approche enfin des deux adolescentes et les fait pénétrer à l'intérieur. Des rangées de gradins entourent une scène géante de forme cylindrique qui occupe le centre du bâtiment : Analia scanne son bracelet et l'hôtesse annonce « rang C, siège 30 » puis c'est au tour de Shani « rang J, siège 45 ».

— Ho non, j'aurais dû y penser, on est séparées, s'exclame Shani. Évidemment avec tous tes crédits, t'es au premier rang. Et moi, bien sûr, aux confins du lagon !

— Attendez, dit Analia à l'hôtesse, je cède ma place à quelqu'un d'autre. Laissez-moi m'asseoir avec mon amie.

L'hôtesse semble se figer quelques instants avant d'annoncer :

— Je peux accéder à votre requête puisqu'elle est inférieure à vos crédits. Veuillez énoncer à haute voix que c'est de plein gré que vous renoncez à user de votre privilège.

— Je renonce de mon plein gré à user de mon privilège.

— Veuillez me suivre, s'il vous plaît.

Elles montent en haut des gradins.

— Tu es vraiment ma meilleure amie, miss sacrifice. Je suis contente qu'on reste ensemble, mais à cause de moi tu verras moins bien le bel Idrian ! s'excuse Shani d'un ton moqueur.

— Ne t'inquiète pas, d'ici aussi je suis sûre qu'on va très bien voir.

— Tu sais pourquoi j'adore cette journée ?

— Laisse-moi deviner : parce qu'on n'a ni cours ni aucune sorte d'obligation ? propose Analia en avançant dans la rangée.

— Tu as tout compris ! avoue Shani avec un clin d'œil. S'il ne tenait qu'à moi, ce n'est pas une fois par an qu'on fêterait la création d'Eden Island, ce serait au moins… une fois par semaine ! Je trouve qu'on ne rend pas suffisamment hommage à notre très cher père fondateur ! Il mériterait plus de déférence, ce brave homme, c'est vrai, c'est quand même lui qui nous a offert cette vie de rêve ! T'es pas d'accord ?

— Si on t'entend parler de lui avec aussi peu de respect, tu vas encore perdre des crédits ! remarque Analia en soupirant.

Une fois le public installé, un podium sur lequel se tiennent plusieurs personnes apparaît au centre de la scène circulaire. Les plus hauts dignitaires de la communauté, ceux qui appartiennent au comité restreint des Dix, sont là en chair et en os. Les visages de certains sont familiers aux habitants, d'autres moins, cela dépend essentiellement des fonctions qu'ils occupent. Analia reconnaît notamment Yola 4 – une grande femme à la peau sombre et au crâne entièrement rasé –, qui est en charge du bien-être, et Yaol 6, un homme trapu et musclé, aux yeux très écartés, qui gère la sécurité de l'archipel. Eléa 2 s'avance vers le public et Analia cesse d'observer les autres membres pour se concentrer sur elle. Elle est vêtue d'une combinaison dorée qui semble épouser chaque courbe de son corps et ses cheveux blonds sont rassemblés en une couronne tressée de fils d'or qui entoure son visage sans défauts.

— Mes chers amis, merci d'être là, que la communauté vous protège, dit-elle d'une voix vibrante en levant les bras vers la foule.

— Et que nous protégions la communauté, répondent avec enthousiasme les spectateurs.

— En ce jour de célébration et avant le grand évènement que vous attendez tous, recueillons-nous quelques instants en hommage à notre père fondateur, Jonas Samson, dit Jonas Premier !

Un hologramme gigantesque apparaît alors au centre de la scène et la foule peut contempler pendant quelques minutes le visage d'un homme aux yeux très clairs qui semble fixer individuellement chaque spectateur assis dans la salle.

— Chers descendants d'Eden Island, seule mon image est encore parmi vous aujourd'hui. J'espère que le monde que j'ai créé à votre intention vous rend aussi heureux que possible. Mon ambition était grande : recréer le paradis d'où le premier homme et la première femme avaient été chassés. Recréer un monde où les hommes puissent vivre en harmonie dans un lieu paradisiaque épargné des misères du monde et de la folie de leurs semblables. Ce lieu, j'ai la fierté d'être parvenu à vous l'offrir. Vous êtes les élus ! Ayez à cœur, chers citoyens d'Eden Island, de préserver et d'entretenir toujours notre cher archipel pour vos enfants, les enfants de vos enfants et leurs lointains descendants. Que la communauté vous protège.

Son immense silhouette tourne encore quelques instants au son de l'hymne communautaire rejointe par des milliers de visages qui flottent à leur tour dans la salle.

— Rendons hommage aux premiers sélectionnés qui ont bâti avec lui notre communauté ! ajoute Eléa 2 en levant les bras vers les visages souriants qui lévitent au-dessus du public.

Les spectateurs communient longuement avec les figures issues d'un lointain passé, puis le corps gigantesque et les images de leurs ancêtres se distordent pour se métamorphoser en milliers d'oiseaux virtuels qui s'envolent majestueusement vers le dôme avant de disparaître. Au silence recueilli qui s'était établi dans la salle au moment de leur apparition, succède un tonnerre d'applaudissements. Eléa 2 reprend la parole :

— Je vous laisse maintenant profiter du moment que vous attendez tous et déclare ouvert le vingtième championnat de solar-surf d'Eden Island ! Je vous souhaite à tous de passer un excellent moment ! Que le spectacle commence et que le meilleur gagne.

Une onde d'excitation semble balayer la foule et les deux adolescentes vibrent à l'unisson. La salle est momentanément plongée dans l'obscurité puis l'océan se matérialise sur la scène centrale. C'est le bleu foncé de la pleine mer. Ils ne voient d'abord que la forte houle qui agite la surface de l'eau puis, peu à peu, de minuscules silhouettes apparaissent sur leurs planches. Les compétitions ont toujours lieu à l'extérieur du champ de force, c'est pourquoi les spectateurs ne peuvent être sur place. Seuls les surfeurs et les organisateurs sont transportés au-delà de la barrière.

Tous les coureurs, vêtus de combinaisons de couleurs différentes afin d'être plus facilement identifiés, sont maintenant alignés, épousant avec leurs planches la houle de l'océan. Le présentateur, engoncé dans une combinaison argentée qui le fait ressembler à un gros poisson frétillant, se tient sur un disque noir flottant à un mètre au-dessus de l'eau.

— Bonjour à tous, habitants d'Eden Island ! Notre compétition va commencer dans quelques instants et elle nous promet de beaux moments d'émotion, c'est moi qui vous le garantis ! C'est si excitant de se retrouver de l'autre côté de la barrière !

L'homme frétille tellement que le disque aérien sur lequel il se tient menace de chavirer.

— Ouh là, c'est plus facile de tenir sur une planche de surf que sur cet engin, croyez-moi ! Mais trêve de plaisanterie, je suis sûr que vous bouillez d'impatience de retrouver nos champions…

La caméra volante balaie tour à tour le visage de chaque coureur pendant qu'il donne leur nom et leur classement dans les compétitions antérieures. Un grand garçon blond vêtu d'une combinaison jaune apparaît sur l'écran.

— Vous apercevez maintenant Rem 736 qui s'est classé troisième l'année dernière, on l'applaudit bien fort, car même si on ne vous voit pas derrière la barrière, on vous entend !

Soudain, Analia voit apparaître Idrian vêtu d'une combinaison verte.

— Et maintenant, faites du bruit pour Idrian 58, notre champion de l'année passée !

Bien qu'il soit déjà concentré sur la course à venir, il prend le temps d'adresser un petit sourire et un signe de la main aux spectateurs. Analia a l'impression que c'est à elle seule que ce sourire est destiné. Elle repense à leurs rendez-vous secrets chaque après-midi après les cours. Ils se retrouvent près du centre de formation sous un saule pleureur dont les branches s'éclairent en fin de soirée comme des milliers de filaments lumineux. Quand il la croise par hasard au centre de formation, il se contente de lui adresser un petit sourire distant, mais elle sait que quelques heures plus tard, à l'abri des regards, elle sera nichée dans ses bras en train de lui parler ou de l'embrasser. Quelques instants volés qu'elle attend toute la journée. Pour le moment, même si elle espère que leur relation va s'approfondir et devenir en quelque sorte plus officielle, cela suffit à la rendre parfaitement heureuse ! Lorsque la caméra fait un gros plan sur lui, elle voit des gouttelettes dégouliner sur son visage et Shani n'aurait pu mieux formuler sa pensée en déclarant :

— Il est vraiment irrésistible ce gars, miss chanceuse !

Elle sent son pouls s'accélérer de façon désordonnée et éprouve une irrépressible envie de tendre la main vers son visage, même si elle sait pertinemment que ce n'est qu'une image.

— Pfff ! ça doit être encore à cause de tous tes voyants verts que tu as aussi droit au plus beau garçon de l'île ! Je veux le même, exige Shani.

— Applique-toi pour gagner des voyants verts alors ! répond-elle en faisant un clin d'œil à son amie. Tu vois, ça peut valoir le coup. Y a de sacrées récompenses à la clé !

— Ah quoi bon me fatiguer maintenant ? tu as raflé le plus beau ! Bon, je vais quand même regarder les autres de près, on ne sait jamais… Tu le trouves comment le grand brun en combinaison rouge ?

Mais la caméra est déjà revenue sur le journaliste qui, tout en s'efforçant à davantage d'immobilité, interviewe maintenant un des organisateurs. Ce dernier rappelle les règles de la course pendant que des arbitres vérifient que chaque planche est bien chargée d'une quantité égale d'énergie solaire.

— Il est impératif pour chaque joueur de savoir gérer son énergie à bon escient, déclare l'organisateur. Il faut savoir évaluer l'énergie solaire et la force des vagues.

— Alors on ne peut pas se contenter d'être un sportif, il faut donc aussi être un bon tacticien ? Un cerveau bien fait dans un beau corps musclé ? commente le présentateur en se tortillant, visiblement très satisfait de son trait d'esprit.

— Oui, c'est ce qui fera la différence. La stratégie ! La position sur la planche est également déterminante.

— Mais je vois que tout le monde est prêt, l'interrompt le présentateur peu désireux de le voir se lancer dans un discours technique trop détaillé, au risque de faire retomber l'intérêt des spectateurs. On n'attend plus que le top départ ! Je sens que ça va être une course magnifique !

Les coureurs, le corps cambré, se tiennent en ligne non loin de la barrière, prêts à foncer vers le large. Un grand bruit retentit et tous s'élancent. La houle particulièrement forte rend la course extrêmement difficile. Les vagues se succèdent avec des creux vertigineux. On voit les surfeurs se hisser un instant au sommet de la crête en un équilibre miraculeux avant de disparaître aussitôt derrière un mur d'eau. Un premier coureur chavire à l'approche d'une vague et est aussitôt éliminé. Les autres continuent en épousant tant bien que mal les brusques mouvements de l'océan. Même si quelques spectateurs souffrent d'une légère nausée, c'est un véritable plaisir de les observer surfer sur l'océan déchaîné. On les voit disparaître dans un rouleau puis ressurgir sur la crête de la vague.

La voix surexcitée du présentateur commente chaque mouvement. Des ovations s'élèvent dès qu'un concurrent parvient à dompter une vague particulièrement dangereuse, et chacun retient son souffle lorsqu'ils sont en difficultés. Peu à peu, trois coureurs commencent à se détacher des autres et la caméra zoome sur eux. Analia reconnaît immédiatement Idrian grâce à sa combinaison verte. Elle ne doute pas un seul instant qu'il va gagner. Un des trois coureurs du groupe de tête chute dans une vague. Il ne reste plus qu'Idrian et Rem, l'adolescent vêtu de jaune.

La ligne d'arrivée se profile à l'horizon et les cris

d'encouragements redoublent dans la salle. Ils sont au coude à coude et aucun des deux ne parvient à prendre d'avantage décisif sur l'autre. Tous deux semblent littéralement voler au-dessus de l'eau. Les disques marquant la ligne d'arrivée ne sont plus qu'à une centaine de mètres quand tout bascule en quelques instants.

Les spectateurs aperçoivent plusieurs petites embarcations fonçant vers les surfeurs. Des cris retentissent, le présentateur lance un regard affolé à la caméra avant de sauter de son disque pour disparaître dans l'eau. Des hommes vêtus de noir au visage masqué se tiennent à l'avant des embarcations pointant leurs armes vers les coureurs et les organisateurs. Plusieurs détonations retentissent. Les forces de sécurité tirent à leur tour en poursuivant les bateaux qui se précipitent droit vers la barrière. Et soudain, alors que l'un d'eux fonce dans le champ de force, une impressionnante explosion embrase l'océan et la communication est instantanément coupée.

Il y a d'abord un silence stupéfié auquel succède un indescriptible brouhaha. Shani et Analia sont tétanisées, elles se tiennent l'une contre l'autre sans parler, aucune des deux ne se sentant capable dans un premier temps de formuler la moindre pensée cohérente, comme si leurs cerveaux refusaient d'assimiler ce que leurs yeux viennent de voir. Au bout de quelques minutes de confusion, le podium réapparaît. En son centre se tient Eléa 2 dont le visage ressemble à un masque dénué de toute émotion. Sa seule apparition semble momentanément calmer les esprits.

— Veuillez garder votre calme. Comme vous l'avez tous vu, malgré les mesures de sécurité prises autour de la course, l'impensable est arrivé : nous venons d'être attaqués. Par qui ? Pourquoi ? Nous n'en avons aucune idée pour le moment. Nous ne connaissons pas non plus le nombre de blessés ou de… morts. Nous vous prions de quitter la salle dans le calme et de rejoindre au plus vite vos unités d'habitation, nous vous tiendrons au courant dès que nous aurons de nouvelles informations. Les équipes de soin et de sécurité arriveront sur place dans quelques minutes. Bien entendu, compte tenu des récents évènements, la suite des festivités est annulée. Plus que jamais nous devons rester unis, vigilants et déterminés. Que la communauté vous protège.

— Et que nous protégions la communauté, ânonne la foule sans réelle conviction.

Le brouhaha apaisé, les gens commencent à se diriger en files disciplinées vers les sorties indiquées par les hologrammes. Ces derniers s'agitent dans tous les sens afin d'évacuer la salle au plus vite. Les deux adolescentes n'ont toujours pas bougé. Analia se dit que c'est un cauchemar dont elle va se réveiller, qu'un tel évènement ne peut s'être réellement produit, que leur communauté est à l'abri de toute violence. Une bulle protectrice où chacun se sent à l'abri de la sauvagerie du monde. Mais non, la violence brute, barbare, primitive vient de surgir inopinément au centre de la scène. Et ce ne sont pas de simples images. Il y a forcément plusieurs morts, pas loin, juste derrière la barrière.

— Idrian, murmure-t-elle en regardant Shani dans les yeux comme si celle-ci pouvait apporter une réponse à sa question muette.

— Je sais. Écoute, on ne va pas s'affoler tout de suite. Je suis sûre qu'il va bien, il était loin de la barrière au moment de l'explosion et je suis certaine qu'il a eu le réflexe de se jeter à l'eau en les voyant arriver. Tu sais ce qu'on va faire ? On ne va pas rentrer gentiment chez nous comme l'a demandé la dame, on va aller au centre de soins, c'est là qu'ils vont forcément les emmener. Et arrivées là-bas, on essaiera de se renseigner. Vu les évènements, ça m'étonnerait qu'ils prennent le temps de s'occuper de nous si on ne rentre pas directement.

Analia, après avoir hésité un bref instant à enfreindre les consignes, hoche la tête en signe d'assentiment. Elles se dirigent à leur tour vers la sortie, soudain pressées de se retrouver à l'extérieur, et traversent sans y prendre garde l'hologramme d'une des hôtesses d'accueil qui pousse un petit cri courroucé.

Il leur faut beaucoup de temps pour arriver au centre de soins : en raison du nombre important de personnes sur l'île ce jour-là, aucun véhicule de transport n'est disponible, ce qui les contraint à effectuer tout le trajet à pied. Elles croisent des passants qui rentrent chez eux, l'air préoccupé. L'hologramme d'Eléa 2 semble se répéter à l'infini pour exhorter les gens à regagner leurs cellules d'habitation. Les représentants des forces de sécurité surveillent les allées et venues, mais personne ne leur demande où elles vont. Quand elles parviennent enfin à pénétrer dans le hall du centre de soins, elles courent jusqu'au bureau d'accueil. Un hologramme féminin aux cheveux blancs à qui son concepteur a dessiné un visage particulièrement doux et avenant leur demande :

— Que puis-je faire pour vous aider ?

— Quelqu'un du nom d'Idrian 58 a certainement été emmené ici, on vient prendre de ses nouvelles, dit Analia.

L'hologramme l'invite à scanner son bracelet :

— Je suis désolée, vous n'êtes pas un visiteur autorisé. Je ne peux pas vous donner d'informations. Vous devez regagner votre unité d'habitation.

— Je ne veux pas le voir, je veux juste savoir s'il va bien, insiste Analia.

— Foutue machine, aucun circuit sensible ! intervient Shani. On veut juste que tu nous dises s'il est en vie ! Tu peux comprendre ça ?

— Je suis désolée, vous n'êtes pas un visiteur autorisé !

— Je vous en prie, implore Analia.

Les traits de l'hologramme se modifient sensiblement pour afficher une mine plus sévère :

— Vous ne devriez pas être ici. Je vais devoir signaler votre présence. Veuillez immédiatement regagner votre unité d'habitation.

— Que se passe-t-il ici ? Que voulez-vous ?

Les deux adolescentes se retournent d'un seul bloc vers la personne qui vient de les interpeller : une femme d'une extrême beauté qui les dévisage avec des yeux de glace. Tout dans son attitude respire l'autorité et le plus grand mépris.

— Nous voulons des nouvelles d'Idrian 58, je suis son… amie, dit Analia après un instant d'hésitation.

— Son amie ? Je suis Lorna 58, la mère d'Idrian, répond-elle froidement, et vous, vous devriez rentrer chez vous avant d'avoir des ennuis.

Analia la dévisage sans parvenir à déceler la moindre émotion dans les traits parfaits de son visage.

— Dites-moi seulement s'il va bien, je vous en prie, je n'en demande pas plus.

Le regard de la femme semble s'adoucir brièvement avant de se durcir à nouveau :

— Il va aussi bien que possible, mais je répète que vous n'avez rien à faire ici, vous avez enfreint les consignes. Partez avant que j'appelle la sécurité.

Sans un mot de plus, elle leur tourne le dos pour se diriger vers un couloir.

— Quelle horrible bonne femme, commente Shani ! Comment peut-elle se comporter ainsi après ce qui vient d'arriver à son fils ? On dirait un robot, elle n'a rien d'humain ! Pauvre Idrian, ça ne doit pas être marrant tous les jours avec une mère pareille ! Bon, on ne va pas se laisser impressionner, on va trouver sa chambre par nos propres moyens.

— Je ne suis pas certaine que ce soit une bonne idée, réplique Analia encore déconcertée par l'attitude ouvertement hostile de la femme à son égard.

Shani se plante devant elle.

— Écoute-moi, miss « je suis le règlement à la lettre » ! Qu'est-ce qui est le plus important pour toi, là, tout de suite ? voir Idrian ou respecter ces fichues consignes ? Réfléchis vite !

— Je voudrais juste l'apercevoir pour être certaine qu'elle ne m'a pas menti et qu'il va bien. Après nous partirons.

— Ben voilà, ce n'est pas si compliqué ! Au moins, on ne sera pas venues pour rien. Viens, on va la suivre, elle finira par revenir dans la chambre de son fils.

Elles se faufilent dans les étages en la filant à une distance respectable. Par chance, alors qu'elle s'apprête à pénétrer dans une chambre, la femme est interceptée par un jeune médecin qui la prie de le suivre.

— Profites-en, je suis sûre qu'il est là, chuchote Shani, je t'attends en bas.

Analia hoche la tête avant de pénétrer sans bruit dans la pièce. Idrian est effectivement assis sur une couchette : il a le visage tuméfié et son bras gauche est entouré d'une attelle blanche qui le maintient plié. Le jeune homme, habituellement si sûr de lui, a l'air d'un petit garçon complètement perdu et désemparé. Quand il lève la tête et aperçoit Analia, il marque un instant de surprise avant de lui adresser une mimique en guise de sourire.

— Comment es-tu venue jusqu'ici ? Tu ne devrais pas être là, lui dit-il. Je ne veux pas que tu aies des problèmes à cause de moi. Pars avant qu'on ne te remarque.

Il venait de vivre un cauchemar, pourtant son premier réflexe semble être de la protéger. Soudain peu soucieuse des consignes, elle s'approche et s'assied à côté de lui sur la couchette. Devinant qu'il s'apprête à protester, elle met un doigt sur ses lèvres. Il la regarde avant d'entourer son épaule de sa main valide, puis ils restent l'un contre l'autre quelques instants sans parler.

— J'ai eu si peur, dit Analia en lui caressant les cheveux. Je voulais être sûre qu'il ne t'était rien arrivé de grave.

— J'ai eu de la chance. C'était affreux. Ils ont surgi de nulle part, les forces de sécurité qui se trouvaient là ne les ont repérés qu'au dernier moment. Les bateaux allaient si vite qu'ils n'ont pas réussi à les neutraliser à temps. C'est la première fois qu'ils voyaient un truc pareil, ils ont foncé droit dans la barrière, mais ils n'ont pas réussi à l'endommager. Elle a résisté à l'explosion, mais tout le monde ne s'en est pas tiré aussi bien que moi. Il y a des morts : Rem, Bernie, Jarom, Roban.

Analia reconnaît les noms que le présentateur a cités quand il a présenté les surfeurs. Il poursuit :

— D'après ce que je sais, plusieurs organisateurs sont morts aussi. Et des représentants de la sécurité. On ne connaît pas encore le nombre exact. Il y a beaucoup de blessés, aussi. Mon père m'a dit que tous les assaillants avaient été tués : ils devaient être une dizaine.

Pendant qu'il parle, il serre sa main en regardant au loin comme s'il revivait la scène.

— Mais c'était qui ? Qu'est-ce qu'ils voulaient ? Vous tuer ? l'interroge-t-elle.

— Ils pensaient peut-être que, comme il y avait des gens à l'extérieur, une partie de la barrière était désactivée... ou alors ils voulaient juste faire un attentat. Ils avaient une bombe. Ils savaient qu'il y avait des caméras et que tout le monde verrait ça. Une sorte de mise en garde. Je dis ça, mais en réalité, je n'en ai pas la moindre idée. En tout cas, ce dont je suis certain, c'est qu'ils voulaient nous tuer. Ils n'ont pas tiré en l'air, ils nous ont visés.

— C'est horrible ! Il y a de plus en plus de choses effrayantes, ces derniers temps…

Idrian hoche la tête. Elle noue ses bras autour de son cou et l'attire contre elle.

— Je n'avais jamais vu de morts, poursuit-il d'une voix hachée. Le corps de Rem était là à côté de moi, sur l'eau. Quand j'ai nagé vers lui, j'ai vu ses yeux grands ouverts. Quelques secondes auparavant, on était au coude à coude pour franchir la ligne et je ne souhaitais qu'une chose, c'est qu'il tombe à l'eau. Et l'instant d'après, il flottait sur l'océan, mort. Je n'arrive toujours pas à le croire.

Il marque une pause. Elle sent sa joue humide contre la sienne et l'enlace plus étroitement.

— Avant, on savait qu'il y avait de la barbarie, que des gens s'entretuaient, mais c'était…

— Loin, conclut Analia.

Il se tourne et la regarde :

— Tu ne devrais pas être là, mais je suis content que tu sois venue. Tout paraît si irréel… Pourtant, je sais que je n'ai pas rêvé, ajouta-t-il en montrant son bras emprisonné dans l'attelle.

— Quand j'ai vu les images, j'ai cru que mon cœur s'arrêtait, j'étais morte d'inquiétude, avoue-t-elle en caressant doucement sa joue tuméfiée.

— Et tu as enfreint le règlement juste pour me voir, ça veut dire que tu…

— Ça veut dire qu'elle est inconsciente ou qu'elle pense, pour une raison connue d'elle seule, être au-dessus du règlement, déclare péremptoirement la mère d'Idrian, revenue sans qu'ils se rendent compte de sa présence. Je suis désolée d'interrompre ce charmant tête-à-tête, mais cette jeune personne n'a absolument rien à faire dans cette chambre. Tu as suffisamment enfreint les consignes en venant ici au lieu de rentrer comme on te l'avait demandé, ajoute-t-elle à l'adresse d'Analia.

— Mais, maman, ce n'est pas sa faute. Elle était inquiète et voulait juste…

— Il n'y a pas de mais ! le coupe-t-elle d'une voix qui n'admet aucune discussion.

Puis elle reprend en poignardant Analia d'un regard bleu glacé :

— Elle est entièrement responsable de ses actes. Si chacun suit ses impulsions au lieu d'obéir aux ordres, c'est la fin de la communauté. Et ceci est d'autant plus valable en temps de crise !

Alors qu'Idrian semble réduit au silence, Analia se dit qu'il est grand temps de calmer le jeu.

— Je m'incline pour vous présenter mes excuses si mon comportement vous a offensée, déclare-t-elle en baissant la tête.

— Ce n'est pas moi que tu offenses, mais la communauté tout entière par ton comportement infantile et indiscipliné. Et c'est à la communauté que tu présenteras tes excuses.

Après avoir lancé un dernier regard à Idrian qui lui adresse un sourire désolé, Analia se lève et sort de la chambre. La mère de l'adolescent, qui l'a suivie, l'arrête quelques mètres plus loin dans le couloir.

— Il me semble nécessaire de faire une mise au point, même si elle est désagréable, déclare-t-elle froidement. Idrian fait partie d'une des plus anciennes familles de l'île, c'est un moins de cent donc, un jour, il en sera certainement un des dirigeants. Quand il a fait le choix de t'inviter pour le bal, je ne suis pas intervenue, car je me suis dit que c'était une lubie passagère, un caprice bien compréhensible à son âge, mais j'aimerais que tu évites de te faire des illusions. Ta précipitation à venir ici sans y avoir été conviée me fait craindre que tu aies mal interprété la situation. Même si ta famille et toi êtes irréprochables, vous n'êtes ni du même îlot ni de la même centaine que nous. La femme qui partagera sa vie sera forcément issue de la classe dirigeante et il peut certainement prétendre, vu ses qualités, à une moins de 20. Vous n'avez donc tout simplement pas d'avenir ensemble. Je préfère que les choses soient dites clairement dans l'immédiat, plutôt que de vous laisser vous engager dans une histoire qui ne peut que mal se terminer. Pour toi en particulier !

Elle prend un peu de recul et examine attentivement Analia comme un serpent prêt à engloutir définitivement sa proie :

— Tu sais pourquoi on vous enseigne encore des histoires de l'époque des Grandes Terres comme Roméo et Juliette ? Ce n'est pas pour vous faire rêver ou aiguiser vos importunes émotions d'adolescents, c'est juste pour vous rappeler que les agissements de deux écervelés peuvent mener à la catastrophe. Il me semble que tout est dit, conclut-elle avec un petit sourire satisfait, maintenant rentre chez toi et ne remets pas les pieds ici.

Sur ce, elle tourne les talons et retourne dans la chambre de son fils. Analia est tellement interloquée par l'agressivité de ce discours prononcé d'une voix basse et sifflante, qu'elle s'éloigne sans un mot dans l'interminable couloir blanc du centre de soins. Finalement, la vie ressemblait bel et bien à un conte de fées : il y avait des princes charmants, mais aussi de méchantes reines qui ne demandaient qu'à se transformer en sorcières. Si les pommes existaient encore, sûr que la mère d'Idrian lui aurait proposé d'en croquer une.

Malgré les paroles venimeuses qu'elle vient d'entendre, elle n'a plus qu'à espérer que tout se termine bien pour la gentille héroïne. Elle rejoint Shani dans le hall et elles parviennent, quelques minutes plus tard, à prendre un hydrobulle collectif.

Alors que l'engin glisse doucement dans la nuit, Analia repense à tout ce qui s'est passé depuis ces dernières heures. Elle s'en veut de ne pas avoir pensé davantage aux autres personnes victimes de l'attaque. Mais comment pouvait-on lui reprocher de s'être précipitée auprès d'Idrian ? Certaines personnes comptent plus que d'autres. Elle connaissait peu les autres adolescents. Jamais elle n'avait imaginé non plus que la famille d'Idrian puisse constituer un obstacle entre eux. « Vous n'êtes pas du même îlot », avait dit sa mère. Cette phrase ne cesse de cogner dans sa tête. Il y avait les bracelets, bien sûr, qui donnaient plus ou moins de privilèges. Ça, tout le monde le savait et l'admettait. Il y avait aussi une immense barrière qui les séparait du reste du monde. Mais depuis quand y avait-il aussi des barrières invisibles entre les habitants des différents îlots ? Est-ce pour cela qu'Idrian ne s'approchait jamais d'elle en public ? Depuis qu'elle était toute petite, obéir aux consignes, faire ce qu'on attendait d'elle lui avait toujours semblé une évidence. Les règles étaient édictées par des sages qui n'avaient d'autre motivation que le bien commun. C'est pourquoi elles étaient rigoureusement respectées.

Pour la première fois, ce soir, Analia ne comprend pas. Pour la première fois, elle a l'impression que ce qui se passe n'est pas juste. En proie à des émotions contradictoires, elle pose sa nuque contre le siège en soupirant.

— Quelle affreuse soirée !

— C'est ma faute, c'est moi qui t'ai mise dans ce pétrin. Tu regrettes d'être allée là-bas ? l'interroge Shani d'un ton contrit.

Analia réfléchit quelques instants avant de répondre :

— C'est étrange. Depuis que je suis née, c'est la première fois que je ne respecte pas les consignes, du moins pour quelque chose d'important, et pourtant bizarrement… je n'ai aucun regret. Je devais aller là-bas.

Elle s'attend à une plaisanterie ou un sarcasme de la part de son amie, mais cette dernière demeure silencieuse, perdue dans ses propres pensées. En quelques instants, la vie semble avoir perdu beaucoup de sa légèreté.

— Regarde. On peut dire qu'ils n'ont pas perdu de temps, dit Shani en désignant le poignet d'Analia.

Celle-ci suit son regard et constate que, pour la première fois depuis qu'il est incrusté dans son poignet, six voyants sont devenus rouges.

Chapitre 10

« Ils avaient fait de la Terre une immense décharge. C'est en recyclant des déchets du passé que nous avons construit le paradis. »
Extrait du journal de Jonas Samson

Installé pour la toute première fois dans l'hydrobulle collectif, Aylan observe d'un œil intrigué les voyageurs assis autour de lui. Il y a des personnes d'âges et de sexes différents. On lui a expliqué que la forme et la couleur des vêtements variaient selon la fonction ou l'âge de ceux qui les portent. Mais ce qui le frappe particulièrement, c'est cette sorte d'uniformité parmi les habitants. Non qu'ils se ressemblent tous, mais ils manquent cruellement de relief. Tous semblent lisses et polis aussi bien physiquement que moralement. Des fruits parfaits poussés sur un même arbre ! Pas de cris, de jurons, pas de barbes de trois jours, de traits tirés, de cheveux mal coiffés, de vêtements froissés ou abîmés. Personne de gros ou de trop petit. Aucun n'est laid, balafré ou un peu abîmé par les aléas de la vie. Pas la moindre aspérité. Il se demande si, un jour, lui aussi sera comme eux. Il regarde sa propre combinaison grise, le bracelet qu'il a maintenant au poignet et se dit que, d'une certaine façon, il leur ressemble déjà un peu. Après tout, il lui faut bien admettre qu'il est tentant de se fondre dans la douceur ouatée de l'archipel, sans plus se poser de questions. À condition d'admettre que violence et misère du monde viennent se fracasser contre la barrière sans imprimer le moindre frémissement aux eaux miroitantes du lagon.

Depuis leur arrivée, ils habitent un petit cocon confortable avec des commodités dont ils n'avaient jamais seulement soupçonné l'existence. Ysilia et son sempiternel sourire semblent toujours surgir de nulle part pour les guider dans ce nouvel univers et pourvoir à leurs besoins. Cependant, il a constaté qu'elle se montre plus réservée dès qu'il s'agit de répondre à des questions plus précises. La veille, Aylan l'a interrogée sur l'explosion qu'ils ont tous entendue, mais elle a prétendu n'avoir aucune information à ce sujet et est passée à autre chose comme si cela n'avait aucune importance. Contrairement à sa mère qui restait sur la défensive et observait le paradis avec l'œil de celui qui s'attend à tout moment à voir surgir le serpent, Louna avait immédiatement adopté ce nouveau mode de vie et s'extasiait sans cesse sur tout ce qui l'entourait. Son plaisir le plus intense consistait à observer les petits poissons fluorescents du lagon. Fascinée par leur incessant ballet coloré, elle passait des heures assise au bord de l'eau dans une parfaite immobilité. Quand Ysilia lui avait promis de l'emmener jouer avec les dauphins dès qu'elle irait mieux, elle lui avait sauté au cou en lui assurant qu'elle n'avait jamais été aussi heureuse de sa vie. Le fait que tous ces animaux ne soient que de simples reflets ne semblait avoir aucune importance pour elle. Si Aylan sentait son cœur se serrer quand il se souvenait que pour la petite fille et sa mère le séjour sur l'île n'était que provisoire, il refusait pour l'instant de penser à l'avenir. Les médecins qui avaient examiné Louna désiraient procéder à des examens complémentaires, mais les premiers résultats laissaient présager qu'elle souffrait d'une maladie du sang. Même s'ils connaissaient peu cette pathologie dont ils mesuraient néanmoins la gravité, ils s'étaient montrés rassurants : il ne faisait aucun doute qu'ils parviendraient à mettre au point le traitement adéquat. Ce défi avait même eu l'air de leur plaire, sans doute parce qu'il aiguisait leur curiosité de scientifique.

Ses pensées sont interrompues par la voix douce qui parle directement dans sa tête. Elle l'avertit qu'il doit descendre sur le prochain îlot. Il se penche vers son bracelet. Ysilia lui a montré comment l'activer afin de s'orienter. Après avoir quitté l'hydrobulle, il s'engage dans une allée bordée de massifs touffus au sein desquels s'épanouissent de minuscules fleurs semblables à des diamants. Les passants qu'il croise lui jettent un rapide coup d'œil – sa combinaison grise attestant de sa récente arrivée sur l'île –, mais ils détournent aussitôt le regard et poursuivent leur chemin. Quand il arrive devant une habitation aux formes arrondies en partie recouverte par la végétation, la voix lui annonce qu'il est parvenu à destination et lui souhaite une heureuse journée au sein du lagon. Il pénètre sur une terrasse débordante de fleurs odorantes, mais, quand il s'approche de la baie vitrée, il s'arrête net en entendant des éclats de voix. N'étant que peu familiarisé avec l'attitude qu'il convient d'adopter sur l'île en fonction des situations, il hésite à signaler sa présence.

— C'est la première fois que tu me déçois. Comment as-tu pu te montrer aussi inconséquente ? demande une voix féminine visiblement très agacée.

— C'est injuste ! J'étais inquiète, je voulais juste m'assurer que…

— Je, je, je ! Nous ne t'avons donc rien appris pendant toutes ces années ? « Nous », tu dois penser « nous ». Tu es, avant toute chose, un membre de notre famille et de notre communauté. Tu fais partie d'un tout. Comment peux-tu être aussi autocentrée ? Et qui es-tu pour décider de ce qui est juste ou non ?

— Mais quand même, six voyants d'un seul coup, comme si mon comportement avait présenté un danger pour la communauté. C'est beaucoup, non ? En plus, c'est la première fois que…

— Bien sûr, ne pas obéir aux consignes alors qu'un évènement d'une extrême gravité vient de se produire, c'est tout à fait anodin ! À ton âge, tu es peut-être plus apte à juger de la gravité d'une faute que les sages qui nous dirigent ? l'interrompt l'autre femme.

— Ce n'est pas ce que je veux dire !

— Tu vas en premier lieu présenter des excuses pour ton comportement inacceptable.

— Mais tu te rends compte, ce qu'elle m'a dit…

— Ce qu'elle t'a dit est vrai, même si c'est désagréable à entendre pour tes jeunes oreilles. Nous n'avons pas le même rang hiérarchique. Le fonctionnement de notre société est en partie basé sur la capacité de chacun à rester à la juste place assignée par les dirigeants. Absolument rien ne vous empêche d'être amis, mais il est hors de question que vous vous engagiez dans une relation vraiment sérieuse. Ce n'est pas parce que vous avez échangé un baiser ou que vous vous êtes tenus par la main que vous vous êtes engagés pour la vie entière. Tu es juste une adolescente bêtement amoureuse comme il en existe depuis la nuit des temps ! Je pensais que tu avais un peu plus de clairvoyance !

Aylan, depuis la terrasse qu'il n'ose plus quitter, ne voit que leur dos. Les épaules de l'une d'elles tressautent soit parce qu'elle pleure, soit parce qu'elle est très en colère. Pour sa part, il trouve plutôt réconfortant d'entendre des gens s'énerver ainsi. Le fait qu'ils soient capables de se disputer prouve qu'ils conservent tout de même une part d'humanité derrière leur apparente perfection. Soudain, l'une des deux femmes se tourne et l'aperçoit.

— Ho ! laissa-t-elle échapper en portant la main à sa bouche.

Elle ne met qu'une fraction de seconde à reprendre le contrôle d'elle-même et c'est avec un visage avenant qu'elle se dirige vers la terrasse. Il s'efforce de ne pas fuir tout de suite tout en souhaitant devenir transparent. L'incongruité de sa présence en ces lieux lui saute plus que jamais aux yeux. Deux parfaites étrangères. Une scène intime. Il n'a décidément rien à faire là. Sur son île, au moins, il connaît les codes alors qu'ici, il est à découvert et il déteste ça.

— Qui es-tu ? l'interroge-t-elle d'une voix douce et veloutée, en total contraste avec le ton qu'elle a employé précédemment.

— Je suis désolé d'interrompre votre… euh… conversation. Je m'appelle Aylan…

— Aylan ? Je ne t'attendais pas si tôt. Je croyais que mon mari devait t'accompagner.

— Oui, c'est ce qui était prévu, mais il a été retenu et il m'a demandé de venir directement ici.

— Je suis désolée, nous manquons à tous nos devoirs. Je suis Jaine, la femme de Jaron. Entre, je t'en prie.

Il s'exécute et pénètre à l'intérieur.

— Voici ma fille, Analia.

L'adolescente le gratifie d'un regard peu amène. Malgré ses yeux rouges et sa mine renfrognée, il ne peut s'empêcher d'être frappé par la délicatesse de ses traits et l'harmonie de son visage. Comme sa mère, elle réagit rapidement afin de se composer un visage plus accueillant. Il a failli tendre le bras pour leur serrer la main, mais il se ravise en se souvenant à temps que cette coutume n'existe pas à Eden Island. Cela fait partie des choses qu'il déteste dans cette nouvelle vie : le sentiment fréquent d'être un intrus quand il arrive quelque part et le fait de ne pas toujours savoir quelle attitude adopter.

— Bonjour Aylan, dit-elle en esquissant un sourire forcé.

— Nous sommes ravies de t'accueillir, renchérit sa mère

avec un enthousiasme qu'il juge fortement exagéré.

Il est évident à leur air emprunté qu'il ne pouvait pas tomber plus mal. Heureusement que Jaron, accompagné d'un petit garçon, arrive juste à temps pour le tirer de cet embarras.

— Je vois que vous avez déjà fait connaissance, dit-il. Aylan, je te présente le dernier membre de la famille, Aîko, mon fils.

Le petit garçon le dévisage avec une franche curiosité.

— On dirait vraiment pas que t'es un barbare, conclut-il à la fin de son examen.

— Et c'est censé ressembler à quoi, un barbare ? demande Aylan en se penchant vers lui.

— J'sais pas, t'es le premier que je vois, mais je t'imaginais pas comme ça ! dit-il en l'observant attentivement. T'es tout propre, t'as l'air gentil et tu sens pas mauvais ! ajoute-t-il en s'approchant pour le renifler.

— Aîko ! veux-tu présenter tes excuses immédiatement, intervient Jaine. Qu'ai-je fait pour que mes enfants oublient les règles de comportement les plus élémentaires ?

— Je m'incline pour te présenter mes excuses si mes propos t'ont offensé, récite immédiatement le petit garçon en baissant la tête. Tu sais, je savais pas qu'il fallait pas dire barbare devant un barbare, ajoute-t-il à l'adresse de son père tout en regardant son bracelet afin de vérifier que sa maladresse reste sans conséquence.

— Il s'agit d'un terme dépréciatif que l'on utilise parfois entre nous pour parler des gens de l'extérieur, précise Jaron en s'excusant à son tour auprès d'Aylan. Le terme exact est « sans bracelet ».

— Ah, j'ai compris, on peut dire barbare seulement quand il n'y a pas de barbare dans la maison ! se hâte de conclure Aîko en regardant ses parents dans l'attente d'une confirmation.

— Si on passait à table ? intervient Jaine en levant les yeux au ciel.

Aylan, plus amusé que vexé, est reconnaissant au petit garçon d'avoir involontairement détendu l'atmosphère. Jaine l'invite à s'installer en bout de table.

— Nos dirigeants pensent que ton intégration sera facilitée si tu passes quelque temps dans une famille, c'est pourquoi j'ai proposé que nous t'hébergions, j'ai pensé que tu te sentirais moins dépaysé puisqu'on se connaît déjà. Si tu as des questions à poser, n'hésite pas, lui dit Jaron en étirant un peu la table pour avoir davantage de place.

L'adolescent a évidemment des milliers de questions tant ce nouvel univers l'étonne, le fascine et le déconcerte tout à la fois.

— Justement, ce que vous faites là ? Comment c'est possible ? interroge aussitôt Aylan en montrant le coin de table qu'il vient d'étirer.

— Ah ça ? Les nouveaux arrivants sont toujours intrigués par nos matériaux. Tiens Aîko, c'est toi qui vas lui expliquer, je verrai ainsi si tu retiens ce qu'on t'apprend, dit Jaron avec un regard d'encouragement en direction de son fils.

Le petit garçon repose la bille verte qu'il s'apprêtait à porter à sa bouche et prend un air très concentré.

— Cette matière, ça s'appelle de l'algoplast. C'est un mélange d'algues et de déchets. Il y a longtemps de ça, les fondateurs de l'île ont récupéré plein de déchets qui flottaient sur l'océan. Il paraît qu'il y en avait partout sur la Terre. Ça faisait des continents entiers de déchets. Alors ils les ont pris, ils les ont broyés, ils en ont fait des granulés qu'ils ont mélangés avec des algues gélifiantes. Et c'est avec ça qu'on fait les maisons, les meubles, les habits, tout ce que tu vois autour de toi… On nettoie la Terre en fabriquant des choses qui nous sont utiles. Et on fait tout ça dans la grande Centrale qui est au fond de l'eau. C'est pour ça que les bâtiments peuvent changer de forme ! Quand tu veux faire un tout petit changement, il suffit que tu effleures la matière avec la main comme ça, dit-il en joignant le geste à la parole, mais quand tu veux faire un gros changement, c'est l'ordinateur qui s'en charge ! Pas vrai p'pa ?

— Félicitations, Aîko, lui dit son père en ébouriffant ses cheveux. Je ne l'aurais pas mieux expliqué moi-même. C'est une variété d'algues bien spécifique que nous utilisons, c'est elle qui permet d'imprimer cette extrême souplesse aux matériaux. Il suffit d'augmenter leur température pour les rendre malléables.

— C'est étonnant, dit pensivement Aylan. Il regarde autour de lui. Difficile d'imaginer que tout ça a été créé à partir de déchets du passé…

— Aîko n'exagère pas. Au moment de la création d'Eden Island, il y avait plus de déchets à la surface de l'océan que de terres habitables, précise Jaine. La matière première ne manquait pas. Et, si l'on se fie aux images rapportées par les solavions, il en reste encore énormément.

— Et puis tu vois, c'est drôlement pratique. C'est pour ça que tu peux habiter avec nous : papa a fait une cellule supplémentaire rien que pour toi ! Et quand tu seras parti, ça redeviendra comme avant pour pas dépenser d'énergie inutile. Vas-y, pose d'autres questions, l'encourage Aîko, soucieux de montrer l'étendue de son savoir. Pose une question sur notre énergie.

— Hum, et pour l'énergie vous faites comment ? demande docilement Aylan.

— Y' a le soleil qui allume les arbres et qui fait marcher les solavions et après quelque chose avec l'eau, mais ça, c'est compliqué… Je ne me souviens plus très bien comment ça marche, avoue le petit garçon.

— Analia ? l'interroge son père.

— On utilise l'énergie marémotrice, produite par les vagues autour de la barrière et l'énergie maréthermique produite en exploitant la différence de température entre le fond de la mer et sa surface, récite l'adolescente d'une voix atone.

Son père confirme son propos en ajoutant quelques précisions supplémentaires

— Qu'est-ce qui te surprend le plus depuis que tu es arrivé ? s'intéresse Jaine à son tour.

Aylan prend le temps de réfléchir quelques instants, puis :

— Je me souviens que lorsque vous êtes venus sur mon île, vous vous êtes présentés en donnant des numéros.

— Oui, nous n'avons plus de noms de famille, mais seulement un prénom et le numéro qui correspond à notre rang hiérarchique dans la société. Chaque année, nous pouvons changer de numéro en fonction de ce que nous apportons, ou pas, à la communauté, explique Jaine.

— Et vous m'en avez attribué un ?

— Pas encore, mais ça va venir. Au début, tu auras forcément un très grand nombre, mais si tu deviens un champion de solar-surf comme on l'espère, tu vas vite t'élever dans la hiérarchie, promet Jaron.

— Qui est le numéro 1 ? demande Aylan.

— Personne n'a pris ce numéro. Il est resté à Jonas Samson, le fondateur de la communauté, même s'il a disparu depuis longtemps.

— Ah, il a eu le droit de garder son nom de famille, lui ? remarque Aylan d'un ton un peu ironique. Tout est si différent dans votre façon d'envisager la vie ! Je ne pense pas que je m'habituerai un jour ! Mais je crois quand même que le truc le plus bizarre pour moi, c'est ça, dit-il en montrant le bracelet.

— Bien sûr, admet Jaron. En fait, personne à part ses concepteurs n'en connaît le fonctionnement exact, c'est un mélange d'informatique, de physique et de chimie. Il est implanté dans la peau et chaque habitant est directement connecté à l'ordinateur central de l'île. Il nous permet de communiquer entre nous, mais il permet aussi au système de réajuster nos besoins en nourriture en fonction de notre masse corporelle, il sert à se procurer ce dont on a besoin…

— Je ne parlais pas de ça, l'interrompt Aylan, ce que je veux dire, c'est que je trouve ça bizarre, cette histoire de voyants…

À peine a-t-il fini de prononcer ces paroles qu'il se rend compte de sa bévue. D'après la discussion qu'il a surprise, ce n'est peut-être pas le sujet le plus judicieux à aborder pendant le repas.

— Ben c'est pourtant simple, intervient Aîko en lui montrant son propre bracelet, si tu fais tout bien comme il faut, tous tes voyants sont verts et tu as droit à plein de choses. Mais si tu fais des choses pas bien, précise-t-il en montrant le bracelet de sa sœur, tes voyants deviennent rouges et tu as droit à moins de choses. Et tu peux même faire monter le numéro de ta famille qui va vivre moins bien à cause de toi.

Tout occupé qu'il est à poursuivre sa démonstration, il ne prend pas garde au regard furibond que lui lance Analia.

— Et si tu fais plein de bêtises et que tous tes voyants deviennent rouges, on te prend ton bracelet et après tu peux plus habiter ici.

— Et tu vas où ? demande Aylan avec un réel intérêt.

— Ça, je ne sais pas… loin d'ici en tout cas parce qu'on les revoit jamais, dit le petit garçon. Ils vont où les sans bracelet, papa ?

— Ailleurs, ça dépend de la gravité de la faute, rétorque Jaron apparemment peu désireux de donner des explications plus précises. Ça s'appelle une mesure d'éloignement.

— Suffisamment loin pour ne jamais revenir, c'est ça ? demande Aylan en fixant Jaron.

— C'est pour les empêcher de nuire à la communauté. Vois-tu, chaque citoyen a une place bien définie. Ce que tu dois comprendre, c'est que l'harmonie de notre société est basée sur la discipline et la capacité de chacun à œuvrer pour le bien commun. C'est un échange permanent entre l'individu et le groupe. Le monde des Grandes Terres est mort à cause de l'inconscience et de l'égoïsme des hommes. La volonté de notre fondateur était de créer un nouveau modèle basé sur l'identité collective : le bien-être de tous passe avant le désir de chacun. C'est une sorte de devise que chaque membre de la communauté s'attache à suivre.

En disant cela, il lance un regard vaguement réprobateur en direction de sa fille. Aylan ne sait pas ce qu'elle a fait exactement, mais il commence à sincèrement la plaindre d'être ainsi l'objet de la réprobation générale. À sa place, il se serait révolté. Mais elle semble plutôt indifférente et lointaine. Résignée, peut-être.

— Seule la moitié de tes voyants sont verts, poursuit Jaron en s'adressant à Aylan. On a dû t'expliquer que c'est le cas pour toutes les recrues extérieures, c'est à toi de prouver que ta présence est un apport positif pour notre société. En d'autres termes, tu dois faire tes preuves.

— Sinon ?

— Tu partiras très loin, conclut Aîko.

Ils poursuivent le repas en abordant des sujets plus légers. Aîko, passionné de solar-surf, ne cesse d'interroger Aylan. Ce dernier commence à se sentir un peu plus à l'aise, finalement, cette cohabitation qu'il a tant redoutée pourrait s'avérer plus aisée que prévu. Mis à part Analia, tous les membres de la famille semblent l'accueillir avec naturel et simplicité. Quand il interroge Jaron sur l'explosion qu'il a entendue, ce dernier ne lui cache pas qu'elle était due à une attaque extérieure. Il lui précise que les mesures de sécurité étant renforcées et que toute sortie étant momentanément suspendue, son premier entraînement aura lieu à l'intérieur du lagon.

— Je sais que ce n'est pas l'idéal, dit Jaron, mais ça te permettra de te familiariser avec nos planches. Tu verras qu'elles sont beaucoup plus perfectionnées que ce à quoi tu es habitué. On espère pouvoir reprendre les entraînements extérieurs prochainement. Demain, Analia te conduira au centre de formation, elle t'aidera à t'accoutumer à nos méthodes d'enseignement. Tu devras aussi aller sur l'îlot des anciens où tu accompliras une partie de ton service obligatoire. Ce sont quelques heures que chaque citoyen doit à la communauté.

L'adolescente relève brusquement la tête. Le regard paniqué qu'elle s'efforce aussitôt de dissimuler n'échappe à personne autour de la table.

— Cela ne te pose aucun problème, j'espère, s'exclame Jaron.

— Bien sûr que non, répond-elle en évitant son regard.

— Je suis satisfait de constater que tu souhaites, comme nous, faciliter l'intégration d'une nouvelle recrue, réplique-t-il sèchement.

Aylan est bien obligé de le constater : sa côte auprès des filles a connu des jours meilleurs. C'est bien la première fois de sa jeune existence qu'il a la désagréable impression d'être envisagé par l'une d'entre elles à la fois comme une corvée et une punition.

Chapitre 11

« Le fait de remplacer les noms de famille par des numéros permet une meilleure hiérarchisation des strates de la communauté, d'autant plus que ces numéros sont susceptibles d'évoluer à chaque session d'évaluation en fonction des données récoltées. »

Extrait du journal de Jonas Samson

— Il est tout bonnement…

Shani observe avec la plus grande attention Aylan qui parle avec un M. Chuan visiblement plus intéressé par cette nouvelle recrue que par ses élèves habituels.

— Je cherche l'adjectif adéquat. Fascinant ? Un peu exagéré quand même mais pas loin. Séduisant ? C'est trop banal. Pas assez fort ! Tu dirais quoi, toi ?

— Barbare ? propose Analia dont la mauvaise humeur est encore amplifiée par l'enthousiasme de Shani.

— Hum, si tu appelles barbare ce petit côté sauvage qu'il arrive à conserver malgré cette affreuse combinaison grise dont ils l'ont affublé, je suis preneuse ! renchérit-elle en affichant une mine gourmande. Si tous les barbares sont aussi craquants que lui, c'est quand même dommage qu'on n'en intègre pas plus souvent. À mon avis, ça boosterait le renouvellement de l'espèce.

Analia ne se donne même pas la peine de répondre. Elle n'en veut aucunement à Shani de lui avoir conseillé d'aller au centre de soins la veille, si elle l'a fait, c'est qu'elle en mourait d'envie. Son amie n'est en aucun cas responsable de ses actes. Elle n'a rien non plus contre ce garçon, si ce n'est que, non content de lui compliquer involontairement la vie, il savait aussi se montrer insupportablement arrogant. Et présentement, le babillage incessant de Shani l'agace au plus haut point. La seule chose qu'elle souhaite est de parler quelques instants avec Idrian, mais le fait de devoir chaperonner la nouvelle recrue rend tout tête à tête momentanément impossible.

Le matin même, elle avait quitté son unité d'habitation en compagnie d'Aylan, elle l'avait ensuite guidé à travers les différents ponts et îlots qu'il fallait emprunter pour se rendre au centre de formation. Elle s'était efforcée de lui donner des explications sur les lieux qu'ils traversaient, et avait même tenté de s'intéresser à lui. Elle s'était dit que c'était sans doute le minimum que son père attendait de sa part. En d'autres temps, curieuse de l'extérieur, elle aurait spontanément posé des milliers de questions et aurait réellement accordé de l'intérêt aux réponses, mais pour l'heure, elle se contentait d'accomplir ce qu'elle supposait être son devoir. Elle était en train de lui montrer une statue en algoplast de Jonas Premier en lui expliquant qu'elle était programmée pour changer de position toutes les heures – le fondateur était tantôt assis dans une position méditative, tantôt debout le regard levé vers le ciel – quand Aylan l'avait arrêtée dans ses explications :

— Tu n'es pas obligée, tu sais.

— Pardon ? avait-elle rétorqué, surprise.

— Je veux dire que tu n'es absolument pas obligée de me faire la conversation. D'après ce que j'ai compris, tu dois me servir de guide, mais pour le reste, inutile de te forcer.

— Je voulais me montrer polie, je suis désolée si ça a l'air forcé, avait-elle répondu un peu gênée.

— Je crois comprendre que tu as des problèmes en ce moment, je ne sais pas ce qu'il se passe exactement et je ne veux pas le savoir, mais je vois bien que je tombe comme un cheveu sur la soupe et j'en suis désolé pour toi.

— Un quoi ?

Il eut un bref sourire.

— Tu n'as jamais entendu cette expression ? Hum, j'ai entendu quelqu'un ici qui disait « comme un requin dans le lagon » je pense que ça veut dire à peu près la même chose. Pour faire court, je suis un élément gênant et je comprends parfaitement que tu te passerais bien de ma présence, seulement je n'y peux rien. J'ai l'impression qu'on n'a pas le choix. Par contre, on peut se contenter de marcher sans parler, toi dans tes pensées et moi dans les miennes. Ça me conviendra très bien ! avait-il déclaré d'un ton convaincu.

Ils avaient ensuite poursuivi leur chemin en silence, mais l'éducation qu'avait reçue Analia depuis sa plus tendre enfance l'avait poussée à s'excuser. Elle regrettait d'avoir fait preuve d'un tel manque de civilité envers cet étranger qui était extérieur à ses problèmes. Elle s'était donc arrêtée, puis inclinée devant lui en déclarant :

— Je m'incline pour te présenter mes excuses si mon attitude t'a offensé.

Il n'avait plus qu'à s'incliner à son tour pour lui accorder son pardon, mais au lieu de cela, il avait éclaté d'un rire franc.

— Venant de ton petit frère, j'avais trouvé ces excuses plutôt mignonnes, mais venant de toi, je trouve ça… bizarre.

Analia s'était sentie humiliée jusqu'au plus profond de son être.

— Je ne voulais pas te vexer, avait-il ajouté, mais vos coutumes me semblent parfois déroutantes.

— Je te trouve très méprisant pour quelqu'un qui vient d'arriver, avait-elle alors rétorqué en colère. C'est pourtant un grand honneur qui t'est fait !

— Un grand honneur ? Comme tu y vas ! Je suis quoi, à

vos yeux ? Le représentant d'une race inférieure que vous avez la bonté d'accueillir ? Un animal de foire ?

— Pourquoi es-tu venu alors, si tu penses ça ? C'était trop compliqué de dire non ? avait-elle répliqué sèchement en sentant sa colère monter d'un cran.

— Je suis là pour ma sœur, uniquement pour ma sœur. Sans elle, je n'aurais jamais laissé personne me mettre un bracelet au poignet, comme si j'étais un esclave ou un animal domestique. Ça se passe comment, vous vous réveillez tous les matins, la peur au ventre, en redoutant que les voyants aient changé de couleur ? Même toi, tu avais l'air furieuse contre ce système.

— Ne te mêle pas de ce qui ne te regarde pas ! avait-elle dit à son tour d'une voix sifflante. Tout va bien pour moi, je me serais juste passée, en effet, de devoir jouer les guides touristiques !

Analia ne se reconnaissait pas. D'ordinaire, elle parvenait toujours à garder son calme. Or, depuis la veille, elle avait le sentiment d'être perpétuellement en colère et l'attitude d'Aylan contribuait à l'énerver encore davantage.

— Tu dois juste m'aider à repérer le chemin, avait-il ajouté d'un ton sec, et vu qu'en général, j'ai plutôt un bon sens de l'orientation, ça devrait aller assez vite. Mais ne t'inquiète pas, si ça peut te faire regagner un voyant vert, je dirai à tout le monde que tu m'as parfaitement chaperonné.

Cette dernière remarque lui avait donné la désagréable impression, au mieux qu'il se moquait d'elle, au pire qu'il la méprisait, et comme elle ne voulait pas encore aggraver la situation, elle avait préféré ne pas répondre. Ils avaient donc effectué le reste du chemin dans un silence pesant. À peine étaient-ils arrivés au centre de formation qu'ils avaient entendu une voix métallique ordonner à tous les élèves de se réunir dans la cour principale. Le directeur du centre, qu'ils voyaient rarement en personne, se tenait devant les adolescents regroupés en rangs au fur et à mesure de leur arrivée. Analia avait fait signe à Aylan de se ranger avec elle au fond de la dernière rangée.

— En raison des évènements dramatiques qui viennent de nous frapper, nous allons communier quelques minutes en silence pour rendre hommage à ceux qui ont perdu la vie, a annoncé le directeur d'une voix claire.

L'hymne funèbre a retenti et les hologrammes des personnes décédées – adolescents, organisateurs, policiers – sont apparus sur les eaux du lagon. À cet instant, quelle que soit sa fonction ou le lieu où il se trouve, chaque habitant de l'archipel a également cessé ses activités pour regarder les eaux miroitantes en hommage aux disparus. Lorsqu'elle a tourné la tête, Analia a brièvement aperçu Idrian à côté du directeur. Comme tous les autres, le visage impassible, il regardait en direction du lagon et elle a deviné l'immense effort qui devait être le sien pour qu'aucune émotion ne transparaisse sur son visage. La cérémonie a duré encore quelques secondes puis des voiles noirs ont entouré les silhouettes des disparus qui ont semblé se dissoudre lentement dans l'eau. Et la musique s'est tue.

Après un instant de flottement, les discussions ont peu à peu repris et les élèves qui commençaient à se disperser en évoquant les évènements de la veille se sont rendu compte de la présence d'Aylan. Immédiatement, les regards curieux se sont portés vers lui, le mot « barbare » a été prononcé à plusieurs reprises, mais le directeur a très vite repris la parole pour ordonner aux élèves de se rendre en cours et de respecter plus que jamais les consignes qui leur étaient données.

Durant la séance animée par M. Chuan, la plupart des élèves ont passé davantage de temps à lui jeter des coups d'œil qu'à communier avec le ciel et la terre. Aylan, en apparence indifférent à la curiosité qu'il suscitait, a effectué les mouvements demandés de façon mécanique sans regarder personne. Et maintenant que le cours est terminé, Analia doit subir les commentaires enthousiastes de Shani qui attend avec une impatience non déguisée de faire connaissance avec le nouvel élève. Analia la voit même rougir légèrement quand il se dirige vers elles.

— Salut, je m'appelle Shani, je suis l'amie d'Analia, annonce-t-elle en s'avançant vers lui de son pas dansant. Je ne suis certainement pas la première à te le dire, mais je te souhaite la bienvenue dans notre communauté.

Pour la première fois de la journée, Analia voit Aylan sourire franchement. Sans doute apprécie-t-il la spontanéité de Shani qui l'accueille sans réticence. Il s'approche à son tour et tend sa main vers elle.

— Là d'où je viens, il y a une coutume qui consiste à serrer la main des gens qu'on rencontre.

Si Shani est surprise, elle n'en montre rien et met sa main dans la sienne sans hésitation.

— Comme ça ? demande-t-elle en plongeant son regard dans le sien.

— Oui, et là on se secoue légèrement la main. C'est la façon barbare de dire bonjour aux gens que l'on ne connaît pas ! dit-il en souriant d'un air moqueur.

— Eh bien, pour ma part, je trouve ces mœurs barbares des plus intéressantes. J'ai hâte d'en apprendre d'autres. Pas toi, Analia ? l'interroge Shani en se tournant vers elle.

— J'en meurs d'envie, moi aussi ! réplique cette dernière d'un air désabusé. Bon, il serait peut-être temps qu'on aille en cours, non ?

— Ne t'inquiète pas, elle est toujours rabat-joie, c'est dans sa nature, précise Shani à l'intention d'Aylan, avec une mimique faussement navrée. Mais au bout du compte, tu verras, ce n'est pas une si mauvaise fille !

Les cours s'enchaînent. Aylan semble tout à la fois intrigué et passionné par ce qu'il découvre. Deux garçons placés non loin de lui se moquent discrètement en le regardant, mais leurs ricanements semblent le laisser totalement indifférent. Quand Analia l'observe à la dérobée, elle ne peut qu'admirer sa capacité à faire abstraction de tout ce qui l'entoure. Elle essaie de se mettre à sa place et d'imaginer ce qu'elle ressentirait si elle était transportée comme ça, du jour au lendemain, sur Eden Island. Bien sûr, elle ne connaît que très partiellement le monde d'où il vient, mais tout doit lui sembler tellement différent. Pourtant il ne semble ni angoissé ni déstabilisé, il observe et écoute comme s'il voulait absorber au plus vite toutes les composantes de cet univers nouveau pour lui. Si quelque chose le surprend, ce n'est pas vers elle mais vers Shani qu'il se tourne spontanément pour l'interroger du regard. Après l'échange qu'ils ont eu le matin, elle ne peut pas le lui reprocher. Elle s'était peut-être montrée inutilement désagréable, mais l'arrogance dont il avait fait preuve dépassait ce qu'elle pouvait imaginer. Malgré tout, ils sont condamnés à cohabiter.

À la fin des cours, ils font une partie du chemin tous les trois puis Shani les quitte pour emprunter le pont qui mène à son îlot. Analia est, quant à elle, censée regagner sa propre unité d'habitation en compagnie d'Aylan. Tant que son amie était là, cette dernière avait bien sûr assuré spontanément la conversation, seulement à présent, un silence inconfortable s'est à nouveau installé. Quand ils arrivent près d'un pont, elle aperçoit Idrian qui l'observe appuyé à la balustrade non loin du saule où ils avaient l'habitude de se retrouver après les cours. Sans doute espère-t-il qu'elle le rejoigne, mais elle se voit mal abandonner Aylan pour aller le retrouver. Elle en meurt d'envie, pourtant. Elle ne pense pas s'être trahie, toutefois ce dernier s'arrête :

— Je peux rentrer seul tu sais, j'ai repéré le chemin.

— Non, s'empresse-t-elle de répondre, j'aurais des ennuis si on n'arrive pas ensemble et même si cela te semble méprisable, j'ai envie de garder quelques voyants verts.

— N'empêche que je crois avoir aperçu la source de tes ennuis sur le pont. Et visiblement il t'attend.

— Je t'ai déjà dit de ne pas te mêler de mes affaires ! Ça n'a aucune importance !

Il la regarde attentivement :

— Aucune importance, vraiment ? Moi, j'ai l'impression que c'est tout le contraire. Écoute, va au moins lui parler. Je t'ai dit que je détestais être un fardeau, je ne l'ai jamais été et je ne vais pas commencer aujourd'hui. Voilà ce que je te propose : je vais m'arrêter un peu plus loin, je t'attendrai et comme ça on rentrera ensemble.

Elle hésite quelques instants. Elle sait que c'est un choix déraisonnable – d'autant que Aylan pourrait la trahir sitôt rentrés –, mais l'envie de voir Idrian l'emporte soudain sur toute autre considération.

— D'accord, je te rejoins très vite.

— Pas de souci.

Quand elle retrouve Idrian, elle est immédiatement frappée par ses traits tirés et son visage fermé.

— C'est le nouveau ? demande-t-il d'un ton peu amène tout en l'attirant à l'écart derrière le saule pleureur.

— Oui, il ne nous dénoncera pas.

— Comment peux-tu en être aussi certaine ?

— Je le sais, c'est tout, fais-moi confiance.

Elle caresse doucement sa joue, mais il ne se détend pas pour autant. Il éloigne sa main pour regarder son bracelet.

— C'est à cause de moi ?

— Rien de grave, quelques loisirs de moins, Shani vit très bien avec la moitié de ses voyants, dit-elle en espérant alléger l'atmosphère.

— Je suis désolé, Analia.

— Ce n'est pas ta faute ! Je ne comprends même pas pourquoi ils se sont montrés aussi sévères. Je n'avais jamais commis la moindre infraction auparavant, comme disait Shani, j'étais la fille parfaite !

— Je n'aurais jamais dû t'inviter à ce bal !

— Mais pourquoi ?

— Théoriquement, j'aurais dû inviter une des filles prétentieuses qui vivent sur mon îlot, mais depuis que je t'avais parlé au centre de recherches, je voulais que ce soit toi. Ma mère était absolument opposée à ce projet, alors je lui ai dit que je voulais juste m'amuser un peu… j'ai fini par la convaincre…

— T'amuser un peu…, répète-t-elle en s'éloignant légèrement de lui.

— Oui, c'est ce que je lui ai dit. Depuis que je suis petit, je suis habitué à ce qu'on satisfasse tous mes désirs ! Franchement, j'espérais que tu me décevrais et qu'après je t'oublierais… seulement ça ne s'est pas passé comme ça, dit-il en caressant ses cheveux. Après la soirée, j'ai eu envie de te revoir. Je savais que ça ne pourrait pas durer, que si ma mère l'apprenait, elle se vengerait sur toi, mais chaque fois que je te voyais, je ne parvenais pas à te dire la vérité. Et puis, il y a eu l'attentat et tu es venue, j'aurais dû te dire de partir tout de suite… et là encore je n'ai pensé qu'à moi.

Analia s'éloigne de lui pour mieux réfléchir.

— Très bien, donc on n'a pas le droit de se voir. Ce que je ne comprends pas, c'est que toi, tu es parfaitement au courant alors que personne ne m'a prévenue…

Idrian a un rictus ironique :

— Ce n'est pas une loi officielle, bien sûr. Nos très chers dirigeants prennent garde de ne pas heurter les citoyens. La fameuse harmonie, tu sais bien, dit-il d'un ton désabusé. Il suffit que les castes dirigeantes évitent de trop se mêler aux autres et le tour est joué : quand on est un moins de cent, on reste entre-soi !

— C'est stupide ! Qu'est-ce qu'on va faire ? demande Analia.

Il la serre contre lui de son bras valide.

— On ne va plus se revoir. Je serais égoïste si je continuais à le faire. Ma mère a beaucoup de pouvoir, elle t'a déjà nui et si ça s'avère insuffisant, elle nuira à ta famille. Jusqu'à ce que je cède !

— Elle ne peut pas être aussi cruelle ! proteste Analia.

— Oh que si ! Crois-moi.

— On ne se verra plus jamais ?

— On s'apercevra de temps en temps au centre de formation, dit-il avec une grimace.

— Mais on ne se touchera plus, on ne s'embrassera plus, dit-elle en se rapprochant de lui et en posant ses mains sur sa poitrine.

— Arrête, Analia. C'était une agréable parenthèse mais c'est terminé, dit-il en l'éloignant de lui. Dans quelques mois, tu retrouveras tous tes crédits et tout rentrera dans l'ordre.

Elle recule comme s'il l'avait frappée et le regarde, abasourdie :

— Une agréable parenthèse ? C'est tout ce que j'ai été pour toi ? Une sorte de nouveau jouet ?

Il pousse un soupir en l'examinant comme s'il la voyait pour la première fois.

— Je n'ai jamais rien dit d'aussi désagréable. Mais sans doute que, dans le fond, c'est toi qui as raison. Je t'ai peut-être vu comme un nouveau jouet… Tu es très belle, tu sais, je te trouvais vraiment très attirante et on a passé de bons moments ensemble. Même si tu me manqueras, le fait est qu'on ne peut plus se voir, il faut se montrer responsable et l'accepter.

Elle le regarde une dernière fois sans parvenir à croire ce qu'il dit, mais elle voit son regard déterminé et comprend soudain que leur histoire est bel et bien terminée. Il la congédie poliment, froidement et sans état d'âme. Son attitude contraste tellement avec le garçon qu'elle a connu pendant quelques semaines, qu'elle a du mal à y croire. Mais les faits sont là : il se débarrasse d'elle comme d'un uniforme usagé à la fin de la journée. Il aurait pu aussi bien la jeter dans le bac à recyclage ! Elle n'ajoute rien, et rassemblant tant bien que mal ce qui lui reste de dignité, elle tourne les talons et s'en va. Elle entend qu'il l'appelle, mais elle s'enfuit en courant sans se retourner. Les larmes qu'elle a retenues jusque-là inondent son visage tandis qu'elle regagne le chemin principal. Si Aylan remarque ses yeux rouges et ses joues humides, il ne fait aucune remarque quand elle le rejoint près du pont. Ils se mettent en route sans dire un mot. Elle ne cesse de ruminer ses pensées, passant tour à tour de la détresse à la colère la plus noire. La douce, la gentille, la naïve, la stupide Analia ! Il avait dû bien rire dans son dos ! Alors qu'ils approchent de l'unité d'habitation, elle demande à Aylan de s'arrêter un instant afin de reprendre un peu ses esprits avant d'affronter le regard maternel. Elle le regarde en tentant de sourire :

— Je suis désolée, chaque fois que tu me vois, je suis dans un état pitoyable !

Il reste silencieux, se bornant à la dévisager. Pour autant, elle ne décèle dans son regard aucune marque de mépris. C'est un regard franc, exempt de tout jugement.

— En tout cas, je te remercie de m'avoir permis de lui parler, ajoute-t-elle en tentant de reprendre contenance.

— Pas de quoi !

Puis il ajoute en la fixant de ses yeux bleus :

— Écoute, je ne suis pas là pour te juger ! Moi aussi, j'ai souvent vu mes rêves se fracasser contre la réalité. Ça fait mal.

Je crois que nous avons pris un mauvais départ tous les deux, mais puisque nous sommes condamnés à cohabiter, je pense que nous devrions repartir à zéro, qu'en penses-tu ?

— Je crois en effet que ça pourrait être une bonne idée, approuve-t-elle avec un hochement de tête.

Il tend sa main vers elle :

— Bonjour, je m'appelle Aylan, je suis un barbare et je viens d'une île perdue qui s'appelle Pedrosa, elle doit être quelque part par là, dit-il en désignant l'océan.

Elle met sa main dans la sienne en souriant.

— Je m'appelle Analia, j'habite Eden Island et jusqu'à hier j'étais… une fille parfaite.

Il serre sa main en la secouant légèrement.

— Super ! Je ne sais pas pourquoi, mais quelque chose me dit que je vais beaucoup mieux m'entendre avec la nouvelle Analia ! déclare-t-il avec un franc sourire.

Chapitre 12

« Dans un espace où chaque membre de la communauté doit être parfaitement protégé, une attention particulière sera portée aux anciens, afin de leur offrir les meilleures conditions de vie possible jusqu'au moment de leur extinction. »

Extrait du journal de Jonas Samson

Le vieillard se tourne et adresse un petit signe à Aylan.

— Viens donc un peu par ici, petit !

L'adolescent s'approche aussitôt de lui.

— C'est quoi exactement ta mission ?

— Je dois passer dans les différentes unités pour m'assurer que vous n'avez besoin de rien. Vous voulez quelque chose ?

— Ouais, j'ai besoin d'un peu de compagnie, c'est dans tes cordes ?

— Je pense que ça doit être possible ! répond Aylan en souriant.

Depuis qu'il effectue ses heures obligatoires au centre des anciens, il a croisé le vieil homme à quelques reprises. Il sait que c'est le grand-père d'Analia, mais jusqu'à ce jour ils n'ont guère eu l'occasion d'échanger. Le jeune homme est fasciné par son regard pétillant en total contraste avec les nombreuses rides qui sillonnent son visage. L'aspect fripé de ce dernier est d'autant plus surprenant qu'à Eden Island, tout le monde – y compris les personnes âgées – a une peau extrêmement lisse.

— Allons donc faire un tour dans le jardin ! propose Nilo.

— Je vous rappelle que vous devez prendre votre pilule dans vingt-cinq minutes, affirme une voix féminine qui semble sortir de la paroi.

— Bla, bla, bla, allez viens petit, allons prendre l'air, ça me fera certainement autant de bien que sa fichue pilule.

Aylan marche lentement pour régler son pas sur celui du vieil homme. L'îlot des anciens est organisé autour d'un parc qui offre une prodigieuse variété d'essences végétales. Il suffit de quelques pas pour voyager dans un univers de couleurs et de senteurs puis passer ensuite à un autre, tout différent. L'endroit respire la paix et la sérénité.

— Alors tu te plais au paradis ? demande Nilo.

Aylan sent que derrière l'apparente plaisanterie, il lui pose une vraie question, alors il prend le temps de réfléchir un peu avant de répondre.

— Hum, pour être honnête, je n'en sais rien. Je dois reconnaître que c'est fascinant, je découvre tout un tas de choses dont j'ignorais l'existence. Tout est simple, tout est beau, tout est sophistiqué, ajoute-t-il en regardant autour de lui. Pourtant je ne sais pas si j'aimerais passer toute ma vie ici. J'ai l'impression qu'il me manquerait quelque chose.

Le vieil homme s'arrête pour le regarder avec un air malicieux.

— Voilà qui est intéressant et il te manquerait quoi, d'après toi ? La liberté de choisir ce que tu veux ? de te sentir adulte et responsable ? le frisson du danger ?

— Je ne sais pas, c'est compliqué. Je ne connais pas assez votre communauté pour juger. Vous êtes tellement protégés que ça doit être un peu étouffant, à la longue, non ?

— Ah ça ! Tu sais qu'ils ont même supprimé les couteaux et tous les éléments tranchants pour ne pas que les gens se blessent ou se battent ? Il faut une autorisation spéciale, selon ta fonction, pour en avoir un ! Tu sais, nous les vieux, on doit porter une sorte de rembourrage à l'intérieur de notre uniforme pour amortir le choc en cas de chute ! Manque plus que le casque !

— Pas bête ! approuve Aylan en riant de bon cœur.

— Et s'il fait trop chaud, des micro-capteurs rafraîchissent immédiatement le corps, elle est pas belle la vie ? En fin de compte, tu sais ce qui me manque le plus ici ? Un bon os avec de la viande autour que j'arracherais avec les dents ! Ras-le-bol de leur nourriture molle, leurs carrés protéinés, leurs billes survitaminées… Ils connaissent rien à part les algues et le plancton ! dit-il en secouant la tête d'un air dégoûté.

Aylan regarde le vieil homme avec curiosité.

— Attendez, ça veut dire que vous étiez un sans bracelet, vous aussi ?

— Eh oui, petit ! Mais je suis enfermé derrière cette barrière depuis tellement longtemps que si je n'y prends pas garde, je finirais presque par oublier moi aussi qu'il existe autre chose !

— Pourquoi vous ont-ils recruté ? l'interroge Aylan de plus en plus intrigué par ce vieil homme.

— J'étais plongeur, figure-toi, et pas un petit plongeur, j'étais de ceux capables d'aller très profond et de rester longtemps sous l'eau. Sans me vanter, j'étais même de loin le meilleur. Alors ils sont venus me chercher et ils m'ont embauché pour contrôler la partie immergée de l'archipel. T'imagines pas tout ce qu'il y a sous tes pieds. Des bâtiments énormes reliés par des boyaux…

— La fameuse Centrale, c'est ça ?

— Oui, moi j'appelle ça le ventre : ça digère, ça régurgite, ça crée toujours de nouvelles choses… c'est là où tout commence et tout finit ! C'est immense là-dessous et plein de secrets. Mais moi, je me contentais de vérifier le bon état des matériaux.

— Pourquoi vous dites que c'est secret ? demande Aylan.

— Disons qu'il y a des endroits où toi et moi, on n'aura

jamais le droit d'aller et quand on ne veut pas que les gens aillent partout c'est qu'on a des choses à cacher, non ?

— Peut-être, je ne sais pas. Mais vous vous êtes quand même plu ici, puisque vous êtes resté ?

— On peut pas dire que je me plais vraiment ici, non..., affirme Nilo en secouant la tête. Je n'aime pas la façon qu'ils ont de prendre les gens pour des gamins, ajoute-t-il en montrant son bracelet quasi dénué de voyants verts. La liberté, c'est quand même une belle chose !

— Pourquoi être resté, alors ?

— Ah ! Pourquoi ? L'éternel problème, mon p'tit gars : l'amour ! Eh oui, qu'une vieille carcasse comme moi parle d'amour, ça paraît déplacé, mais j'étais jeune à l'époque. Oh je voulais partir, ça oui... puis j'ai rencontré la grand-mère d'Analia et plus rien n'a eu d'importance hormis le fait d'être avec elle ! Elle s'appelait Rose-Aîmée, un nom prédestiné ! On en a eu des disputes, tu peux me croire, parce que mon comportement n'était pas conforme : à cause de moi on n'a jamais eu un nombre de famille en dessous de mille, mais on s'est aimés et ça, ça fait oublier tout le reste. Quand elle a disparu, il y a quelques années, j'étais trop vieux pour le dehors, je n'aurais même pas tenu une semaine, alors je suis resté ici.

Tout en parlant, ils s'installent sur un banc en face d'une sphère translucide sur laquelle glisse une cascade aux reflets irisés. Aylan écoute avec un intérêt croissant tout ce que lui dit le vieil homme, mais leur dialogue est soudain interrompu par l'apparition au milieu de la cascade d'un hologramme féminin au visage sévère :

— Vous avez quinze minutes de retard pour la prise de vos pilules, veuillez regagner sans délai le centre des anciens.

— Et il a vraiment fallu que je sois amoureux de Rosie pour supporter toutes leurs conneries ! Même maintenant, ils refusent de me laisser mourir en paix ! conclut le vieil homme en fixant la cascade d'un air mauvais.

Pendant qu'il aide Nilo à se lever, Aylan ne peut s'empêcher de lui demander :

— Vous êtes beaucoup plus âgé que les autres pensionnaires du centre ?

— Pas du tout. Pourquoi tu me demandes ça ?

En voyant l'air gêné de l'adolescent, il éclate d'un rire étonnamment juvénile.

— Ah, j'ai compris ! C'est parce que je suis très ridé ! Figure-toi que tout le monde ici, passé trente ans, a droit à sa petite injection annuelle d'algoplast. Lissage immédiat garanti. Et moi, non seulement je n'ai pas assez de crédit pour en obtenir, mais même si j'en avais, ça ne m'a jamais tenté qu'on me mette du plastique dans la peau pour la tirer ! Regarde-les, ils sont tous tellement lisses qu'ils ressemblent à des poissons ! Moi, je trouve que c'est pas si moche que ça, un vieux ! Les rides, c'est un peu la cartographie de ta vie, et la vie, crois-en mon expérience, ce n'est jamais lisse comme les eaux du lagon. Sauf ici, peut-être, ajoute-t-il en poussant un soupir désabusé.

Aylan approuve de la tête puis raccompagne le vieil homme. En le quittant, il lui promet de revenir rapidement pour une nouvelle promenade dans le parc afin de poursuivre leur conversation. Ensuite, il part vers l'îlot où doit avoir lieu son premier entraînement de solar-surf. En arrivant sur la berge, il constate qu'une sorte de piscine a été aménagée dans le lagon afin de reproduire artificiellement le mouvement des vagues. Plusieurs adolescents surfent déjà sur l'eau. Des adultes parmi lesquels il reconnaît Naom, observent les surfeurs en se déplaçant sur des disques volant à un mètre de l'eau. Plusieurs garçons et filles sont assis sur des estrades. De l'autre côté des gradins, il aperçoit le garçon qu'Analia est allée rejoindre le premier jour. Il est seul et semble regarder les adolescents qui s'entraînent sans vraiment les voir. Quand leurs regards se croisent, Aylan croit apercevoir dans ses yeux un éclair de colère. Cela le surprend, d'autant qu'ils ne se sont jamais adressé la parole. Naom regagne la rive et se dirige vers lui, une planche à la main.

Arrivé à sa hauteur, il le salue rapidement tout en lui tendant l'objet.

— C'est une planche intelligente de la cinquième génération. Elle va mémoriser tes mouvements et dans quelque temps, elle sera capable d'anticiper tes demandes. Dans une semaine ou deux, ce sera déjà une vieille amie, mais pour le moment, il faut que vous fassiez connaissance ! Allez, va l'essayer !

Aylan qui n'a jamais vu une telle planche s'exécute immédiatement. Au moment où il se lance sur l'eau, il est parfaitement conscient que tous les regards sont braqués sur lui. La planche, plus large et plus ergonomique que celle à laquelle il était habitué, lui procure des sensations nouvelles. Même s'il n'est pas encore familiarisé avec un appareil aussi sophistiqué, il en devine très vite toutes les possibilités. Il joue avec le poids de son corps pour juger de sa fiabilité et, très vite, oublie les spectateurs pour se laisser porter par les vagues. Comme elles sont beaucoup moins fortes que dans l'océan, il maîtrise chaque mouvement avec une déconcertante facilité, et retrouve l'enivrante sensation de jouer avec les éléments. Tandis qu'il expérimente différents mouvements, ses pensées le portent vers Joao. Comme il aurait aimé qu'il soit à ses côtés pour partager son émerveillement d'avoir accès à un tel jouet. S'il était là, il pourrait être lui-même et cesser d'afficher perpétuellement un air blasé ou indifférent face à tous ces regards condescendants. Il pourrait enfin sortir de la carapace qu'il a bâtie depuis son arrivée. Que fait Joao à cet instant précis ? Comment a évolué la situation sur l'île ? Son cerveau bouillonne de mille questions pendant que son corps danse avec les vagues.

— Je savais que je ne m'étais pas trompé en te recrutant !

Perdu dans ses pensées, il ne s'est pas rendu compte que Naom vole à ses côtés sur son disque noir.

— Ça suffit pour aujourd'hui ! Tu peux rentrer. Tu auras deux heures d'entraînement par jour, mais n'hésite pas à venir t'entraîner seul quand tu veux. Il suffira de badger ton bracelet, ainsi tu pourras entrer et récupérer ta planche. Je vais faire de toi un champion ! Crois-moi, je me trompe rarement !

Sans laisser le temps à Aylan de répondre, il s'éloigne vers d'autres surfeurs.

Quand l'adolescent regagne la berge, il constate que, pour la première fois, une lueur admirative a remplacé la condescendance dans les regards posés sur lui. Quelques spectateurs viennent même le féliciter. Alors qu'il s'éloigne, le cœur étonnamment léger, il entend qu'on l'interpelle :

— Je dois reconnaître que pour un barbare, tu surfes pas mal !

Quand il se retourne, il reconnaît le garçon qu'il avait aperçu sur les gradins quelques minutes auparavant.

— Tu essaies de me faire maladroitement un compliment ? répond Aylan avec un sourire ironique.

— Prends-le comme tu veux, mais n'espère surtout pas gagner quand ce sera une vraie course ! Tu ne seras jamais à la hauteur !

— Je vois, t'es le champion du coin et t'aimes pas la concurrence, c'est ça ? Pas de problème, on verra bien le jour de la course. Si t'es aussi bon que tu dis, t'as rien à craindre, pas vrai ? conclut Aylan en reprenant son chemin.

— Autre chose ! dit l'autre en le retenant par le bras.

— Quoi encore ? dit Aylan en se dégageant brusquement.

— Ne t'approche pas d'Analia !

— Tu n'aimes vraiment pas la concurrence, hein ? persifle-t-il en le regardant d'un air moqueur.

Il essaie de garder son calme, mais ce garçon avec ses grands airs et son ton menaçant commence vraiment à lui taper sur les nerfs.

— Difficile de pas l'approcher. J'habite chez elle, t'es au courant ? ajoute-t-il d'un ton provocant.

— C'est temporaire. Je répète, tu ne t'approches pas d'elle : elle mérite mieux qu'un barbare.

Cette fois, Aylan s'arrête et plonge son regard dans le sien.

— Elle mérite peut-être mieux, aussi, qu'un type qui la laisse perdre ses crédits à sa place, non ? demande-t-il en baissant les yeux vers le bracelet d'Idrian dont tous les voyants sont verts.

Ce dernier lève le bras comme s'il s'apprêtait à le frapper.

— Espèce de sale déchet !

— Eh, du calme ! Je ne suis peut-être qu'un barbare et un déchet, mais je sais que toute forme de violence est proscrite sur cette île. Pense à tes voyants avant de t'énerver !

L'autre baisse lentement le bras en lui lançant un regard de pure haine.

— Tu le paieras !

Aylan s'éloigne sans se donner la peine de répondre. Ce n'était peut-être pas très judicieux de se faire déjà un ennemi, mais il n'est pas mécontent de lui. Respecter les règles est une chose, se laisser humilier par le blanc-bec du coin en est une autre.

Il rejoint l'unité d'habitation en marchant lentement pour profiter des derniers rayons du soleil. Il a promis à Aîko de lui raconter dans le détail son premier entraînement, mais, quand il pénètre dans la maison, il est surpris par le silence anormal qui règne à l'intérieur. Jaine est pourtant là, ainsi qu'Aîko et Analia. Pourtant personne ne dit mot et tous trois ont les yeux rougis de larmes. Analia est la première à remarquer sa présence.

— Mon père n'est pas rentré de mission, annonce-t-elle d'une voix angoissée, son solavion est porté disparu.

Chapitre 13

« Grâce à la création de nouvelles techniques médicales, la plupart des maladies ont été éradiquées au sein de la communauté. Il en va différemment du monde extérieur où le niveau d'espérance de vie ne cesse de décroître en raison des conditions de vie de plus en plus difficiles. »

Extrait du journal de Jonas Samson

Depuis trois semaines, Analia a l'impression d'être plongée en plein cauchemar. Malgré les solavions dépêchés en reconnaissance à l'extérieur, son père ainsi que ses compagnons de voyage demeurent introuvables. Malgré tous ses efforts, sa mère ne parvient pas à obtenir d'informations précises auprès des autorités, si ce n'est que tout est mis en œuvre pour tenter de les localiser. Chaque matin, elle demande les informations du jour : le visage de Jaron apparaît sur le mur avec deux autres hommes, le commentateur répète que la communauté est plongée dans la plus grande inquiétude, mais qu'elle met toute sa confiance dans les dirigeants pour retrouver les disparus. Puis on passe à un autre sujet récurrent. Les images qui suivent montrent les migrants agglutinés derrière la barrière : ils se serrent sur de grands radeaux faits de matériaux composites aux couleurs bigarrées. Cela fait plusieurs jours maintenant qu'ils vivent là, sous des tentes improvisées faites à partir des grandes voiles en plastique et de tissus rapiécés qui les ont amenées jusqu'ici. La caméra volante fait des zooms sur les gros bidons qui leur permettent d'avoir de l'eau douce, mais ils seront sans doute bientôt à court de provisions. Chaque jour, ils semblent plus nombreux, le visage tendu vers les caméras volantes, brandissant de jeunes enfants à bout de bras pour alerter la communauté. Pauvreté. Faim. Désespoir. Mais la barrière tient fermement en respect toute la misère venue s'échouer là. Yaol 6, le responsable de la sécurité, a pris la parole pour rappeler que l'archipel ne dispose pas des ressources nécessaires pour les accueillir et que leur introduction en trop grand nombre mettrait en péril le fragile équilibre de la société.

Ordre leur a été donné de repartir, pourtant ils restent là, squelettiques et épuisés, dans l'attente d'une hypothétique ouverture de la barrière. Le comité des Dix a pourtant décidé de ne pas leur livrer de vivres afin de ne pas risquer d'attirer un nouveau flux d'arrivants. Analia sent son estomac se rétracter quand elle aperçoit leurs visages désespérés et leurs corps décharnés. Elle n'est certainement pas la seule dans ce cas, car pour la première fois, elle a entendu quelques commentaires critiques de la part de plusieurs habitants alors qu'en temps normal, les décisions du comité sont tellement respectées qu'elles ne sont l'objet d'aucune discussion.

Elle se rend au centre de formation et assiste aux cours telle une automate, Shani tente de la distraire pour la détourner de ses sombres pensées, mais même sa meilleure amie ne parvient plus à fendre sa carapace. Idrian s'est approché d'elle au réfectoire. Avec un regard navré, il lui a dit à quel point il était désolé, mais elle a accueilli ses paroles de réconfort avec une totale indifférence. Il était sincère, elle l'a bien senti, mais ils s'étaient trop éloignés l'un de l'autre pour qu'il puisse lui être d'un quelconque réconfort. Dire que quelques semaines auparavant, ce garçon était le centre de toute sa vie. Aylan, quant à lui, n'habite plus avec eux depuis la disparition de son père. On lui a fourni une petite unité d'habitation dans un autre îlot. Il vient cependant régulièrement aux nouvelles et prend du temps pour s'occuper d'Aîko à qui il donne régulièrement des leçons de solar-surf.

Ce matin, elle est seule dans l'unité d'habitation. Elle ne saurait dire depuis combien de temps elle est assise sur la terrasse en face du lagon qu'elle fixe sans le voir. Quand elle aperçoit Aylan qui se dirige vers elle, elle tente un pauvre sourire.

— Aucune nouvelle ? demande-t-il.

— Rien. Toujours rien.

— Je suis sûr qu'on va le retrouver.

Elle lève la tête pour le regarder :

— J'apprécie que tu veuilles me rassurer, mais tu n'es sûr de rien, répond-elle d'une voix bien plus sèche qu'elle ne voudrait. Tout le monde me dit ça alors que personne ne sait quoi que ce soit, ou alors ceux qui savent ne nous disent rien. Ça me rend folle de ne pas savoir où est mon père. Je ne sais même pas s'il est vivant !

— Je comprends, tu as raison, c'était idiot de dire ça, mais j'espère sincèrement que tout va s'arranger.

— Merci Aylan, dit-elle en tentant à nouveau de lui sourire. Je suis désolée d'être aussi agressive alors que tu essaies de te montrer gentil. J'apprécie vraiment tes efforts, tu sais, et maman aussi. Et heureusement que tu es là pour Aîko.

— C'est justement lui que je venais voir. Il est par là ?

— Non, ma mère l'a déposé à la maison des anciens pour qu'il passe la journée avec Nilo. Ensuite elle essaiera d'aller aux nouvelles, mais elle n'a pas beaucoup d'espoir.

— Et toi ?

— Quoi, moi ? répond-elle, soudain sur la défensive.

— Oui, toi ! Tu vas faire quoi de ta journée ? demande Aylan d'un ton compatissant.

— Je n'en ai pas la moindre idée. Je sais que mon père voudrait que je réagisse, que je me montre plus confiante, seulement j'ai l'impression d'être complètement vidée. C'est comme si tout s'effondrait autour de moi.

— Écoute, je vais voir ma petite sœur, elle doit sortir aujourd'hui de la bulle de confinement où elle a été maintenue pendant le traitement. Viens avec moi, je lui ai beaucoup parlé de toi, elle sera ravie de faire ta connaissance.

— Je ne sais pas..., hésite-t-elle, ça va être pour vous un moment intime et intense, j'ai peur d'être de trop. Il vaudrait peut-être mieux que je fasse leur connaissance dans des circonstances plus neutres. Déjà toi, je te connais si peu.

— Eh bien justement, c'est le moment de faire un effort pour y remédier. Je gagne à être connu, tu sais, ajoute-t-il en lui faisant un clin d'œil taquin, et ma famille aussi. Viens, je te dis, et arrête de te poser des questions inutiles.

Analia finit par se laisser convaincre, essentiellement parce qu'elle redoute plus que tout de passer la journée seule sans autre occupation que de ressasser ses inquiétudes. Tous deux prennent l'hydrobulle collectif pour se rendre à l'extrémité du lagon. Elle ne se souvient pas d'être déjà allée aussi loin dans l'archipel. Elle ne peut s'empêcher de remarquer que les forces de sécurité sont beaucoup plus présentes qu'à l'accoutumée. On ne sait toujours pas pourquoi il y a eu une attaque pendant la course de solar-surf. Les responsables de l'information se contentent de dire qu'une enquête approfondie est en cours et que la priorité absolue des dirigeants est de veiller à la sécurité de la population. Mais tout cela reste très vague. Les derniers évènements ont mis en lumière les failles du système. Analia se réveille souvent en sursaut avec le sentiment qu'une lourde menace pèse sur eux. Et la même question lancinante revient sans cesse : qu'est-il arrivé à son père ? Comment croire que les dirigeants, avec tous les moyens techniques dont ils disposent, ignorent où il se trouve ?

Après avoir été contrôlés en arrivant sur l'île, ils se rendent immédiatement au centre de soins. Aylan lui présente Anna, sa mère, une magnifique femme blonde à qui Analia tend spontanément la main pour la saluer.

— Je vois que mon fils t'a appris nos coutumes, dit cette dernière en prenant sa main. Je suis ravie de faire ta connaissance, Aylan m'a dit que tu traversais des moments difficiles et je compatis de tout cœur avec toi, ajoute-t-elle avec un sourire bienveillant.

— Merci, répond Analia, momentanément réconfortée par la chaleur de son accueil.

— C'est aujourd'hui qu'ils libèrent ta sœur, ne la faisons pas attendre ! ajoute Anna en se tournant vers son fils.

Le centre de la pièce dans laquelle ils viennent de pénétrer est occupé par une immense bulle transparente à l'intérieur de laquelle se tient la plus jolie petite fille qu'Analia ait jamais vue. Une petite tête ronde entourée de boucles blondes, des yeux clairs comme un ciel d'été, un nez mutin et un sourire propre à faire chavirer tous les cœurs. Le médecin est en train de lui parler, mais quand il les aperçoit, il vient aussitôt les accueillir.

— Nous allons ouvrir la bulle, explique-t-il. Tous les indicateurs nous montrent que la guérison est complète, les anticorps se sont reformés, donc Louna n'a plus besoin d'être sous atmosphère protectrice.

Il se tourne vers la petite fille.

— Prête à sortir, jeune demoiselle ?

Elle acquiesce vigoureusement de la tête tout en souriant de toutes ses dents. L'homme fait ouvrir la bulle et Louna bondit à l'extérieur pour aller se jeter dans les bras de son frère qui la soulève dans les airs pour la serrer contre lui. Analia, qui se tient un peu en retrait, sent les larmes lui monter aux yeux en contemplant leurs retrouvailles. Au bout de quelques instants, il repose la petite fille en désignant l'adolescente :

— J'ai une surprise pour toi. Regarde qui je t'ai emmenée.

L'enfant, soudain intimidée, la dévisage longuement avant de demander :

— Tu es tellement belle que tu as l'air d'une princesse. Tu es la princesse d'Aylan ?

Analia ne peut s'empêcher de rougir alors que l'adolescent éclate de rire.

— À peine sortie, tu dis des bêtises ! Attention à toi, sinon je vais te remettre illico presto dans ta bulle.

— Oh non ! C'était vraiment pas drôle d'être toute seule, même s'il y avait Monsieur Jacquot ! Lui aussi, il pense que tu es très belle, mais il est trop timide pour te le dire, ajoute-t-elle à l'adresse d'Analia.

Anna qui peine encore à croire en la complète guérison de sa fille n'en finit plus de remercier les médecins.

— Elle devra prendre pendant un an le traitement que l'on va vous donner pour stabiliser son sang et éviter toute rechute, l'informe le docteur, mais je peux vous affirmer qu'elle est guérie. Tous les indicateurs sont au vert, vous allez pouvoir rentrer chez vous.

Analia voit Aylan et sa mère se figer un court instant, mais ils se reprennent aussitôt pour ne pas gâcher ce moment. Ils pique-niquent ensuite au bord du lagon, Analia répond patiemment aux milliers de questions que lui pose Louna sous l'œil amusé des deux autres, puis elles s'approchent de l'eau pour mieux observer les poissons. Elles organisent le concours du plus beau d'entre eux et c'est finalement un petit spécimen bleu nuit parsemé de minuscules points jaunes et blancs qui remporte leurs suffrages. Louna, après avoir longuement réfléchi, décide de l'appeler Numéro 1.

Au moment de quitter l'île, elle doit jurer à la petite fille de revenir la voir très vite. Elle promet également d'emmener Aîko, pensant qu'ils s'entendront très bien et que ça permettra peut-être au petit garçon de retrouver un peu de sa joie de vivre. Au moment de reprendre l'hydrobulle collectif, elle a l'impression que les quelques heures qu'elle vient de passer en compagnie d'Aylan et de sa famille ont un peu soulevé le voile noir qui recouvre son existence depuis trois semaines, et elle le remercie pour cela.

— On va faire une dernière chose avant de rentrer, annonce-t-il quand l'hydrobulle s'arrête. Viens.

Il l'emmène jusqu'à la piscine d'entraînement aménagée dans le lagon.

— En ce qui me concerne, chaque fois que ça ne va pas, je monte sur une planche et, même si ça paraît idiot, tout de suite après, je me sens mieux. On va voir si ça marche avec toi.

— Mais je ne suis jamais montée sur une planche de ma vie ! proteste Analia.

— C'est peut-être le moment d'essayer, affirme-t-il tout en présentant son bracelet au détecteur.

Ils pénètrent dans l'espace réservé, totalement désert à cette heure tardive de l'après-midi. Aylan prend la planche tout en expliquant à Analia comment se tenir dessus.

— J'ai réglé le mouvement des vagues au degré le plus faible, tu ne risques absolument rien.

Pourtant elle hésite. Quitter le sol stable pour se retrouver ballottée sur l'eau ne la tente pas plus que ça et elle n'imagine pas un seul instant que cela puisse contribuer à la détendre.

— Tu as peur ? demande Aylan.

— Un peu, je crois, avoue-t-elle. Je ne pense pas du tout que ça m'aidera à me sentir mieux. Franchement, ce n'est pas une bonne idée. Je préférerais qu'on rentre.

— Non, pas tout de suite, ce serait dommage que tu n'essaies même pas. On va s'y prendre autrement.

Il saute sur la planche puis lui tend la main :

— Allez, viens !

— Avec toi ?

— Oui avec moi, n'aie pas peur, je suis devenu très civilisé depuis que j'habite ici, déclare-t-il avec un air moqueur.

— Ce n'est pas ce que je voulais dire, tu le sais très bien, proteste-t-elle.

— Bien sûr, je te taquine. Allez, assez perdu de temps, après il va faire nuit.

Sans plus réfléchir, elle saisit sa main et se retrouve sur la planche avec lui. Paniquée par son instabilité, elle s'accroche à Aylan et manque de les faire chavirer tous les deux.

— Eh, du calme, lui dit-il. Ne bouge pas.

Il se positionne derrière elle et elle sent qu'il enserre sa taille de son bras droit.

— La planche est un peu étroite pour deux personnes. Il faut qu'on se rapproche, ça te gêne ? demande-t-il.

Elle sent son souffle sur sa nuque, contente qu'il ne puisse pas la voir rougir.

— Euh, non, ça va aller, c'est juste que je n'ai pas l'habitude.

— Ok, c'est parti. Garde bien cette position.

Après qu'il ait insufflé une légère pression avec son pied, ils s'élancent sur l'eau. Aylan manœuvre la planche avec une extrême souplesse afin de donner le plus de fluidité possible à leurs mouvements. Au début, Analia se sent tendue comme un arc, apeurée par les mouvements de balancier de la planche, mais gênée aussi de sentir le corps musclé de l'adolescent si près du sien. Puis, peu à peu, elle parvient à se détendre et à savourer pleinement ce moment. Alors qu'ils glissent souplement sur l'eau, elle sent que son corps commence à se débarrasser des tensions qui l'habitent. Elle comprend enfin ce que voulait dire Aylan quand il parlait de l'effet apaisant de l'océan. Elle se laisse aller contre lui en soupirant d'aise. La sentant en confiance, il la serre un peu plus fort et fait accélérer la planche. Loin d'avoir peur, elle ressent une excitation inconnue jusque-là. Ils foncent sur l'eau teintée de mille nuances mordorées par le soleil couchant. La brise caresse son visage pendant que son corps ondule avec les vagues, et la main d'Aylan plaquée fermement contre son ventre lui donne le sentiment qu'elle est à l'abri du danger. Intensément consciente du moment présent, elle éprouve la sensation vertigineuse d'être connectée avec tout ce qui l'entoure. Elle voudrait que l'ivresse de ce moment se prolonge à l'infini, mais à son grand regret, elle sent qu'il décélère déjà pour rejoindre le rivage.

— La nuit va tomber, chuchote-t-il à son oreille.

Effectivement, la végétation de l'île commence lentement à s'illuminer et les derniers rayons du soleil viennent déjà mourir sur l'océan en larges touches rouge sombre. Quand Aylan desserre son étreinte, elle se sent comme dépossédée, ramenée de force sur la terre ferme et sa triste réalité.

— Tu es très douée, lui dit-il sur le chemin du retour. La prochaine fois, tu pourras te lancer toute seule, je suis certain que tu ne tomberas pas.

Elle est flattée par son commentaire, mais une petite voix intérieure qu'elle fait taire aussitôt lui murmure qu'elle regrettera de ne plus sentir sa présence rassurante tout près d'elle. Quand ils arrivent devant chez elle, elle lui dit simplement :

— Merci pour cette journée. Vraiment, merci, grâce à toi j'ai pu oublier momentanément…

Elle s'interrompt car elle sent qu'elle va pleurer.

— Pour moi aussi, c'était une bonne journée. Tu sais pourquoi ? Parce que tu n'as pas arrêté de me dire merci et j'aime beaucoup ça, précise-t-il en lui faisant un clin d'œil.

— Alors merci encore.

— Sois courageuse, tu es beaucoup plus forte que tu ne le

crois, ajoute-t-il d'une voix beaucoup plus sérieuse avant de s'éloigner.

Ballottée par des émotions contradictoires, Analia s'attarde quelques instants sur la terrasse avant de rentrer. Elle le regarde s'éloigner puis disparaître de son champ de vision. Depuis quelques semaines, sa vie a pris une étrange tournure : jamais elle n'a été aussi malheureuse et jamais, paradoxalement, elle n'a eu l'impression de vivre avec autant d'intensité.

Chapitre 14

« Aucun regroupement familial ne peut être toléré pour les nouveaux sujets. Une famille entière serait tentée de garder ses coutumes et son mode de vie. Or il est nécessaire que tout lien avec leur vie passée soit définitivement rompu afin de permettre une totale assimilation des entrants. »

Extrait du journal de Jonas Samson

— Tu savais très bien en venant ici que leur séjour serait temporaire, rappelle Naom à Aylan.

L'entraînement s'est achevé depuis plusieurs minutes et ils ne sont plus que tous les deux au bord de la piscine artificielle.

— Elles se sont parfaitement habituées et vous savez très bien qu'elles s'intégreraient sans problème. Je me souviens très bien de notre marché, mais je ne supporte pas l'idée de savoir qu'elles vont devoir partir. Ça ne poserait de soucis à personne si elles restaient, ma mère se rendrait utile. Je voudrais parler à un dirigeant. Aidez-moi.

— Je comprends ce que tu ressens, répond patiemment Naom. Pour tout te dire, j'ai moi-même fait un recours auprès des dirigeants pour qu'ils les autorisent à rester plus longtemps. Mais c'est impossible. Si on crée un précédent, tous les nouveaux arrivants exigeront la même chose et ils auront raison. Ce ne serait pas juste. Ils ont soigné ta sœur comme ils te l'avaient promis, c'est le plus beau des cadeaux, non ?

— Et si je décide de partir avec elles, vous allez me retenir de force ? le défie Aylan.

— En premier lieu, ce serait malhonnête de ta part, car tu t'es engagé à rester deux années complètes, répond calmement Naom en regardant l'adolescent, après tu pourras partir si tu le souhaites toujours. En second lieu, ta sœur doit suivre un traitement si on veut éviter une rechute, il ne lui sera donné que si tu restes. Tu imagines bien que les dirigeants ne sont pas naïfs au point de se fier à ta seule parole. Je suis désolé, Aylan, je sais que ça va être un moment difficile pour toi, mais elles partiront demain. Il n'y a aucun recours possible.

Naom se lève, mais avant de partir il se tourne pour ajouter :

— N'oublie pas une chose : si tu n'avais pas accepté le marché, ta petite sœur serait déjà morte à l'heure qu'il est.

Puis il le salue d'un geste de la main avant de s'éloigner. Aylan reste un long moment immobile. Naom a dit vrai, il le sait, pourtant l'idée d'une séparation lui est intolérable. Il ne peut s'imaginer vivre sans elles plus d'un an et demi, autant dire une éternité ! Tant de choses peuvent se produire, tant de dangers… Il fait déjà nuit quand il se décide enfin à rentrer. Il emprunte un passage éclairé de palmiers. Il sait déjà que, privé du regard émerveillé de Louna, il va vite détester cet endroit dont elle sera bannie. À part Analia et Shani, il ne s'est pas vraiment fait d'amis. Trop de différence, trop de défiance de part et d'autre. Au fond, leur petit paradis artificiel, si propre et si hermétique, ne l'intéresse absolument pas. Il ne sera jamais des leurs. Il passe à côté de la statue du fondateur qui semble le contempler avec ironie du haut de son piédestal. Il se sent comme un animal sauvage égaré dans un paisible enclos d'humains domestiqués ! Il aimerait se défouler en shootant dans une pierre, mais il n'y en a pas. Aucune faille, aucune irrégularité, aucune imperfection ! Même le sol est désespérément lisse.

Arrivé dans sa minuscule unité d'habitation, il se jette sur sa couchette sans prendre la peine de manger. Il ne dort pas. Des images ne cessent de s'entrechoquer dans sa mémoire : Louna enfermée dans sa bulle transparente, souvent souriante, parfois triste et fatiguée, attendant chaque jour sa visite. Au moment de la quitter, toujours le même rituel, lui, disant :

— Je serai là demain.

— Pourquoi ? demandait-elle en attendant avec impatience la réponse qu'elle connaissait par cœur.

— C'est ce que disent le soleil, la lune et les étoiles, répondait-il invariablement.

— Et ils ne se trompent jamais, concluait-elle, rassurée.

Et chaque jour, en effet, il était là, inventant sans cesse de nouveaux jeux pour l'occuper malgré la paroi qui les séparait. À chaque venue il voyait les couleurs revenir peu à peu sur son visage, et puis un jour il avait enfin pu tenir son petit corps contre le sien. Elle avait fait la connaissance d'Aîko, ils avaient nagé au milieu des hologrammes de dauphins et elle avait dit à Aylan que sa vie ressemblait désormais à un conte de fées. Quand il avait accepté le marché, il n'avait pensé qu'à sa santé, tout le reste lui avait semblé abstrait et lointain. Il n'avait qu'une idée : la sauver. Jamais il n'avait envisagé concrètement le déchirement qu'engendrerait leur séparation. Dans quelques heures, pourtant, sa mère et sa sœur allaient partir et, pour la première fois, il ne sera plus là pour les protéger. Il sait pourtant qu'il n'a pas le choix et ses poings se serrent inutilement puisqu'il n'y a rien d'autre à faire que de courber l'échine. La haine qu'il ressent à l'égard des dirigeants l'emporte pour l'instant sur la reconnaissance qu'il devrait éprouver envers eux pour avoir soigné Louna.

Aux premières lueurs du jour, il se lève lourdement après une nuit sans sommeil. Il sait qu'il va devoir se montrer fort afin de rassurer sa petite sœur. Sa mère l'aidera, bien sûr, elle qui a déjà affronté tant d'épreuves. Une fois à Pedrosa, Oren prendra soin d'elles, il n'en doute pas. Totalement perdu dans ses pensées, il manque de percuter Analia en sortant de son habitation.

— Je voudrais t'accompagner, lui dit-elle. Sauf si ça te gêne. Tu m'as beaucoup aidée alors je voudrais être là pour toi, et puis j'ai promis à Aîko d'embrasser Louna de sa part.

— Si tu veux, répond-il d'une voix lasse. Je suis certain que ça va rassurer ma mère de pouvoir me confier à quelqu'un.

Il fait quelques pas puis reprend :

— Plus sérieusement, je pense qu'elles seront heureuses de te dire au revoir. Rien de nouveau à propos de ton père ?

— Rien ! Ma mère passe plus de temps à l'administration centrale qu'avec nous, mais elle ne parvient pas à obtenir la moindre information. C'est désespérant. Ils ne veulent même pas lui dire quel était le lieu de sa mission. Ils font croire qu'ils jouent la transparence, mais dès qu'il y a un problème, tout devient opaque.

Alors qu'ils rejoignent la rive pour emprunter l'hydrobulle collectif, ils croisent un groupe d'une trentaine de personnes alignées dans une parfaite immobilité. Chacune tient à la main une lettre en algoplast. L'intégralité du message dit « Ne laissons pas les sans bracelet mourir à notre porte ». Aucun d'eux ne parle, ils se contentent d'afficher leurs messages à la vue des passants.

— C'est la première fois que je vois ça, fait remarquer Analia. D'habitude, les gens ne remettent jamais en question les décisions des dirigeants. Ça va leur coûter au moins deux voyants verts.

— C'est peut-être un signe que votre société est en train d'évoluer, certaines personnes sont capables de penser autrement qu'en termes de voyants verts ou rouges, remarque Aylan d'un ton brusque. Il y en a qui commencent à se soucier de ce qui se passe dehors. Remarque, ils ne sont pas nombreux.

En général, vous préférez fermer les yeux et obéir ! Vous êtes dans une cage de verre et vous ne le remarquez même pas, incapables que vous êtes d'imaginer le monde extérieur !

Ses mots ont dépassé sa pensée. Non, ses mots reflètent parfaitement sa pensée, mais il n'a aucune raison d'agresser Analia alors qu'elle est peut-être la seule personne de l'île à comprendre ce qu'il ressent. Mais il a tellement de mal à maîtriser la rage qui l'habite ! Il s'excuse aussitôt auprès d'elle et tente même d'être drôle en imitant les gens de la communauté :

— Je m'incline pour te présenter mes excuses si mes propos t'ont offensée.

— Et je m'incline pour accepter tes excuses, répond-elle avec un sourire complice.

Ils effectuent le trajet en silence et Aylan lui est profondément reconnaissant de ne pas tenter de faire la conversation. À peine arrivés sur l'île, ils se rendent au centre des départs. Ils aperçoivent aussitôt Louna et sa mère : toutes deux sont assises sur un banc, habillées de vêtements en tous points semblables à ceux de leur arrivée, si ce n'est que ceux-ci ont l'air neufs. Naom se tient près d'elle. Dès qu'il les voit, il s'approche d'eux :

— Le solavion est prêt à décoller. Je vais vous laisser vous dire au revoir.

— Attendez, dit Aylan, c'est vous qui les accompagnez ?

— Oui.

— Jurez-moi de ne pas partir sans avoir vu Oren, le chef du village, confiez-les-lui. Il les protégera.

— Je te le promets, Aylan, dit-il d'un ton solennel en le regardant droit dans les yeux. Fais-moi confiance, je ne les laisserai pas tant que je n'aurai pas la certitude qu'elles sont en parfaite sécurité.

Aylan lit dans son regard qu'il ne ment pas et qu'il peut lui faire confiance. Cela le rassure un peu. Il ignore comment a évolué la situation sur l'île depuis son départ, mais si elles rejoignent Oren, il sait que ce dernier fera tout pour assurer leur sécurité. Il a vu le regard qu'il posait sur sa mère au moment de leur départ.

Anna s'approche d'Analia et la prend dans ses bras :

— Je te confie mon fils, lui murmure-t-elle à l'oreille. Même s'il fait croire qu'il est fort, il aura besoin d'une présence à ses côtés dans les jours qui viennent. Tu es une belle personne, j'aurais aimé avoir le temps de mieux te connaître, mais la vie en a décidé autrement.

Analia, trop émue pour répondre, se contente de l'enlacer. Puis c'est au tour de Louna dont la jolie frimousse est inondée de larmes :

— Pourquoi ils ne veulent pas que je reste ? demande-t-elle à Analia. Je peux être très sage, tu sais. Et me faire toute petite, si petite qu'ils ne verront même pas que je suis encore là !

Analia la serre très fort contre elle sans rien trouver à lui répondre.

— J'aimerais être une moins de 10 pour pouvoir t'aider, finit-elle par avouer. Ce sont eux qui décident. Pas moi, hélas…

— On se reverra, tu crois ? lui demande la petite fille.

— J'espère, ma chérie. En tout cas, je le souhaite de tout mon cœur. Je te promets que je penserai à toi chaque fois que je regarderai les poissons.

— Surtout si tu recroises Numéro 1, tu lui diras bonjour de ma part. Tu sais, là où je vais, je ne verrai jamais plus de beaux poissons comme ça. Il n'y en a pas beaucoup et le peu qu'il reste sont tout gris. Tout tristes.

— Mais au moins ils sont réels ! lui fait remarquer Analia.

— C'est vrai, mais ils sont laids ! Je vais te dire un secret, ajoute-t-elle plus bas. Aïko m'a juré que dès qu'il sera un peu plus grand, il deviendra pilote de solavion, et alors il retrouvera ton papa et puis il reviendra nous chercher, maman et moi. Mais c'est un secret parce que si les dirigeants sont au courant, ils vont le punir et l'empêcher d'apprendre à piloter. Toi, je peux te le dire parce que je sais que tu le répéteras pas. Il faut juste qu'on attende un peu.

Elle s'interrompt un instant pour lui tendre sa peluche.

— Tiens, prends Monsieur Jacquot tout neuf. Je vais retrouver Monsieur Jacquot tout vieux et je ne veux pas qu'il soit jaloux. Tu comprends ?

— Bien sûr, dit Analia, je m'occuperai bien de lui en attendant de te retrouver.

— Au revoir Analia. Je t'aime très fort, chuchote-t-elle, en se serrant une dernière fois contre elle.

La petite fille rejoint Aylan qui la prend dans ses bras et enfouit son visage dans ses cheveux blonds.

— On se retrouvera, tu promets ? lui dit-elle.

— Oui, je te le promets, affirme-t-il en plongeant son regard dans le sien.

— Dis pourquoi on se retrouvera, insiste-t-elle.

— Parce que c'est ce que disent le soleil, la lune et les étoiles.

— Et ils ne se trompent jamais, conclut-elle d'une toute petite voix.

Il serre ensuite longuement sa mère contre lui. L'émotion qui les étreint est telle qu'ils se sentent incapables de parler. Au bout d'un moment, Naom s'approche d'eux :

— Il faut partir, maintenant.

— Nous sommes prêtes, dit Anna en se détachant doucement de l'étreinte de son fils. Sois courageux Aylan, on se reverra bientôt, j'en suis certaine. Oren sera là, ne t'inquiète pas.

— Ils t'ont donné le traitement ? s'inquiète Aylan.

— Oui, ils ont tenu parole. Nous avons toujours su que nous ne pourrions pas rester.

— Embrasse Joao. Raconte-lui... tout ça, fait-il avec un geste vague de la main.

— Bien sûr, dit-elle avec un sourire triste.

Elle caresse longuement son visage comme si elle voulait s'imprégner de chacun de ses traits avant qu'ils ne se séparent. Puis elle prend Louna dans ses bras et suit Naom d'un pas décidé. Au moment où ils franchissent la porte pour se diriger vers le solavion, la petite fille, très calme jusque-là, se met à hurler en tendant le bras vers son frère. Mais la porte coulissante s'est déjà refermée.

Aylan, les mâchoires serrées, s'approche de la baie vitrée pour les voir monter dans le solavion. Louna pleure toujours en tendant la main dans sa direction, mais Anna qui la tient fermement dans ses bras, monte dans l'avion sans se retourner. Au moment où l'engin s'élève lentement dans le ciel, il a l'impression qu'une partie de lui-même vient de mourir. La douleur est si intense qu'il parvient à peine à respirer. Et de longues minutes s'écoulent sans qu'il parvienne à détacher ses yeux de la baie vitrée. Pourtant le solavion a disparu depuis longtemps de son champ de vision. Une pluie fine s'est mise à tomber doucement.

— Il pleut ici ? J'aurais cru que vos chers dirigeants auraient fait en sorte qu'il fasse toujours beau, remarque-t-il d'un ton acide. Ils ne savent pas empêcher la pluie de tomber ?

— Si, ils savent répond Analia, mais de temps en temps, ils la laissent passer. C'est bon pour la végétation.

— Bien sûr ! Ils savent ce qui est bon pour la végétation, ce qui est bon pour les humains, ils savent tout, ils maîtrisent tout. Quel monde merveilleux ! Dommage qu'on en expulse les petites filles !

Analia ne répond pas, mais, au bout d'un moment, Aylan sent la main de l'adolescente se glisser dans la sienne et la presser doucement.

— Viens, dit-elle d'une voix très douce, comme si elle le réveillait d'un long sommeil, ça ne sert plus à rien de rester ici.

Chapitre 15

« La Terre se résumait pour eux à un immense terrain de jeux : ils ont creusé le sol, asséché les cours d'eau, bâti des villes gigantesques, érigé des habitations qui perçaient les nuages. Leurs capacités créatrices n'avaient d'égale que leur propension à la destruction. Que reste-t-il aujourd'hui de ce monde ancien ? Quelques cités englouties et d'immenses continents de déchets. »

Extrait du journal de Jonas Samson

Comme chaque matin, Aîko refuse de prendre son petit-déjeuner. Même la menace de se retrouver au centre de soins s'il perd trop de poids ne vient plus à bout de son obstination muette. Depuis la disparition de son père, le petit garçon n'est plus le même. Il n'est d'ailleurs pas le seul à avoir changé : sa mère, naguère si calme et si patiente, n'essaie même pas de cacher son exaspération.

— Aîko, je suis pressée, alors tu vas arrêter immédiatement de tout faire pour me retarder, dit-elle d'une voix que l'agacement fait dangereusement monter vers les aigus.

Au lieu d'obtempérer, l'enfant se recroqueville encore davantage sur lui-même avant de fondre en larmes.

— Écoute, maman, intervient Analia qui vient de pénétrer dans la pièce, pars tout de suite, je vais m'occuper de lui et je le déposerai avant d'aller au centre de formation.

— D'accord, s'empresse d'accepter Jaine, ça me permettra de passer au centre administratif avant d'aller travailler. Je te remercie de m'aider ma chérie, dit-elle en partant.

Aîko garde les yeux obstinément baissés sur le bol de nourriture dont il n'a pas avalé la moindre bouchée.

— Elle ne m'a même pas embrassé avant de partir, fait-il remarquer à Analia en levant vers elle son petit visage mouillé de larmes.

— Il faut dire que tu n'y mets pas du tien : tu fais tout pour l'agacer alors qu'elle n'a pas besoin de ça en ce moment, répond sa sœur d'une voix qu'elle espère aussi calme que possible. Tu veux bien finir de manger ?

— J'ai pas faim ! Je veux papa, je veux Louna et je veux que maman s'occupe de moi comme avant ! gémit le petit garçon.

— Voilà ce que je te propose, dit-elle d'une voix douce en s'approchant de lui pour lui caresser la tête. Tu finis de manger et en échange, ce soir, je demande à Aylan de passer te voir.

— Il voudra venir me voir, lui, tu jures ? dit-il en levant vers elle des yeux soudain remplis d'espoir.

— Je te le jure, mais seulement si tu manges. Allez, dépêche-toi, ajoute-t-elle d'un ton enjoué tout en priant intérieurement pour qu'Aylan ait le temps de passer.

Après avoir déposé son petit frère sur l'îlot des enfants, Analia presse le pas pour rejoindre son propre centre de formation, constatant au passage que le groupe des protestataires a grossi. Ils doivent maintenant être une bonne centaine de personnes et la phrase du premier jour est désormais dupliquée plusieurs fois. Près du pont, elle aperçoit Idrian, mais elle ne ralentit pas, n'ayant ni le temps ni l'envie de lui parler. Lui, cependant, s'approche d'elle et calque son pas sur le sien.

— Il faut que je te parle, Analia !

— Ce n'est pas une bonne idée, répond-elle tout en continuant à marcher. Ce n'est vraiment pas le moment pour moi d'avoir des ennuis supplémentaires, et en plus, je suis pressée.

Ils arrivent près du saule où ils s'étaient donné rendez-vous plusieurs fois auparavant.

— Viens, dit-il en lui attrapant le bras.

— Je t'en prie, Idrian, je t'ai déjà dit que c'était une mauvaise idée, dit-elle en se dégageant.

— J'ai des informations sur ton père.

Sous l'effet de la surprise, elle se fige sur place et il en profite pour l'entraîner derrière les branchages sans qu'elle oppose la moindre résistance.

— Qu'est-ce que tu sais ? demande-t-elle en le regardant droit dans les yeux.

— Tu te rappelles que je suis plutôt doué pour écouter aux portes ? Eh bien, hier, j'ai entendu mon père en parler avec les représentants de la sécurité. Ils pensent que ton père est vivant et que lui et les deux autres sont sans doute prisonniers. Je n'ai pas entendu la suite parce que ma mère est arrivée et j'ai été obligé de m'éloigner.

— Pourquoi n'ont-ils rien dit à ma mère ?

— Je pense qu'ils attendent d'avoir plus d'informations. Peut-être qu'ils ne veulent pas lui donner de faux espoirs.

— Tu es sûr de ce que tu dis ?

— Oui, dit-il en se rapprochant d'elle, je suis sûr de ce que j'ai entendu. Je vais essayer d'en savoir plus, si j'arrive à obtenir les codes de la tablette de mon père, je pourrai jeter un coup d'œil sur l'avancée de l'enquête.

— Pourquoi tu ferais ça ? demande-t-elle, soudain méfiante.

Il se rapproche encore plus d'elle et saisit son visage dans ses deux mains.

— Pour toi ! affirme-t-il en penchant son front contre le sien. Je suis fou de toi, Analia. J'ai cru que si je t'éloignais de moi, au bout de quelques jours je t'oublierais et je passerais à autre chose, mais c'est tout le contraire, je n'arrête pas de penser à toi. Et je ne supporte pas de te voir te promener en permanence avec cette espèce de barbare ! Je me moque de leurs stupidités de hiérarchies, je vais me battre pour être avec toi et ils n'auront qu'à me déclasser si mes choix ne leur plaisent pas ! Je veux bien m'appeler cinquante mille et vivre dans une habitation minuscule si je suis avec toi !

Avant qu'elle n'ait le temps de répondre, il la serre dans ses bras et l'embrasse ardemment. D'abord décontenancée, elle finit par répondre à son baiser. Par pur réflexe ? Par réel désir ? Parce qu'il vient de lui apprendre que son père est vivant ? Parce qu'elle est réellement touchée par ce qu'il vient de lui avouer ? Elle ne saurait le dire. Mais elle est parfaitement consciente que son corps réagit instinctivement aux caresses d'Idrian.

— Je dois vraiment partir, finit-elle par dire en le repoussant doucement.

— Oui, bien sûr, dit-il en s'éloignant à regret. Pour le moment, on ne doit pas se faire remarquer, mais je te promets que je vais tout arranger et je vais essayer d'obtenir d'autres informations. Seulement, par pitié, ne parle à personne de ce que je t'ai dit, même pas à ta mère. Je pourrais avoir de gros ennuis et surtout, je ne pourrai rien savoir d'autre. Mais je ne te laisserai pas tomber, je te le jure, dit-il en l'embrassant une dernière fois.

Au moment où elle sort de l'abri végétal, elle aperçoit Aylan qui vient dans sa direction. Il lui sourit, s'apprêtant visiblement à la rejoindre, mais, quand il voit Idrian sortir à son tour, il bifurque immédiatement pour éviter de passer près d'elle et poursuit son chemin en feignant de ne pas l'avoir vue. Analia ne tente pas de le rattraper, elle reprend sa route en ayant la désagréable sensation de ne plus rien contrôler.

Peu attentive durant le cours de civilité communautaire, elle ne cesse de se demander si les informations d'Idrian sont fiables. Elle l'imagine mal inventer tout cela dans le seul but de se rapprocher d'elle. Son père serait prisonnier ! De qui ? Pourquoi ? De son côté, Aylan l'ignore ostensiblement. Quant à Shani, elle ne cesse de les regarder tour à tour sans comprendre. Dans un passé pas si lointain, Analia aurait tout raconté à son amie, mais récemment les choses se sont singulièrement compliquées et elle est consciente que leur complicité n'est plus la même. Elle évite d'aborder avec elle les vrais sujets même si elle sait parfaitement que son manque de confiance blesse sa complice de toujours. Aussi, quand ils se retrouvent tous les trois autour de la même table au centre de restauration, l'ambiance est franchement glaciale.

— Vous savez quoi ? dit Shani. Quand je suis avec vous deux, j'ai l'impression d'être une sorte de pont pour aller d'un îlot à un autre. Des fois, les deux îlots sont tellement proches qu'ils n'ont plus besoin du pont et d'autre fois, sans que je comprenne pourquoi, ils s'éloignent tellement que le pont s'effondre. Plouf, la communication est rompue ! Vous saisissez un peu le sens de la métaphore ?

Comme ils la regardent sans répondre, elle croit bon d'ajouter :

— Bon, je vais traduire : le pont c'est moi et je ne sers à rien ! Un jour, vous êtes les meilleurs amis du monde et le lendemain, sans explication, le dialogue est rompu. Et là, j'en ai vraiment assez d'avoir l'impression d'être assise entre deux statues d'algoplast. Personne ne peut vous aider si vous n'y mettez pas un peu du vôtre. D'ailleurs, vous n'avez qu'à vous débrouiller tous les deux, vous vous en sortirez beaucoup mieux sans moi, conclut-elle en se levant pour s'installer à une autre table.

Avant qu'Analia ait le temps de réagir, Aylan se lève à son tour, et, après avoir débarrassé son plateau, quitte le centre de restauration. Quand elle relève la tête, il lui semble qu'Idrian observe la scène à distance d'un œil ironique. Qu'imagine-t-il ?

Que le fait de détenir des informations lui donne un droit de regard sur ses faits et gestes ? En poussant un long soupir, elle soulève la demi-sphère qui contient son repas, bien certaine qu'elle sera incapable d'avaler la moindre bouchée.

L'après-midi se traîne interminablement et c'est avec soulagement qu'elle entend le signal marquant la fin des cours. Au moment où elle s'apprête à sortir, elle est retenue par le professeur de civilisation antique, visiblement perturbé par son manque de concentration, alors qu'elle était jusque-là une élève modèle. Ce n'est qu'après avoir longuement écouté ses paroles compatissantes et ses encouragements qu'elle peut enfin partir. Elle s'apprête donc à rentrer, seule, puisque ni Shani ni Aylan ne semblent s'être donné la peine de l'attendre, quand elle se rappelle la promesse faite à Aîko. Ça tombe plutôt mal, mais en fin de compte ce n'est peut-être pas une mauvaise chose : ça lui fournit une excuse pour aller voir Aylan. Le jeu de cache-cache auquel ils se sont livrés toute la journée la met mal à l'aise : alors autant avoir une franche explication ! Elle avait promis à Anna d'être là pour lui et déjà, leur complicité naissante semble avoir disparu. Or, elle imagine sans mal à quel point il doit se sentir seul. C'est pourquoi elle doit tout mettre en œuvre pour sauver leur amitié ! Par chance, elle sait où le trouver.

Quand elle arrive près de la piscine artificielle, elle pense s'être trompée, car le lieu semble désert, mais bientôt elle l'aperçoit qui fonce sur sa planche au milieu des vagues et elle ne peut que constater à quel point il est dans son élément quand il surfe ainsi sur l'eau. Elle reste longtemps debout à contempler la souplesse de ses mouvements et la parfaite maîtrise de sa trajectoire. Il donne par moments l'impression de voler littéralement au-dessus de l'eau. Peu à peu, le flux des vagues devient plus calme et il regagne la rive. Alors, se rendant compte de sa présence, il se laisse dériver vers elle.

Quand il est à sa hauteur, ils se regardent quelques instants en silence puis il tend la main vers elle :

— Viens.

Elle obtempère sans hésiter et se retrouve avec lui sur la planche. Contrairement à la première fois, elle trouve immédiatement la bonne position et n'éprouve aucune gêne en sentant sa main lui enserrer la taille quand ils s'élancent sur l'eau. Ils surfent longuement, peut-être la tient-il contre lui plus étroitement que nécessaire, mais elle se laisse aller en profitant pleinement de l'instant. Tant qu'ils dériveront ainsi sur les eaux redevenues calmes, rien de mal ne pourra arriver. Seuls comptent la caresse légère du vent contre sa peau, le bercement voluptueux de la houle et la sensation de ce corps musclé contre le sien. La planche glisse souplement, froissant à peine au passage la peau lisse des eaux du lagon. Quand ils finissent par regagner la terre ferme, elle éprouve le même pincement au cœur que la fois précédente. L'inévitable lourdeur du retour à la réalité.

— Aylan…, commence-t-elle.

Mais il l'interrompt en mettant son index sur ses lèvres.

— Non, Analia, dit-il d'une voix très douce. Tu ne me dois pas la moindre explication. Je suis heureux que tu sois venue, car je voulais m'excuser de mon comportement envers toi aujourd'hui. C'était ridicule, je n'ai aucun droit sur toi. Je ne vais pas te demander des comptes alors que j'espère partir d'ici le plus rapidement possible. Normalement, je dois rester deux ans, mais je vais essayer de négocier une seule année. Si je suis particulièrement performant, peut-être qu'ils accepteront.

— Tu parles comme si tu étais en prison, constate-t-elle avec une pointe de tristesse.

— Être séparé de ceux qu'on aime sans pouvoir communiquer avec eux, c'est une forme de prison, non ? Même si ça ressemble au paradis ! La barrière fonctionne dans les deux sens : personne ne rentre, personne ne sort !

— Sans doute, concède-t-elle à contrecœur.

— J'espère juste qu'Idrian ne te fera pas souffrir, ajoute-t-il en la fixant intensément.

Analia sent que ses yeux picotent dangereusement, mais elle parvient à refouler les larmes qu'elle sent affleurer au bord de ses paupières. Qu'avait-elle espéré ? Une scène de jalousie ? Une déclaration d'amour ? Les deux êtres qu'il aime s'appellent Louna et Anna. Il n'y a tout simplement pas de place pour elle dans sa vie. Leurs mondes sont trop différents.

— Il dit qu'il est amoureux de moi, affirme-t-elle en le défiant du regard.

— Et toi ?

— Moi ? Moi, je crois que je suis complètement perdue, si tu veux le savoir !

Elle s'aperçoit avec horreur que les larmes dégoulinent maintenant sur son visage sans aucune retenue. Elle repousse le bras qu'il tend vers elle et lui tourne le dos, s'obligeant à respirer lentement.

— Ça va ? s'inquiète Aylan.

— À merveille, répond-elle d'un ton acerbe. J'applique les préceptes de Monsieur Chuan : respiration lente et contrôle de soi. Une parfaite maîtrise de mes émotions !

— Impressionnant, en effet, se moque-t-il. J'espère qu'un jour je parviendrai moi aussi à atteindre un tel niveau de contrôle !

Elle se tourne à nouveau vers lui. Les commissures de ses lèvres tremblent encore un peu pour finir par se détendre en un sourire. Un sourire crispé, certes, mais un sourire quand même.

— Je suis désolée, d'habitude je ne me laisse pas aller comme ça ! s'excuse-t-elle, mais tout ce qui se passe en ce moment est très perturbant ! Et en fait, je te cherchais parce que j'ai promis à Aîko de te ramener chez nous ce soir. Je suis désolée de te mettre devant le fait accompli, mais c'était le seul moyen de lui faire avaler quelque chose, ce matin. Si tu pouvais juste passer quelques instants, ça me rendrait vraiment service. Il a l'impression que tout le monde le laisse tomber en ce moment.

Aylan semble soulagé par le tour que prend la conversation.

— Pas de problème, je t'accompagne avec plaisir. Ce n'est pas un grand effort, tu sais ! Franchement, je ne peux pas dire que je frétille d'excitation à l'idée de me retrouver seul dans ma cellule d'habitation.

— Je ne t'ai même pas demandé comment tu allais, dit Analia d'un ton contrit. Je fais un piètre chaperon. Quand je pense qu'Anna m'a fait confiance, si elle savait…

— Ne t'inquiète pas, je gère. Tu devrais arrêter de culpabiliser en permanence. Il y a tout un tas de choses dont tu n'es pas responsable, tu sais ? la taquine-t-il alors qu'ils se dirigent vers l'habitation.

Quand ils arrivent sur la terrasse, Aylan la retient un instant par le bras et la dévisage comme s'il la voyait pour la première fois :

— Tu sais, j'aurais vraiment aimé que les choses soient différentes.

Il approche sa main de sa joue, mais suspend aussitôt son geste, car Aîko, qui les a aperçus par la baie vitrée, fonce sur lui en hurlant son nom. Il passe ensuite un long moment avec le petit garçon qui lui montre toute une série d'hologrammes assez simples qu'il a confectionnés lui-même. Puis il lui explique comment faire et Analia constate que l'adolescent prend un réel plaisir à se livrer à cet exercice qui semble lui faire momentanément oublier tous ses soucis. Elle leur propose alors de descendre dans sa chambre. Une fois la pièce plongée dans l'obscurité, elle actionne son bracelet de façon à faire surgir les images en quatre dimensions. Ils se retrouvent aussitôt au milieu de piétons étrangement vêtus qui marchent d'un pas pressé sur une grande esplanade. Ces derniers se dirigent vers un drôle de monument en fer de forme pyramidale, aux côtés légèrement incurvés, qui se termine par une pointe.

— Il est drôlement bizarre, ce monument ! remarque Aîko.

— Ça s'appelait la tour Eiffel, précise Analia, j'ai modélisé ces images pour mon exposé. C'est pas mal, non ?

Elle conçoit qu'Aylan ne puisse détacher son regard des images virtuelles. Au centre de formation, elle a souvent vu des films retraçant l'époque des Grandes Terres, elle sait qu'il y avait alors des villes immenses comme New York ou Paris, mais, pour lui, tout ça est totalement nouveau.

— Encore, demande Aîko dont les yeux brillent de plaisir, je veux encore me promener à Paris.

Elle a la certitude, sans avoir besoin de regarder Aylan, que c'est ce qu'il souhaite aussi, alors elle poursuit sa promenade virtuelle. Ils s'allongent sous la tour Eiffel et contemplent son étrange structure métallique avec une identique fascination. De temps en temps, Analia se tourne vers l'adolescent : parfaitement immobile, les yeux démesurément agrandis, il semble littéralement envoûté par ce monde disparu. Il a soudain l'air si juvénile qu'elle se dit qu'il n'est pas si différent d'Aîko quand il consent, l'espace de quelques instants, à baisser sa garde.

C'est finalement le retour de Jaine qui les ramène à la réalité. Comme chaque soir, Analia l'interroge du regard et comme chaque soir, sa mère secoue négativement la tête. L'adolescente meurt d'envie de partager avec elle les informations données par Idrian, mais elle a donné sa parole. Et à quoi bon lui donner de faux espoirs avant d'avoir pu vérifier leur véracité ? Jaine prend Aîko dans ses bras avant de se tourner vers Aylan pour le saluer.

— Tu restes dîner avec nous, bien sûr, lui dit-elle d'un ton qui n'admet pas de refus.

— Flash, souhaitez-vous être informés ? demande la voix métallique.

— Oui, répond Jaine qui, reposant aussitôt le petit garçon à terre, se tourne nerveusement vers la paroi blanche.

Des fleurs en trois dimensions apparaissent dans la pièce pendant qu'une voix annonce la création d'une nouvelle espèce végétale. Analia voit sa mère secouer la tête avec exaspération. Puis il est question de Jaron et des hommes toujours portés disparus pour lesquels on ne perd pas espoir étant donné que tout est mis en œuvre pour les retrouver. Leurs trois silhouettes flottent un instant dans la pièce avant de laisser la place à celle du présentateur qui annonce qu'un hommage va leur être rendu sur l'île principale le lendemain.

— Comme s'ils étaient morts, murmure Jaine.

— C'est pour fêter leur retour ? demande Aîko.

— Non, pas encore, dit Aylan en le serrant contre lui, c'est juste pour montrer qu'on ne les oublie pas.

Les images qui défilent ensuite cessent d'être en trois dimensions. On voit d'abord le groupe des protestataires en train d'être évacués par les forces de sécurité. Le présentateur précise qu'aucun voyant ne leur sera ôté s'ils présentent leurs excuses à la communauté et s'engagent à ne plus se regrouper. Enfin, en dernier lieu, il est à nouveau question des migrants dont le nombre n'a cessé de croître derrière la barrière. Les embarcations, faites de déchets agglomérés, deviennent chaque jour plus nombreuses. Plus ou moins grandes, dotées de formes incertaines en fonction des matériaux trouvés, ce sont de fragiles assemblages d'objets hétéroclites qu'on a sans doute agglomérés avec de la colle d'algue. Les gens sont toujours assis là, fuyant leur passé, sans promesse d'avenir, immobiles, flottant sur les déchets, les yeux pleins de désir pour cette île qui ne veut pas d'eux. La caméra zoome sur leurs visages de plus en plus émaciés pendant qu'une voix explique une fois encore pourquoi la communauté est dans l'impossibilité de leur fournir de l'aide. Des médiateurs ont été dépêchés pour leur demander de s'éloigner de la barrière. S'ils n'acceptent pas de partir, il faudra recourir à la force pour les déloger, ce que déplorent les dirigeants. Quand les images s'estompent, Analia se tourne vers Aylan et constate qu'il est pâle comme la mort.

— Que se passe-t-il ? interroge-t-elle en s'approchant de lui.

— Les dernières images, on peut les repasser ? demande-t-il d'une voix étranglée.

— Oui bien sûr, dit Jaine qui l'observe à son tour d'un œil perplexe.

Les visages des migrants apparaissent à nouveau sur la paroi.

— Là, stop, hurle Aylan.

Le visage d'un adolescent à la peau foncée est affiché sur le mur. À l'aide du pouce et de l'index, il fait une sorte de rond en regardant fixement la caméra.

— C'est lui, c'est Joao, mon ami d'enfance, leur explique Aylan d'une voix si faible qu'elles doivent s'approcher pour comprendre ce qu'il dit. Le signe qu'il fait à la caméra m'est destiné. C'était une sorte de code entre nous quand on était gamins et qu'on voulait signifier à l'autre qu'on avait quelque chose d'important à lui dire.

Chapitre 16

« Eden Island est un concept totalement novateur qui ne peut, dans un premier temps, être compris de tous. Il est préférable que certaines données ne soient dévoilées qu'à un nombre restreint d'initiés, car l'incompréhension engendre la peur et la peur engendre la haine. »

Extrait du journal de Jonas Samson

La cérémonie est en train de s'achever devant le bâtiment central auquel on a donné une forme pyramidale dont chaque face est occupée par le visage surdimensionné d'un des trois disparus. Les membres du comité des Dix se tiennent alignés au pied du bâtiment dans la plus parfaite immobilité. Debout sur le parvis, les jumeaux Argoz et Gozrek, évoquent les qualités de chaque disparu tout en saluant le courage de leurs familles. Aylan regarde Jaine et Analia qui offrent au public un visage impassible. Il sent la petite main d'Aîko qui presse la sienne de façon sporadique. Bien qu'il s'efforce de calquer son attitude sur celle des adultes, le petit garçon peine à refouler ses larmes. Nilo, posté derrière sa fille, se contente d'observer la cérémonie d'un œil désabusé. Aylan doit absolument trouver un moment pour lui parler en tête à tête. Lui seul est susceptible de l'aider à entrer en contact avec Joao. Ne lui a-t-il pas dit à plusieurs reprises que l'archipel n'avait aucun secret pour lui ? Et il pense connaître suffisamment le vieil homme pour ne pas douter un seul instant qu'il se rangera de son côté afin de l'aider à franchir la barrière.

Il a passé une nuit sans sommeil à se demander pourquoi Joao se trouvait là. Il fallait forcément qu'il se soit passé quelque chose de grave sur l'île de Pedrosa pour qu'il se soit aventuré jusqu'à la barrière. Et il lui avait fait comprendre qu'il devait lui parler. Si l'île avait été attaquée, cela signifiait que sa mère et sa sœur avaient été ramenées dans un lieu dangereux. Quand il avait tenté de voir Naom, on lui avait répondu que ce dernier n'était pas encore rentré. Jaine avait essayé de le rassurer en lui expliquant qu'une mission à l'extérieur pouvait s'étaler sur plusieurs semaines, pour peu qu'ils aillent sur différentes îles. Elle connaissait bien Naom : jamais il ne les aurait abandonnées dans un lieu non sécurisé. Mais s'il n'avait pas eu le choix ? Même s'il bout d'une immense frustration mêlée de désespoir, il n'en reste pas moins parfaitement immobile en attendant que cette interminable cérémonie prenne fin. Alors qu'il balaie la foule d'un œil absent, il aperçoit Idrian encadré de deux adultes au regard méprisant qu'il devine être ses parents. L'adolescent le regarde fixement comme s'il lui déniait le droit de se trouver là. Choisissant délibérément de l'ignorer, il reporte son attention sur Aîko qu'il félicite pour son courage.

Alors qu'Argoz s'apprête à clôturer son discours, les visages affichés sur les murs du bâtiment disparaissent tout à coup. Les gens se regardent d'abord avec perplexité et, aux premiers murmures étonnés, succède bientôt une sorte de grondement stupéfait.

— Ce n'est pas possible, murmure Analia en regardant son poignet.

Aylan l'interroge du regard. Elle agite en retour son poignet devant lui.

— Les bracelets… les bracelets sont éteints ! Ce n'est jamais arrivé, explique-t-elle.

Une rumeur de plus en plus confuse bourdonne autour d'eux. Chacun, à l'image d'Analia, regarde son poignet puis celui de son voisin pour constater qu'en effet plus aucun voyant n'est allumé. Face à ce phénomène inexpliqué, l'anxiété gagne peu à peu la foule massée devant le bâtiment. Tous les membres du comité ont immédiatement quitté l'esplanade pour rentrer à l'intérieur du bâtiment. Seuls les deux jumeaux sont restés là, tentant de rassurer les habitants, mais leur discours, que les bracelets ont cessé d'amplifier, est devenu totalement inaudible.

— C'est forcément une panne du système central, explique Nilo en fronçant les sourcils. Ce n'est pas normal du tout, ça ! Ça ne peut être qu'un sabotage et ça veut dire que la barrière… est désactivée.

Aylan réagit instantanément à cette information. Peu lui importent les causes de la panne, la seule chose qu'il comprend est qu'elle peut lui permettre, de façon totalement inespérée, d'entrer enfin en contact avec Joao. S'il va chercher sa planche, il peut surfer jusqu'à la barrière, mais il faut qu'il agisse très vite avant que le courant ne soit rétabli. Il n'a pas la moindre idée du temps dont il dispose. Il doit prévenir Analia, mais avant qu'il n'ait eu le temps d'esquisser le moindre mouvement, deux solavions, tranchant le ciel comme des lames acérées, apparaissent au-dessus d'eux. Ils s'immobilisent pendant quelques secondes à une quinzaine de mètres au-dessus du sol. Le ciel semble alors se recouvrir d'une sorte de drap noir sur lequel apparaissent les contours flous d'une gigantesque figure s'apparentant davantage à une tête de mort qu'au visage d'un être vivant. Les gens, pétrifiés sur place, lèvent tous leurs yeux vers le ciel pour contempler la face monstrueuse qui flotte au-dessus d'eux. Soudain, une voix semblant jaillir de tous les haut-parleurs de l'île résonne sur la place :

« Jonas Samson, tu t'es pris pour Dieu, mais tu as oublié le Diable. »

Semblable à un masque grotesque, le visage se déforme dans le ciel, s'allonge, rapetisse comme s'il ne parvenait pas à prendre une forme définitive.

« L'heure de la vengeance a sonné ! Sache que nous sommes désormais capables de prendre le contrôle de l'île ! Les vagues d'attaque vont se succéder jusqu'à ce que ton troupeau bêlant soit décimé. »

Le visage semble soudain se déchirer en milliers de lambeaux sombres avant de disparaître aussi soudainement qu'il est apparu, et, dès que le ciel a retrouvé sa clarté, les deux solavions descendent brutalement sur la foule, obligeant les gens à se disperser dans le plus grand désordre. Quand ils se posent non loin du parvis, les forces de l'ordre hurlent en vain aux habitants de s'éloigner : la plupart sont tétanisés devant cette apparition aussi soudaine qu'inattendue. En s'ouvrant, les rampes du solavion déversent une vingtaine d'hommes vêtus de noir, le visage entièrement masqué, qui braquent aussitôt leurs armes sur le public. La panique est alors indescriptible. Des hurlements entrecoupés de détonations multiples s'élèvent de la foule. La foule, terrifiée, fuit de tous les côtés pendant que les inconnus tirent en rafale avec l'intention évidente de tuer le plus de monde possible.

— Ne restons pas là, suis-moi, hurle Aylan à Analia tout en prenant Aîko dans ses bras.

Sans plus réfléchir, il se met à courir en cherchant des yeux un endroit protégé où déposer le petit garçon. Des corps sans vie jonchent déjà le sol autour de lui. Le bruit des tirs semble s'intensifier encore, et, à tout instant, il s'attend à ressentir la brûlure caractéristique d'une balle dans son dos. Son cœur bat dans sa poitrine avec une intensité douloureuse. Il sent les bras d'Aîko accrochés autour de son cou : s'ils viennent à être touchés, il espère que son corps servira au moins de bouclier à celui de l'enfant. Il n'est pas certain qu'Analia l'ait suivi. Il n'a pas le temps de se tourner pour vérifier. Tout en poursuivant sa course, il scanne du regard son environnement immédiat essayant de déterminer où mettre l'enfant à l'abri et décide d'obliquer vers un bâtiment situé sur sa gauche. La foule est moins dense, car peu de gens semblent avoir choisi de se réfugier à cet endroit-là, préférant fuir vers le lagon. Sans cesser de courir, il pénètre à l'intérieur et cherche frénétiquement un renfoncement où cacher Aîko. Parvenu à l'étage, il examine les lieux et voit enfin ce qu'il cherche : une petite niche quasi invisible qui doit servir de lieu de rangement. Quand il peut enfin s'autoriser à regarder autour de lui, c'est pour constater qu'Analia n'est pas là.

— Tu vas devoir être un petit garçon très courageux, dit-il en regardant l'enfant dans les yeux. Tu vas rester caché là jusqu'à ce que je ramène ta famille. Ne bouge surtout pas.

— Sinon les méchants vont me tuer ? demande-t-il d'une voix chevrotante.

— Ils risquent de te faire du mal, oui. Mais si tu me promets de rester ici sans bouger, je peux aller chercher ta maman, ta sœur et ton grand-père.

L'enfant opine de la tête. La dernière image qu'emporte Aylan en repartant est son regard terrorisé alors qu'il tasse son corps minuscule au fond de la niche. Il aurait voulu le rassurer, le serrer encore un instant contre lui, mais il n'en a pas le temps. En priant intérieurement pour qu'il ne quitte pas sa cachette, il redescend au rez-de-chaussée. Quand il sort du bâtiment, les détonations lui vrillent à nouveau les tympans. Les forces de sécurité répliquent avec vigueur et plusieurs des assaillants gisent maintenant sur le sol. Aylan se penche sur un des hommes en noir pour s'emparer de son arme. La foule s'est dispersée. Plusieurs personnes, blessées, gémissent sans bouger, d'autres se penchent pour leur porter secours, une femme hurle debout sur la place, un homme est accroupi la tête dans ses bras, plusieurs corps désarticulés gisent à même le sol. Son cerveau enregistre inconsciemment tous ces détails pendant qu'il cherche vainement à repérer Analia, Jaine et Nilo. Son cœur bat la chamade et une sourde angoisse commence à lui serrer le ventre. Le lieu est différent, les conditions sont autres, mais cette scène lui rappelle douloureusement l'attaque de Pedrosa. Il espère de toutes ses forces qu'ils ont réussi à se cacher quelque part. Il continue à progresser sur l'esplanade, l'œil aux aguets. Au bout d'un moment, il les aperçoit enfin, blottis contre un mur, et il se précipite vers eux constatant avec soulagement qu'ils ne semblent pas blessés.

— Pourquoi ne m'as-tu pas suivi ? demande-t-il à Analia.

— Je ne pouvais pas les abandonner. Nilo ne va pas vite, c'était trop dangereux de traverser la place avec lui, alors on s'est caché là.

— Où est Aîko ? hurle Jaine. Dis-moi qu'il va bien.

— Il est à l'abri ne vous inquiétez pas, la rassure-t-il aussitôt, mais j'ai été obligé de le laisser seul, il doit être terrorisé. Je vais vous emmener près de lui. Suivez-moi !

— Allez-y vite, dit Nilo, laissez-moi ici, je ne risque rien, je suis un vieux fardeau sans intérêt.

— Fermez-la Nilo, elles ne vous laisseront jamais là, je n'ai pas d'autre choix que de vous emmener, affirme Aylan avec un demi-sourire qui fait grimacer le vieil homme.

Il passe fermement son bras sous l'épaule de Nilo et sans plus tenir compte de ses protestations, l'éloigne de la place en prenant soin de rester contre la paroi afin de se protéger d'une éventuelle attaque. Alors qu'il avance, il voit les deux solavions s'élever vers le ciel et disparaître à l'horizon. Cela signifie-t-il que les assaillants ont quitté les lieux ou les pilotes sont-ils simplement partis en abandonnant les hommes ?

— Ne te mets pas en danger pour moi, petit, dit le vieil homme. Protège Jaine et mes petits-enfants, c'est tout ce que je demande. Ma vieille carcasse ne vaut pas la peine que tu prennes des risques.

— La ferme Nilo, dit Aylan avec plus de tendresse que de colère. J'ai promis à Aîko de ramener la famille au complet et c'est bien ce que j'ai l'intention de faire. Restez bien près de moi, ajoute-t-il à l'adresse des deux femmes.

La fusillade s'est tue, mais il redoute qu'un ou plusieurs assaillants aient réussi à échapper aux forces de l'ordre. Aussi, pendant qu'ils progressent lentement vers le bâtiment, ne cesse-t-il de scruter les alentours comme un animal aux aguets. Les détonations ont cessé et les forces de l'ordre sont en train de sécuriser les lieux pendant que des soignants accourent auprès de blessés. Ils atteignent enfin le bâtiment et Jaine se précipite à l'intérieur en hurlant le nom de son fils.

— Il est à l'étage, venez, dit Aylan en s'élançant dans l'escalier.

Aussitôt arrivé, il se rue vers la petite niche, l'enfant est là, les yeux démesurément agrandis par la terreur.

— Viens mon grand, c'est fini, dit-il en ramenant son petit corps contre le sien avant de le confier aux bras de sa mère qui le serre convulsivement contre elle en sanglotant.

Puis ils retrouvent Analia et Nilo au rez-de-chaussée.

— Vous allez rester là pendant que je vais voir où ça en est à l'extérieur, ordonne Aylan.

— Non, tu restes ici avec nous, tu as assez pris de risque, proteste Analia.

— Elle a raison, renchérit sa mère, attends un peu ici, on est à l'abri.

— Je jette seulement un coup d'œil et je reviens dans quelques minutes, dit-il en pressant brièvement le bras de l'adolescente.

Il se retrouve à l'extérieur et constate que les secours ont évacué les blessés. Quelques personnes, le regard égaré sont encore sur la place. Parmi elles, il reconnaît Idrian qui, l'ayant vu à son tour, oblique vers lui. Mais instantanément, il aperçoit un homme en noir qui braque son arme sur ce dernier. Tout en hurlant à Idrian de se coucher, il tire en même temps que l'agresseur. L'homme s'écroule sur le sol et Aylan se précipite vers l'autre adolescent.

— Je crois que je suis blessé à la jambe, gémit ce dernier. Mais t'as dévié son tir, ç'aurait pu être bien pire.

Aylan aperçoit une grosse tache de sang qui commence à imprégner son uniforme à hauteur du genou.

— Il faut que je trouve quelqu'un pour soigner ça.

— Je t'en supplie, ne me laisse pas là, l'implore Idrian.

L'adolescent hoche la tête.

— Bon, je vais te mettre à l'abri à l'intérieur du bâtiment et ensuite je préviendrai les soignants. Tu crois que tu peux marcher si je te soutiens ? Sinon, j'essaie de trouver un soignant pour qu'il vienne ici.

— Non, je t'en conjure, ne m'abandonne pas. Aide-moi à entrer dans le bâtiment, implore Idrian en s'accrochant à son bras.

Quand il l'aide à se mettre debout, il voit son visage se contracter sous la douleur.

— C'est tout près. Je vais te soutenir, l'encourage-t-il.

Ils ont à peine fait quelques mètres quand il entend Idrian hurler :

— Attention !

Il se tourne aussitôt pour voir un homme masqué qui brandit une sorte de matraque sur lui. Il a juste le temps de tirer avant de ressentir une douleur fulgurante quand l'objet s'abat violemment sur sa tête. Il a d'abord l'impression que son crâne va exploser puis tout s'obscurcit et il s'écroule sur le sol.

Chapitre 17

« Toute société a besoin de héros, car les héros sont les modèles qui insufflent à chacun le désir de se dépasser au profit du bien commun. »

Extrait du journal de Jonas Samson

Comme chaque jour, Analia emprunte le long couloir blanc qui mène à l'unité des soins intensifs où se trouve Aylan. Ce dernier repose sur une couchette reliée à un ordinateur qui le surveille en permanence et modifie sensiblement sa forme ou sa température si le corps du blessé donne des signes de gêne ou de souffrance. Depuis qu'il est là, aucune évolution de son état n'a été enregistrée. Les sollicitations que les médecins envoient à son organisme ne parviennent pas pour le moment à l'extirper du coma où il est plongé depuis trois jours. Elle ignore s'il a conscience de sa présence, s'il l'entend, s'il comprend ce qu'elle dit, mais les médecins lui ont affirmé qu'une voix familière restait le meilleur moyen de « maintenir un contact avec la surface ». Qui d'autre qu'elle aurait pu jouer ce rôle dans l'archipel ? Aîko était venu avec sa mère et son grand-père, il lui avait dit en pleurant qu'il le considérait dorénavant comme son grand frère, puis lui avait parlé de toutes les courses de solar-surf dont il se souvenait. Shani était aussi passée plusieurs fois et lui avait raconté plusieurs anecdotes concernant le centre d'apprentissage, mais c'est Analia qui s'assied chaque matin près de la couchette, prend sa main dans la sienne et lui parle en continu pendant des heures quitte à répéter en boucle certains évènements. Plongé dans ce profond sommeil, elle lui trouve un air terriblement vulnérable et enfantin. C'était pourtant lui qui, trois jours auparavant, les avait tous protégés.

Après avoir passé des heures assise à ses côtés, à contempler son visage totalement abandonné tout en se retenant d'en caresser les contours, elle a parfaitement conscience que ce qu'elle éprouve à son égard va bien au-delà de la simple reconnaissance. Faute de mieux, elle presse constamment sa main dans la sienne, espérant sentir une pression en retour.

Elle lui raconte que tout rentre petit à petit dans l'ordre sur l'archipel. L'énergie a été réactivée, tout fonctionne à nouveau. Le dysfonctionnement de la barrière a cependant permis aux migrants de s'introduire dans l'archipel, mais ils sont maintenant contenus sur un îlot gardé par les forces de l'ordre en attendant d'être interrogés puis expulsés. Les autorités veulent savoir s'il y a un lien entre leur présence et l'attaque qui a été menée. Les deux solavions ont rapidement été identifiés : le premier était celui utilisé par son propre père et l'autre, celui qu'avait pris Naom pour ramener Anna et Louna. Elle sent que ses yeux picotent dangereusement et presse plus fort sa main en prononçant cette dernière phrase, mais il reste sans réaction.

— On a besoin de toi, on a tous tellement besoin de toi ! Tu dois revenir, Aylan. Tu dois revenir, je t'en supplie.

L'attaque avait fait 130 victimes. En examinant les cadavres des assaillants, les autorités n'avaient trouvé aucun indice susceptible de les aider, c'était du moins ce qui avait été dit à la population. Depuis la disparition de son père, Analia nourrit de sérieux doutes sur la transparence des communiqués émis par les dirigeants. Comment pourraient-ils ignorer qui était derrière les attaques à répétition dont l'archipel était l'objet ? Ils devaient tout au moins avoir des soupçons. Quelqu'un semble vouloir les détruire, quelqu'un de puissant et de bien informé. La sécurité a été grandement renforcée, on ignore si tous les migrants sont sous contrôle, peut-être que certains se cachent dans l'archipel. Un appel a été lancé à la population : toute personne sans bracelet doit immédiatement faire l'objet d'un signalement. Les migrants étant potentiellement dangereux, il ne faut ni les aider ni les approcher sous peine de perdre tous ses voyants verts. Elle imagine déjà le regard méprisant d'Aylan s'il entend cette dernière phrase. Elle veut plus que tout le voir réagir, mais ses yeux restent désespérément clos.

Depuis qu'elle a vu le petit corps d'un enfant flotter sur les eaux turquoise du lagon, depuis que son père a mystérieusement disparu, depuis qu'Aylan est étendu sur ce lit dans la plus parfaite immobilité, plus rien ne semble avoir vraiment de sens. Tout ce système si bien organisé lui paraît soudain terriblement égoïste et mesquin. Peut-être est-ce aussi parce qu'elle l'a vu ces dernières semaines à travers les yeux d'Aylan. Une petite communauté toute entière tournée vers son bien-être et totalement indifférente à la misère environnante. Comme si le reste du monde n'était qu'un mauvais rêve ! Elle revoit sa mère lui dire qu'on ne pouvait aider tout le monde et à ce moment-là, elle s'était dit qu'elle avait certainement raison ! En tout cas, quelqu'un semblait bien décidé à leur faire payer le prix fort pour leur égoïsme. Elle énonce à voix haute les pensées qui se bousculent dans sa tête, comme elles viennent, sans essayer de mettre de l'ordre. C'est un long monologue qu'elle déroule chaque jour, mais qu'elle vient d'interrompre en voyant Idrian pénétrer dans la pièce.

La jambe droite maintenue par une bande d'algoplast, il se déplace en boitillant. Elle ne peut s'empêcher de se repasser mentalement une scène qui lui semble s'être déroulée des siècles auparavant : Idrian, le bras en écharpe, assis sur une couchette de ce même centre de soins et elle se jetant dans ses bras ! Il s'avance en lui souriant presque timidement.

— Comment va-t-il ?

— Il est dans le coma depuis trois jours et il n'y a pas le moindre signe d'amélioration, répond-elle d'une voix qu'elle s'efforce de rendre le plus neutre possible.

Idrian s'assied à son tour près de la couchette. Il contemple quelques instants le corps inerte d'Aylan avant de se tourner vers elle :

— Il m'a sauvé la vie, lui dit-il doucement comme s'il avait lui-même du mal à intégrer ce nouveau paramètre. Et c'est pour ça qu'il est ici, s'il ne s'était pas arrêté pour m'aider, il aurait été à l'abri avec vous.

Il la regarde à nouveau comme s'il attendait une réponse, mais il n'y a rien à dire. Sans doute Aylan est-il formaté ainsi : il protège spontanément les autres, quels qu'ils soient.

— Je le considérais comme mon pire ennemi, ajoute-t-il.

— Pourquoi le détestais-tu autant ? Tu avais tellement peur qu'il te batte au solar-surf ? demande-t-elle en essayant de plaisanter.

Il plonge son regard dans le sien :

— Je le détestais à cause de toi. J'ai vu la façon dont tu le regardais et j'étais simplement jaloux. Et pour être franc, je le suis toujours. Je l'envie presque d'être là.

— Arrête de dire des sottises ! s'impatiente l'adolescente.

Il prend sa main dans la sienne.

— Je suis amoureux de toi, Analia, profondément et irrémédiablement. C'est arrivé sans que je le veuille. Au début, je te trouvais jolie et j'avais juste envie de passer du bon temps avec toi et puis voilà… Et maintenant, le type que je déteste le plus sur l'archipel vient de me sauver la vie ! Pour faire bref, tu es en train de veiller un héros sans qui je ne serais sans doute plus là ! Je trouve que ça devient sacrément compliqué !

conclut-il en hochant la tête.

Elle retire doucement sa main.

— Je crois que ce n'est ni le bon endroit ni le bon moment pour parler de tout ça. On est tous perdus en ce moment. Il n'y a pas si longtemps, tout semblait simple et évident : on vivait dans un joli lagon bien protégé, compartimenté en différentes cases avec des numéros pour nous rappeler constamment notre place et ça nous semblait tout à fait naturel. Notre but ultime, le mien du moins, était d'avoir le plus de voyants verts possible sur mon bracelet pour contribuer au bon fonctionnement de la société et améliorer le sort de ma famille. Tu sais quel était mon rêve le plus cher il y a à peine quelques mois ? Que mon nom de famille passe de 450 à 440 ! Eh oui, c'était simple, soupire-t-elle. Trop simple, tu ne crois pas ? Depuis quelque temps, j'ai tout à la fois l'impression de me réveiller et d'être plongée en plein cauchemar…

Elle fait une pause durant laquelle Idrian l'observe sans répondre, puis enchaîne :

— Tu sais quelque chose sur l'attentat ?

— Pas vraiment non, juste quelques bribes, répond-il en secouant la tête. Le bureau de mon père est verrouillé, tous les codes ont été changés. Il ne répond à aucune de mes questions. Officiellement, ce serait les migrants qui auraient orchestré l'attentat. Ils ont bon dos, les migrants ! Je me demande comment ils comptent faire avaler ça à la population. Tu as vu ces larves sur leurs embarcations ? Comment tu peux imaginer une seconde qu'ils soient capables de détourner et de piloter un solavion ? Mon père me sert la version qu'ils vont donner aux infos, j'ai l'impression de lui servir de cobaye ! Il observe mes réactions, mais même lui trouve que c'est un peu gros ! Pourtant, l'autre jour, il s'est passé un truc intéressant. Alors qu'il croyait que j'étais sorti, il parlait avec ma mère et je l'ai entendu prononcer un nom : Othon. Il a dit textuellement :

« ils soupçonnent Othon d'être derrière tout ça ! ».

— Othon ?

— Pas la moindre idée de qui ça peut être. C'est la première fois que j'entendais ce nom. J'ai essayé de faire des recherches, mais rien, cet Othon semble totalement inconnu dans le lagon ! Ce qui n'est guère étonnant, car si c'est quelqu'un qu'ils ont expulsé, ils ont effacé toutes les données le concernant.

Analia le regarde :

— Ils ont attaqué avec nos solavions, ça veut dire que mon père, Naom, Anna, Louna…

Elle ne peut se résoudre à prononcer la suite de sa phrase.

— Ne tire pas de conclusion hâtive ! réplique Idrian qui a parfaitement compris où elle veut en venir. D'après mes dernières informations, ton père était retenu prisonnier quelque part…

— Tu as vu comment ils ont tiré sur la foule en arrivant ? Tu crois que ces gens se donnent la peine d'épargner des vies ?

— Je ne sais pas, Analia… je ne sais vraiment pas ! conclut-il en hochant la tête en signe d'impuissance. Je ne veux pas te raconter de mensonges, mais il faut garder espoir. Ton père peut leur être utile… quant aux autres…

— Toute cette incertitude, c'est affreux ! murmure Analia. La nuit, je rêve que je m'enfonce dans du sable et plus je m'agite, moins je parviens à remonter à la surface…

Elle tourne la tête vers Idrian et perçoit dans son regard quelque chose qu'elle a du mal à interpréter. Comme une hésitation, une sorte de gêne aussi.

— Il y a autre chose ? l'interroge-t-elle en cherchant son regard.

— Non, répond-il en tournant la tête. Je t'ai dit ce que je savais.

— Idrian, insiste-t-elle, tu dois me donner toutes les informations que tu as, je t'en prie, c'est important.

— Celle-là n'a rien à voir avec les évènements, dit-il en hésitant, et elle ne t'aidera pas à remonter à la surface.

— Parle Idrian, s'il te plaît, dit-elle d'une voix qu'elle espère aussi ferme que possible.

Il la regarde comme quelqu'un qui s'apprête à porter un coup tout en cherchant le moyen d'agir autrement.

— Bon, voilà, j'ai fait pas mal de recherches ces derniers temps en me faisant passer pour mon père avant qu'il ne change les mots de passe. J'en ai profité pour consulter ton dossier.

Il se penche vers elle et lui prend la main.

— J'ai découvert quelque chose te concernant.

Elle le fixe intensément sans rien dire, pressentant confusément que ce qu'il va lui annoncer engendrera de nouvelles turbulences.

— Tu es une enfant adoptée, débite-t-il d'un ton rapide comme s'il se jetait à l'eau.

— Quoi ? dit-elle en retirant sa main comme si le contact la brûlait. Qu'est-ce que tu racontes ?

— Je ne comprenais pas pourquoi mes parents étaient aussi hostiles à notre relation. D'accord, on n'a pas le même numéro, mais on a déjà vu d'autres cas dans l'archipel. Je sentais qu'il y avait autre chose, alors j'ai fouillé… puis j'ai accédé à ton dossier. Tes parents t'ont adoptée à l'âge de six mois…

— Mais…

— Tu venais de l'extérieur. L'île n'était pas mentionnée, ni le nom de tes parents naturels. Il y avait juste écrit que tu avais été introduite sur l'archipel à l'âge de quatre mois et après deux mois d'observation, tu as été adoptée.

— Mais c'est invraisemblable, s'insurge Analia, mes parents ne m'ont jamais rien dit. Pourquoi m'auraient-ils adoptée ? Aîko est leur fils, donc ils pouvaient avoir des enfants !

— Je l'ignore, Analia. Je ne voulais pas t'en parler parce que je ne vois pas en quoi cette information peut t'aider, bien au contraire… Apparemment, il y a régulièrement des adoptions, mais on n'en parle pas. Quand des couples ne peuvent pas avoir d'enfants…

— Mais ce n'est pas le cas de mes… parents, je me souviens très bien de la naissance d'Aîko.

— Oui, Aîko est bien leur fils. Il n'y avait rien d'autre dans le dossier si ce n'est que ton développement neuronal donnait entière satisfaction.

— Mon développement neuronal ?

Ne sachant plus si elle doit rire ou pleurer, elle reste prostrée sur sa chaise. Incapable dans un premier temps d'assimiler l'information qu'il vient de lui donner.

Un hologramme infirmier apparaît soudain dans la chambre pour signifier à Idrian que son temps de visite est terminé. Seule Analia est accréditée à passer plusieurs heures auprès d'Aylan.

— Écoute, je dois partir, ça va aller ? demande-t-il en tentant maladroitement de la prendre dans ses bras. Je n'aurais peut-être pas dû te parler de ça, mais tu n'es pas seule, je serai là pour toi, je te le jure. Je me moque de savoir d'où tu viens et quel est ton numéro !

— Tu as bien fait. Il faut que tu partes, maintenant, se contente-t-elle de répondre d'une voix dénuée d'émotion.

Après l'avoir longuement regardée, il se lève avec difficulté et s'approche de l'adolescent étendu sur la couchette :

— Quant à toi, j'espère que tu vas te réveiller pour que je puisse te faire comprendre deux choses : Analia est à moi et je suis meilleur que toi au solar-surf, mais en attendant je voulais juste te dire… merci. Sans toi, je ne serais plus là !

Puis il s'éloigne en claudiquant légèrement. Après qu'il ait quitté la pièce, elle reste de longues minutes sans bouger, essayant vainement d'intégrer ce qu'elle vient d'apprendre. Elle fouille son passé à la recherche d'un indice, d'une anecdote qui pourrait corroborer cette affirmation. Mais rien dans l'attitude de ses parents n'est susceptible d'éveiller le moindre soupçon. Des parents aimants et protecteurs. Trop peut-être ? Mais quels parents ne le sont pas ? Idrian mentait-il ? Non, il n'avait aucune raison de faire cela. Pouvait-il s'être trompé ? Il avait vu cette mention sur son dossier, il ne pouvait y avoir d'erreur. Au bout d'un moment, épuisée par toutes ces interrogations, elle reprend la main d'Aylan dans la sienne. Les larmes glissent sur ses joues sans qu'elle en ait vraiment conscience.

— J'espère de toutes mes forces que ta sœur, Anna et mon… père sont encore en vie, j'espère de toutes mes forces que tu vas te réveiller. Là, tout de suite, j'ai tellement peur, tellement mal que je n'arrive plus à respirer. Il y a un adage dans la communauté qui dit « la peur doit mener au courage et le courage à la paix ». Mais comment puis-je faire pour être courageuse ? Comment puis-je me battre ? Je ne comprends plus rien, je ne sais pas qui est cet Othon dont il vient de parler. Même moi, je ne sais même plus qui je suis. Je suis peut-être née non loin de toi ! Sur ton île, sur une île voisine ! On m'a peut-être abandonnée, enlevée ou vendue ! Moi aussi je suis une étrangère ! Ma vie tout entière est basée sur un mensonge ! Je suis perdue, tellement perdue, j'ai besoin de toi. Tu dois te réveiller, Aylan !

Elle a presque crié ces derniers mots. Elle reprend sa respiration et le contemple longuement. Chacune des courbes de son visage lui est familière, pourtant, peut-être du fait de son immobilité, elle a l'impression de le voir pour la première fois : l'arrondi délicat de sa bouche, ses longs cils, le minuscule grain de beauté près de son oreille. Sa vulnérabilité est si totale qu'elle efface soudain tout ce qui peut les séparer. Elle sent qu'elle devrait lui dire ce qu'elle éprouve vraiment, mais les mots ne parviennent pas à franchir la barrière de ses lèvres.

— Tu es devenu mon seul repère, Aylan, et je crois que…

Elle serre alors sa main plus fort pour se donner du courage et, à sa grande stupeur, sent une pression en retour. Elle lève aussitôt les yeux pour croiser le regard bleu d'Aylan qui la dévisage avec une intensité inédite.

— Tu crois quoi ? demande-t-il d'une voix rauque.

Elle ne parvient pas à le croire : l'instant d'avant, ses yeux étaient désespérément clos et maintenant il la fixe comme s'il voulait l'aspirer tout entière dans son regard. Elle voudrait se jeter à son cou, lui parler, lui sourire, pleurer de joie, mais elle est incapable d'ébaucher le moindre mouvement. L'espace-temps semble figé dans le bleu incandescent de ses yeux.

— Tu crois quoi ? répète-t-il doucement.

Le soignant qui rentre en trombe dans la cellule la dispense fort opportunément de répondre.

— Bon retour parmi nous, jeune homme, dit-il en souriant.

Chapitre 18

« Il suffit de partir du commandement de base : « Tu ne tueras point ». Aucune circonstance ne légitime une société civilisée à donner la mort par jugement. Les éléments devenus indésirables doivent toutefois être extraits rapidement du corps social afin de ne pas le gangrener. La déportation sur des îles suffisamment lointaines pour rendre tout retour inenvisageable semble la solution la plus raisonnable en cas de comportement inadapté susceptible de mettre la communauté en danger. »

Extrait du journal de Jonas Samson

— Ça fait quel effet d'être un héros ? demande Aîko en s'installant près d'Aylan.

Ce dernier avait été autorisé à quitter le centre de soins à condition de ne pas vivre seul. Les médecins pensaient que tout était rentré dans l'ordre car les examens ne montraient aucune séquelle, mais ils ne voulaient prendre aucun risque. Jaine avait aussitôt proposé de l'héberger à nouveau.

— Tu vas vite en besogne, réplique Aylan en lui ébouriffant les cheveux.

— Non, insiste le petit garçon d'un ton très sérieux, tu as sauvé des gens et quelqu'un qui sauve des gens, ça devient un héros. C'est automatique. D'ailleurs, on a parlé de toi dans les flashes spéciaux, je pourrai te montrer si tu veux. Tu vas avoir tout plein de voyants verts sur ton bracelet et tu vas pouvoir faire tout ce que tu voudras. Si tu veux commander plein de bredzes, tu pourras et si t'es d'accord, on pourra même les manger ensemble !

— T'es vraiment un malin, toi ! Et tu gardes le sens des priorités ! répond l'adolescent d'un ton amusé.

— Tu vas laisser Aylan se reposer, intervient Analia, il ne sait peut-être même pas ce que c'est des bredzes.

— Ta sœur me prend encore pour un barbare, dit-il en faisant un clin d'œil à Aîko. Tout le monde sait que les bredzes sont les meilleurs gâteaux de l'archipel.

— Tu veux dire de la terre entière ! rectifie Aîko.

— Ça, je n'en suis pas sûr. Quand j'étais petit, il y avait une dame qui s'appelait Martha. Elle faisait des tourtes à la pomme et, moi aussi, je pensais que c'était les meilleures du monde. Je me souviens qu'avec mon meilleur ami on s'asseyait près de sa fenêtre pour sentir l'odeur des tourtes qui cuisaient dans le four.

— Oh, moi aussi j'aimerais voir des bredzes en train de cuire, mais ils arrivent tout faits, remarque Aîko, en même temps, comme ça, j'ai pas à attendre pour les manger. Ce n'était pas trop dur d'attendre ?

— Non, je crois que c'était même le meilleur moment, murmure Aylan d'un ton rêveur.

— Ah bon, moi je déteste attendre et je crois que le meilleur moment, c'est quand on les mange ! Elle en fait plus maintenant la dame qui s'appelle Martha ? enchaîne Aîko en levant les yeux vers lui d'un air intéressé.

Aylan pousse un soupir.

— Elle est morte, des gens l'ont tué.

— Des méchants comme ceux qui sont venus ici ?

— Non, d'autres gens… différents… Je ne sais même pas si c'était des méchants, ils avaient faim et ils voulaient nous prendre notre nourriture.

Le petit garçon semble méditer cette dernière information

pendant quelques instants.

— C'est pas bien de tuer des gens pour prendre leur nourriture ! Et Louna, elle en mangeait elle aussi de la tourte aux pommes ? Il y a peut-être une autre dame qui lui en fait depuis qu'elle est rentrée chez vous.

Aylan sent aussitôt une boule se former dans sa gorge. Puis une main de fer s'infiltre brutalement dans son corps pour broyer ses entrailles. C'est le pire moment : celui où la douleur reflue comme une immense vague qui le submerge tout entier. Le visage de Louna lui apparaît avec une netteté insoutenable. Ses boucles blondes qui s'évadent sans cesse de la queue-de-cheval où sa mère s'obstine à les emprisonner. Son regard bleu fixé sur lui avec l'absolue certitude qu'il la protégerait toujours. Mais il a trahi sa confiance, il l'a abandonnée, non seulement il ne sait pas si elle est en sécurité, mais il n'est même pas sûr qu'elle soit encore en vie. Son impuissance à agir lui donne l'impression qu'un étau de fer appuie sur sa poitrine au point de l'empêcher de respirer.

— Ça va Aylan ? s'inquiète Aîko. J'ai dit quelque chose de mal ? Ça te fait trop de peine qu'on parle de Louna, c'est ça ?

— Non, tout va bien, je te promets, dit-il au petit garçon qui a maintenant les larmes aux yeux.

Analia intime l'ordre à son petit frère d'aller dans sa cellule. Ce dernier résiste quelques secondes, mais le regard de sa sœur lui fait comprendre qu'il vaut mieux battre en retraite sans plus de commentaires. Depuis qu'Aylan est revenu, elle se montre à la fois attentive et distante, évitant le plus souvent de se retrouver seule avec lui. De son côté, il ne cherche aucunement à fissurer son armure : il sait qu'il va devoir quitter l'archipel, à quoi bon dès lors ajouter d'autres souffrances à celles qui existent déjà. Il rêve pourtant de retrouver le contact de sa main contre la sienne. Il n'a que de vagues souvenirs de ces moments passés dans le centre de soins, quelques voix familières, quelques bribes de paroles, mais il garde la sensation de la chaleur de sa paume contre la sienne. Comme si elle avait voulu, par ce contact permanent, l'empêcher de quitter le monde des vivants.

— Ça va ? demande-t-elle. Tu veux que je t'apporte quelque chose ?

— Non, je te remercie. Je n'ai besoin de rien.

— Tu sais, Aîko ne se rend pas compte…

— Il n'y a pas de problème, répond-il en la regardant. Ne pas parler de Louna, de ma mère ou de ton père n'est pas une solution. C'est Aîko qui a raison. Mais quand je parviens à penser à autre chose pendant quelques minutes, revenir à la réalité équivaut à une sorte de choc dans le plexus qui me coupe la respiration : je ne sais rien, peut-être qu'elles sont quelque part… démunies… emprisonnées, peut-être qu'elles souffrent… ou pire encore…

— Je me dis la même chose pour mon… père.

— Ton père est fort, Analia. Je suis sûr qu'il a été entraîné à faire face à ce genre de situation, mais Anna et Louna… depuis la disparition de mon père, c'est toujours moi qui ai veillé sur elles.

Elle pose la main sur son épaule, il s'en saisit sans réfléchir comme un noyé s'accroche à une branche et la presse très fort.

— Aylan, il faut que je te dise quelque chose à propos de mon père. Jusqu'à présent je n'ai pas réussi à en parler, mais…

Il la regarde attentivement, attendant la suite et elle arrive enfin à formuler cette phrase qui se cogne, depuis plusieurs jours, dans tous les recoins de son cerveau :

— Idrian m'a dit que j'avais été adoptée.

Elle lui résume ensuite rapidement le peu qu'elle sait.

— Tu en as parlé avec ta mère ?

— Non, je n'ai pas osé, avoue Analia, j'ai l'impression que ce n'est pas le moment. Tout est déjà si compliqué… et puis, je crois que j'ai peur de ce qu'elle pourrait me répondre.

— Il faudra que tu lui en parles, dit Aylan d'une voix posée, mais quoi qu'il en soit, ajoute-t-il en se levant pour lui faire face, il y a quelque chose dont je suis certain : tes parents t'aiment de tout leur cœur.

— Mais je suis une étrangère, comme toi !

— Tu dis n'importe quoi. Tu as grandi ici, tu possèdes tous les codes de cet endroit, ça n'a rien à voir avec ma situation. C'est normal que cette nouvelle t'angoisse, mais je suis sûr que Jaine pourra tout t'expliquer.

— Pourquoi elle ne m'en a jamais parlé ?

— Pour ne pas te perturber, pour ne pas que tu te sentes différente, il y a des tas d'explications possibles.

— Tout ce qui a fait ma vie jusqu'ici est en train de s'effondrer, j'ai l'impression que tout le monde ment !

Au moment où il s'apprête à répondre, la voix synthétique les fait sursauter de concert.

— Un visiteur se présente à votre porte. Il est identifié comme étant Nilo 5 897. Est-il autorisé à pénétrer à l'intérieur ?

Aylan secoue la tête. Il y a des détails sur cette île auxquels il ne s'habituera jamais, mais il est très content de voir Nilo, sans doute la seule personne susceptible de lui venir en aide.

— Oui, laissez-le entrer, ordonne Analia.

Quelques secondes après, Nilo pénètre dans la cellule. Il est assis dans un siège mobile qui semble flotter dans l'espace.

— Bonjour, les jeunes. Aucun commentaire sur ce siège, je vous prie. Et évitez également les regards pleins de compassion. J'ai accepté ce fichu truc parce que c'était le seul moyen de venir jusqu'ici. Et je voulais te voir, petit ! T'as sauvé cette famille, tu sais.

— Laissez tomber Nilo, dit Aylan en esquissant un sourire, Aïko n'arrête pas de me dire que je suis un héros.

En ce moment, il doit être en train de faire une statue en algoplast à mon effigie.

— Oh ! je ne suis pas venu te dire que t'es un héros, même si t'en es un, je suis juste venu te dire… merci. Remarque, je t'ai déjà remercié quand tu étais au centre de soins, mais t'avais un peu la tête sous le lagon à ce moment-là. Je ne suis pas certain que t'aies bien entendu, ajoute-t-il avec un clin d'œil. Plus sérieusement, Jaine m'a dit que tu avais des questions à me poser, dit-il en approchant son siège mobile d'Aylan. Je suis là et je t'écoute.

— Oui, à part vous, je ne vois pas qui pourrait m'aider.

— Je ferai tout ce que je pourrai, ça, je peux te l'assurer. Qu'est-ce que tu veux savoir ?

— Pour commencer, avez-vous déjà entendu parler d'un certain Othon ?

Nilo lui lance un regard perplexe.

— Othon… si c'est la personne à qui je pense, c'est… un vieux, très vieux fantôme ! Comment diable as-tu entendu parler de lui ?

— Peu importe grand-père, dit Analia qui s'est approchée à son tour. Tu sais qui c'est ?

— Oui, j'ai connu quelqu'un qui s'appelait ainsi, en effet. C'était il y a très longtemps. Quand je suis arrivé sur cette île, il devait avoir quelques années de plus que moi. Il venait d'une famille qui se situait dans les 30 ou les 40 et c'était un jeune homme plein d'avenir. Brillant. Respectueux. D'une beauté presque irréelle. Il est tombé amoureux d'une quinze, la communauté a validé leur union et il est très vite devenu extrêmement important dans l'archipel. Mais c'était quelqu'un de bien, pas comme les autres qui te font croire qu'ils se soucient de toi, mais qui veulent juste que tu restes à ta place, il était… comment dire ? Réellement attentif aux autres : il essayait vraiment de faire en sorte que chacun trouve sa place et il tentait d'étendre le modèle d'Eden Island à d'autres îles.

— Comment ça ? demande Aylan en fronçant les sourcils. Moi, j'ai plutôt l'impression que l'archipel est complètement fermé !

— Il n'en a pas toujours été ainsi, rectifie Nilo en se tournant vers l'adolescent. Othon pensait, à juste titre, qu'on ne pourrait régler le problème des sans bracelet qu'en les aidant à avoir de meilleures conditions de vie. Il était un des rares à avoir compris qu'une minorité de privilégiés au milieu d'un océan de pauvreté allait forcément créer des problèmes. Alors, il recrutait des gens sur les autres îles, il les faisait venir ici pendant un certain temps et il les formait pour qu'ils exportent nos connaissances à l'extérieur. Il leur fournissait du matériel aussi…

— Mais c'était formidable, ne peut s'empêcher de remarquer Analia.

— Oh, ça marchait plus ou moins bien et c'était loin d'être simple ! Tout le monde n'était pas d'accord avec ce qu'il faisait, loin de là. Ils étaient nombreux à penser qu'il mettait la communauté en danger. Trop de contacts avec l'extérieur ! Des fois que la misère soit contagieuse ! Sa grande idée était qu'on puisse un jour abattre la barrière. Et ça, je peux te dire que ce n'était pas du goût de tout le monde. Bref, les avis le concernant étaient partagés et il faisait peur à un certain nombre de personnes. Mais ce type-là respirait le bonheur et la sérénité et de ce fait, il avait envie de rendre le monde meilleur. En tout cas c'est l'impression qu'il me donnait.

— Une sorte de bienfaiteur de l'humanité ? suggère Analia.

— En quelque sorte ! Comme il avait un véritable charisme et jouissait de la confiance du comité des Dix, personne n'osait s'opposer ouvertement à ses idées ! Donc il poursuivait son œuvre et continuait à former des sans bracelet…

Nilo fait une pause, fouillant sa mémoire et tentant d'en extraire des souvenirs précis.

— Puis un jour tout a basculé. À cette époque-là, malgré les efforts qui étaient faits pour les aider, il y avait déjà des sans bracelets qui essayaient de franchir la barrière et un matin, depuis le rivage, on a vu le corps d'un petit gamin qui flottait sur l'eau. Ça arrive parfois, on a vu ça récemment encore, que des enfants menus passent à travers le champ de force… À cette époque-là, Iriana, la femme d'Othon, était enceinte et elle se trouvait parmi les passants qui ont aperçu l'enfant… Il lui a semblé que le gamin essayait de tendre le bras vers eux. Elle a supplié les personnes présentes de l'aider, mais personne n'a réagi, d'autant plus qu'une voix diffusée par les haut-parleurs annonçait l'arrivée des secours et interdisait à quiconque d'intervenir sous peine de sanction. Et elle, elle hurlait aux gens qu'il fallait l'aider, qu'après il serait trop tard.

— Tu étais là ? demande Analia.

— Non, mais un très vieil ami à moi a assisté à toute la scène, c'est lui qui m'a raconté. Il n'a pas réagi, il pensait que l'enfant était déjà mort et il ne voulait pas perdre de voyants verts. Cette histoire l'a hanté pendant longtemps. Il n'était pas sûr d'avoir bien agi en obéissant aux ordres.

— Qu'est-ce qu'il s'est passé ? demande Aylan.

— Comme personne ne semblait décidé à bouger, elle s'est jetée à l'eau et a nagé jusqu'à lui pour tenter de le sauver. Les forces de l'ordre sont arrivées quand elle entreprenait de le ramener vers le rivage et ils l'ont évacuée sans ménagement. Le gamin respirait encore quand ils l'ont sorti de l'eau, mais il est mort quelques heures plus tard au centre de soins.

— Et ensuite ? interroge Aylan qui ne quitte plus Nilo des yeux.

— Elle a perdu son bébé quelques jours plus tard…

— C'est une horrible histoire, remarque Analia.

— Bien plus horrible encore que ce que tu crois, enchaîne Nilo d'une voix un peu rauque. Quelques mois plus tard avait lieu la cérémonie des étoiles. Le bâtiment principal avait la forme d'une tour assez haute dans laquelle on avait aménagé des terrasses pour que les gens puissent mieux voir le spectacle dans le ciel. Les moins de cent étaient sur la terrasse la plus élevée et au moment où les premières notes de musique ont retenti, Iriana s'est levée et s'est jetée dans le vide…

Alors qu'il évoque ces évènements, Nilo a le regard perdu dans le vague comme si les images de ce lointain passé ressurgissaient lentement devant lui. Les deux adolescents, parfaitement immobiles, sont suspendus à ses lèvres.

— C'était si inattendu que son mari n'a pas eu le temps d'intervenir, pas plus d'ailleurs que les autres personnes présentes sur la terrasse. C'était la première fois que quelqu'un se donnait volontairement la mort sur l'archipel ! Les autorités ont parlé d'un « dysfonctionnement neurologique ». Je me souviens du flash comme si c'était hier. Ils ont dit que c'était un cas très rare et ont fait part de leur profonde tristesse ! Le lendemain, le corps a été descendu à la Centrale pour le préparer et le jour de la cérémonie, Othon avait disparu ! Il y a ensuite eu un bref communiqué expliquant qu'il avait été expulsé pour haute trahison.

— Mais pourquoi ? interroge Aylan.

— Oh, il n'y a eu aucune explication. Quand des gens sont expulsés, les dirigeants en disent toujours le moins possible, et là, en plus, c'était l'un des leurs. Ici, les habitants posent peu de questions, tu sais. Du coup, toutes les informations le concernant ont immédiatement été effacées. C'est comme s'il n'avait jamais existé ! Volatilisé ! Disparu ! Rayé de l'archipel !

— Mais comment est-ce possible ? insiste Analia. Du jour au lendemain, il serait devenu un traître ? Parce que sa femme s'est jetée dans le vide ?

— En même temps, il a peut-être mal pris que personne n'ait essayé d'aider sa femme à sauver l'enfant ! remarque Aylan. Si quelqu'un s'était jeté à l'eau à sa place, elle n'aurait pas perdu son bébé et ne se serait jamais jetée dans le vide ! On se révolterait pour moins que ça ! C'est peut-être lui qui a voulu partir ! Comment aurait-il pu continuer à vivre ici après ça ?

— Peut-être, admet Nilo. Il n'a plus supporté de demeurer au milieu d'une bande de stupides moutons entièrement soumis aux dirigeants. Mais de là à parler de haute trahison ! À l'époque, j'ai été extrêmement surpris. Comme tout le monde. C'est vrai qu'il était en contact avec l'extérieur, mais jusqu'à la mort de sa femme, il n'y avait jamais eu le moindre problème. Difficile de devenir un traître comme ça, du jour au lendemain.

— Pourquoi on l'aurait expulsé, alors ? l'interroge Analia.

— Je pense que certaines personnes étaient bien contentes de se débarrasser de lui. En plus, la veille, il s'est passé une chose étrange. Quand c'est arrivé, je travaillais dans les conduits qui mènent à la Centrale. Et je sais qu'il a essayé de descendre. Je l'ai vu, mais je n'en ai jamais parlé à personne, j'ai pensé qu'il voulait voir une dernière fois le corps de sa femme et j'ai jugé que ça ne me regardait pas. En tout cas, après ça, il n'a plus jamais refait surface. A-t-il réussi à descendre ? A-t-il été arrêté avant ?

Il se tourne vers Aylan et plonge son regard dans le sien.

— Maintenant, tu vas me dire comment tu as entendu parler de ce vieux fantôme. Et sache que « peu importe » ne me suffira pas comme réponse, ajoute-t-il avec un regard menaçant à l'intention de sa petite fille.

Analia lui rapporte aussitôt ce que lui a dit Idrian.

— Toi qui le connaissais, ça te semble possible qu'il revienne des années après, pour tuer des gens ? demande-t-elle.

Nilo la regarde pensivement :

— J'aimerais dire que non. C'était pas du tout un tueur, bien au contraire, plutôt le genre de type qui veut sauver le monde entier ! Ou alors, il faudrait qu'il ait découvert quelque chose de vraiment terrible là-dessous. Le genre de chose qui transforme un homme à jamais !

Ils restent quelques instants silencieux.

— En admettant que ce soit le cas, reprend Aylan, vous pensez qu'il aurait les moyens de détourner des avions, d'envoyer des gens ici ?

— Ça viendrait de lui cette espèce de tête de mort qu'on a vue dans le ciel ? Difficile à imaginer ! Mais va savoir ! C'était tellement étrange, cette voix venant de nulle part qui s'adressait directement au fondateur comme s'il était encore parmi nous et qu'il lui en voulait personnellement ! Tu poses beaucoup de questions, petit, et j'ai peu de réponses, hélas ! conclut Nilo d'un ton désabusé. Ici, quand on veut se débarrasser de quelqu'un, on ne le tue pas, on ne l'emprisonne pas, on le met dans un solavion et on l'expulse sur une île située le plus loin possible pour être bien certain qu'il ne revienne jamais. Les distances entre les îles sont énormes. Il aurait fallu qu'il parvienne à survivre dans un milieu hostile, ce qui à mon avis n'est pas gagné pour quelqu'un qui a toujours vécu dans la communauté, qu'il parvienne ensuite à se rapprocher et qu'il se fasse des alliés. Tout cela est peu probable, mais ce n'est pas impossible non plus. S'il est toujours en vie, c'est un très vieil homme aujourd'hui, encore plus vieux que moi. Et il semble avoir de sacrés moyens, c'est pas donné à tout le monde de désactiver l'énergie au point d'éteindre la barrière. Même quelques instants ! Je me demande comment il s'y est pris ! Bon, si tu as raison, les dirigeants doivent être sur sa piste… d'autant plus qu'il a menacé de lancer d'autres attaques.

— Je n'ai aucune confiance dans vos dirigeants, répond Aylan d'une voix agacée.

— Là, je te comprends, petit, moi non plus je ne leur fais pas confiance, mais que peux-tu faire de concret pour l'instant ? demande Nilo en le regardant d'un air interrogateur.

Leur dialogue est à nouveau interrompu par la voix qui annonce l'arrivée de Shani, Analia se lève pour aller l'accueillir.

— Il faut que je trouve un moyen d'agir, poursuit Aylan. Je ne peux pas rester ici alors que ma mère et ma sœur sont en danger. Je dois parvenir à quitter l'archipel. Mais avant toute chose, il faut que je puisse entrer en contact avec Joao ! C'est mon ami, il fait partie des migrants qui ont passé la barrière. Lui doit savoir ce qui s'est passé ! Vous connaissez bien cet endroit, vous devez m'aider. Pour le moment, tous les migrants sont cantonnés sur un îlot isolé, mais ça ne va pas durer, ils vont les expulser. Je dois faire vite !

Alors que Nilo le regarde d'un air perplexe, Shani pénètre dans la pièce de sa démarche dansante. Elle esquisse une sorte de révérence ironique devant Aylan avant d'annoncer :

— J'ai entendu ce que tu viens de dire. Tu vas peut-être avoir du mal à le croire, mais la solution à ton problème se tient devant toi ! Et c'est moi ! ajoute-t-elle avec un clin d'œil.

Chapitre 19

« Quelles que soient les circonstances, les élans dictés par l'émotion ne doivent en aucun cas prévaloir sur les règles fixées par la société sous peine de déséquilibrer l'ordre établi et de sombrer dans le chaos. »

Extrait du journal de Jonas Samson

Lorsqu'elles débarquent avec les autres volontaires sur l'îlot réservé aux réfugiés, Shani et Analia savent qu'il faudra jouer serré si elles veulent entrer en contact avec Joao. En s'inscrivant au programme d'aide aux « résidents temporaires » – selon la formule officielle –, Shani n'avait tout d'abord pensé qu'à regagner les quelques voyants verts qui faisaient cruellement défaut à son bracelet. Elle devait également s'avouer qu'elle était curieuse de rencontrer dans la réalité ces gens dont elle voyait les visages décharnés lors des flashes spéciaux. Il se disait tellement de choses à leur sujet ! Puis elle avait naturellement inscrit sa meilleure amie, pensant qu'un tel projet serait susceptible de les rapprocher. Et quand elle était venue lui en parler, elle avait entendu qu'Aylan voulait entrer en contact avec l'un des migrants, et là, elle s'était dit que le hasard avait quand même sacrément bien organisé les choses. Si les deux adolescentes se trouvent sur l'îlot, c'est non seulement pour apporter leur aide, mais aussi pour trouver des réponses. Aylan compte sur elles, et elles ont bien l'intention de ne pas le décevoir, cependant, elles savent qu'il faut agir vite car les

« résidents temporaires » vont très rapidement être expulsés.

Après avoir vérifié l'accréditation sur leur bracelet, un gardien leur indique leur mission qui est, a priori, d'une extrême simplicité : il s'agit de distribuer des pastilles hydratantes aux sans bracelet. C'est parfait en ce sens qu'elles vont pouvoir circuler librement. Chacune va couvrir une partie du camp avant de revenir exactement au même endroit pour reprendre la navette, l'îlot étant temporairement entouré d'un champ de force. « Il s'agirait pas que tous ces barbares s'éparpillent dans l'archipel », précise l'homme en jetant un regard méprisant vers les réfugiés. « D'ailleurs, ceux qui ont essayé de faire un petit plongeon pour aller visiter l'archipel sont vite revenus, un peu plus raides qu'au départ », ajoute-t-il avec un ricanement mauvais. Essayant tant bien que mal de masquer la répulsion que leur inspire le gardien, les deux adolescentes prennent les boîtes qu'il leur tend tout en écoutant ses dernières recommandations : aucun contact physique, rester neutre, parler peu, mais laisser traîner leurs oreilles au cas où elles glaneraient des informations. Elles se dirigent ensuite vers le camp en se demandant toutes deux quel genre d'information il espérait qu'elles lui rapportent. Qui, sur l'archipel, pouvait raisonnablement croire que ces pauvres misérables avaient quoi que ce soit à voir avec l'attentat ? Shani adresse un petit signe à son amie avant de s'éloigner de son côté.

Des abris gonflables bleus en forme de demi-sphères sont installés de part et d'autre du chemin et la plupart des gens restent assis, en groupe, à même le sol dans l'attitude résignée de ceux qui ne sont plus maîtres de leur destin. Bloqués entre deux mondes : rejetant celui qu'ils ont fui et rejetés par celui auquel ils aspirent. Enfermés dans le présent sans aucune maîtrise de leur avenir ! Par souci d'hygiène, on leur a fourni des combinaisons grises informes qui semblent contribuer à leur ôter toute identité. Ils ne sont pas maltraités, on les a nourris, on leur a permis de se laver, mais tout concourt à leur faire comprendre qu'ils ne sont aucunement à leur place dans cet archipel qui ne les tolèrera que très temporairement. Analia avance lentement, se penchant pour proposer les pastilles hydratantes que les gens regardent de prime abord avec méfiance. Elle prend alors le temps de leur en expliquer l'utilité, en particulier pour les enfants et les personnes âgées. Rassurés par son regard franc et son sourire encourageant, les réfugiés acceptent – pour la plupart – les pastilles qu'elle leur tend. Même si elle s'est préparée mentalement, le choc n'en est pas moins violent : elle sait qu'elle n'oubliera pas de sitôt les grands yeux des enfants qui la contemplent naïvement ou essaient de la toucher comme si elle était un être étrange et fascinant. C'est une chose de les voir sur un écran, c'en est une autre d'être confrontée aux mêmes êtres en chair et en os. La peau parcheminée d'une vieille femme dont le sourire révèle des dents noircies et clairsemées, le regard ouvertement hostile d'une adolescente aux yeux noirs, le rire insouciant de deux jeunes enfants aux boucles blondes qui ont improvisé un jeu avec quelques feuilles d'arbres. Un petit garçon pointant un doigt sur sa sœur en s'écriant « pan, t'es morte », sa mère le giflant plus fort que nécessaire puis serrant ses deux enfants en gémissant.

— Ils vont nous renvoyer, pas vrai ?

Analia baisse les yeux vers la jeune femme qui vient de s'adresser à elle. La peau hâlée, des yeux clairs, une épaisse chevelure rousse qui s'échappe d'un chignon qu'elle a maladroitement confectionné. Belle et fragile, elle tient un bébé endormi qu'elle a enveloppé dans une sorte d'écharpe. Ne sachant que répondre, l'adolescente se contente de hocher la tête.

— En nous chassant, ils condamnent mon bébé à mort, vous le savez ça ?

Elle dit cela d'une voix lasse tout en fixant Analia sans ciller.

— On est partis parce qu'il n'y a plus rien. On nous a pris le peu qu'on avait.

Elle s'interrompt pour regarder la pastille qu'elle tient dans la main.

— Avec ça, vous nous donnez quelques jours de vie de plus, c'est tout. Pourquoi ne pas nous laisser mourir là tout de suite ? Vous vous croyez plus humains juste parce que vous nous envoyez mourir loin de chez vous ?

Elle a prononcé ces paroles sans énervement, sur le ton du simple constat. Analia la fixe à son tour, incapable de trouver les mots justes. Tous les discours raisonnables des membres de la communauté sur la gestion des ressources, la nécessité de préserver leur mode de fonctionnement, s'effondrent soudainement dans les yeux clairs de cette jeune femme qui demande juste à préserver la vie du bébé qu'elle tient dans ses bras. Aussi se contente-t-elle de presser sa main en murmurant :

— Je suis désolée, je voudrais tellement faire plus pour vous aider, mais je n'ai aucun pouvoir.

— Vous m'avez écoutée, dit la femme d'une voix douce, vous êtes la première. Dites-leur qu'on n'a nulle part où aller. Peut-être que vous, ils vous écouteront.

Analia, désolée que la femme lui prête une importance qu'elle n'a pas, hoche la tête puis s'éloigne, les larmes aux yeux, honteuse d'une situation dont elle n'est aucunement responsable. « Rester neutre », avait dit le responsable. Mais comment s'y prenait-on pour rester neutre quand on était pour la première fois confrontée à la misère du monde ? Elle continue à distribuer des pastilles, s'efforçant d'agir comme un hologramme sans épaisseur ni état d'âme, simplement programmé pour accomplir sa mission. Elle regarde les gens qu'elle croise, fixant particulièrement les adolescents dans l'espoir de reconnaître Joao. Mais jusqu'à présent, aucun d'entre eux ne ressemble au jeune homme qu'Aylan lui a montré sur l'écran.

Shani a elle aussi quasiment terminé sa distribution et, dans quelques minutes, elle n'aura plus aucune excuse pour se trouver encore là. Elle a vainement cherché à reconnaître les traits de Joao dans le visage de chaque adolescent croisé dans le camp. S'apprêtant à faire demi-tour, elle jette un dernier regard circulaire, et là, contre toute attente, elle aperçoit le visage brun d'un jeune homme qui parle à une vieille femme et elle a immédiatement la certitude que c'est lui. Sachant qu'elle n'a pas une minute à perdre, elle s'approche rapidement de lui et pose la main sur son bras en demandant doucement :

— Joao ?

Il se tourne aussitôt vers elle pour la dévisager d'un air stupéfait.

— Je connais Aylan, enchaîne-t-elle aussitôt sans lui laisser le temps de réagir. Viens par-là, il faut que je te parle, je dois faire vite.

Toujours aussi abasourdi, il la suit derrière le bâtiment qui abrite les sanitaires.

— Aylan sait que je suis ici ? l'interroge-t-il aussitôt qu'il a repris ses esprits.

— Oui, il t'a vu dans un reportage, il a reconnu ton signe. On a très peu de temps, enchaîne-t-elle, je devrais déjà être revenue au bureau d'accueil. Pourquoi es-tu là ? Qu'est-ce qui s'est passé ?

Il la scrute quelques secondes de ses yeux noirs en se demandant s'il peut lui faire confiance, mais il semble très vite comprendre qu'il n'a pas pas d'autre choix.

— Bon, si vraiment tu connais Aylan, dis-lui que Pedrosa a été attaquée par des hommes armés. Rien à voir avec les misérables qui étaient venus avant. Ceux-là étaient habillés comme vous, ils avaient une technologie avancée. Tu lui diras qu'Oren est leur prisonnier, ainsi que des hommes de votre île, ils ont pris leurs solavions.

— As-tu vu la mère et la sœur d'Aylan ? s'empresse de demander Shani. Elles auraient dû revenir avec ce solavion !

— Non, d'après le guetteur, il n'y avait que des hommes. Une fois que les attaques ont commencé dans les villages, une partie de la population s'est réfugiée sur l'autre côté de l'île, certains habitants avaient commencé il y a plusieurs mois à construire des radeaux en agglomérant les déchets, c'est comme ça qu'on est partis. Avant qu'ils nous repèrent…

— Vous avez dit tout ça aux représentants de l'archipel ?

— Oui, bien sûr, et ils ont demandé des tas de détails. On leur a dit tout ce qu'on savait et en échange on espérait qu'ils allaient nous aider… au lieu de quoi…

Joao s'interrompt, car plusieurs solavions viennent d'apparaître dans le ciel. Au même moment, debout sur des disques aériens, des représentants de la sécurité, armés d'objets semblables à des matraques, intiment aux réfugiés l'ordre de se mettre en rang.

— Ils vont nous chasser, crie une voix féminine.

— Vous ne pouvez pas faire ça, hurle une autre voix en écho. On n'a nulle part où aller !

Très vite, le brouhaha s'amplifie et les réfugiés, loin d'obéir aux ordres, se dispersent dans la plus grande confusion. Aussitôt apparaissent d'autres représentants de la sécurité, qui, après s'être positionnés en cercle autour de l'îlot, commencent à ramener les réfugiés vers le centre à l'aide des matraques qui envoient des décharges suffisamment puissantes pour les obliger à battre en retraite. Les solavions se sont posés à l'extrémité de l'îlot, leurs rampes d'accès ouvertes comme des gueules béantes, prêtes à ingérer tous ces corps humains dont l'archipel ne veut pas. Mais les réfugiés offrent une résistance inattendue. Certains se munissent de tout ce qu'ils trouvent sur le sol et l'utilisent comme projectile pour déstabiliser les hommes sur leurs disques volants. Même si cela n'a pas grand effet, cela contribue à semer un désordre suffisamment important pour ralentir l'évacuation.

Certains réfugiés sont déjà montés à bord des solavions sans offrir de résistance, alors que d'autres courent dans tous les sens ou tentent de se cacher sous les abris. Un homme se jette à l'eau, semble heurter quelque chose d'invisible et son corps sans vie est immédiatement rejeté sur l'île. Des cris retentissent, la confusion s'intensifie encore. Shani et Joao n'ont pas bougé d'un pouce. Dissimulés derrière le bâtiment, ils n'ont pas encore été repérés par les autorités. Soudain ils voient un adolescent s'élancer et, dans un bond formidable, parvenir à s'accrocher à un des disques volants. Celui-ci se met à tournoyer, déstabilisant ainsi son occupant qui tombe au sol à quelques centimètres d'eux. L'agresseur lâche aussitôt le disque qui vient à son tour s'écraser à leurs pieds. Il n'en faut pas plus pour que surgisse dans l'esprit de Shani une idée totalement insensée. Elle se penche et, sans plus réfléchir, entreprend de dévêtir l'homme inconscient qui vient de s'écrouler sur le sol.

— Mais qu'est-ce que tu fabriques ? demande Joao qui l'observe sans savoir comment réagir.

— Tu veux voir Aylan ou tu veux te faire embarquer dans un de ces engins ? l'interroge-t-elle en le regardant brièvement. Bon, je connais la réponse alors tu vas faire ce que je te dis. D'abord, mets le casque et enfile ça, ordonne-t-elle en lui tendant la combinaison qu'elle vient d'enlever à l'homme.

Joao s'exécute sans plus poser de questions.

— Mets vite les chaussures, c'est ça qui va te permettre de tenir sur le disque. Et prends la matraque aussi, ça pourra toujours servir.

Il continue à faire tout ce que lui ordonne cette fille dont il ne connaît pas même le prénom, comme s'il pressentait qu'elle était l'unique porte de sortie pour échapper à cette indescriptible pagaille. Une fois Joao habillé de pied en cap, le visage protégé par un casque et la matraque accrochée à sa ceinture, Shani s'approche de lui et enroule ses bras autour de son cou. Mais plus rien n'étonne l'adolescent qui se contente maintenant d'attendre la suite dans un mélange d'effroi, d'excitation et de totale incompréhension.

— Bon maintenant, tu vas me prendre dans tes bras, monter sur le disque et hurler aux autres que tu m'évacues, car je suis blessée.

— Mais, je ne sais même pas comment ça marche ! objecte-t-il.

— Prends-moi dans tes bras et monte sur le disque, je vais t'expliquer, dit-elle d'un ton qui n'admet pas de réplique.

Joao regarde autour de lui. L'agitation s'est encore amplifiée, les réfugiés qui étaient montés dans les avions redescendent et entrent à leur tour en résistance, attirant toute l'attention des représentants de la sécurité. Joao se dit qu'après tout, cette fille n'est peut-être pas aussi folle qu'elle en a l'air. Il la soulève comme il l'aurait fait d'une plume et monte sur le disque.

— Et maintenant ?

— C'est tes pieds qui donnent l'impulsion. Tu appuies avec le pied droit pour t'élever et tu penches ton corps pour imprimer la direction, c'est aussi simple que ça ! Tu n'as qu'à imaginer que c'est un solar-surf, à mon avis ça marche à peu près pareil.

Il donne une impulsion, beaucoup trop forte sans doute, car ils s'élèvent si brusquement qu'ils manquent de chavirer.

— Eh ! Fais attention !

— Désolé de ne pas être un champion de la conduite dans les airs, réplique Joao d'un ton agacé tout en s'efforçant de mieux maîtriser cet engin au demeurant assez sommaire.

— Eh, toi, qu'est-ce que tu fabriques ? lui demande un homme qui s'était approché sur son disque.

— Elle a reçu un projectile sur la tête, je l'évacue en urgence, dit Joao en montrant le corps de Shani semblable, dans ses bras, à une poupée désarticulée.

L'homme hésite l'espace d'une seconde, mais il ne semble pas avoir vraiment le temps d'approfondir la question.

— Ok, vas-y, dépêche-toi, mais arrête-toi sur l'îlot le plus proche et appelle les secours, vous n'irez pas loin à deux sur cet engin. Et reviens vite ici, on n'est pas assez nombreux.

Puis il oblique aussitôt pour poursuivre deux hommes qui courent vers le rivage.

— Il faut que tu montes au moins à quatre mètres, sinon on va se cogner dans le champ de force, murmure Shani sans quitter sa posture de pantin démantibulé.

Joao s'élève le plus possible et s'éloigne de l'îlot en espérant que personne ne remarque sa conduite chaloupée. La dernière chose qu'il entend est la voix métallique qui ordonne aux réfugiés de se réunir au centre de l'îlot faute de quoi les représentants de l'ordre se verront contraints de les neutraliser définitivement.

— Oblique vers la gauche, ordonne Shani qui s'est redressée, il a raison, on ne va pas pouvoir aller loin. Là-bas, vers l'îlot des anciens.

Joao, qui depuis quelques minutes, a l'impression de ne plus rien contrôler, fait machinalement tout ce qu'ordonne cette étrange fille. Il a compris d'instinct comment fonctionnait le disque volant et parvient à atteindre sans encombre l'îlot qu'elle lui a indiqué. Dès qu'ils sont posés, elle regarde autour d'elle avant d'ordonner :

— Par-là, suis-moi avant qu'on nous repère !

Elle le conduit à travers un jardin tropical et pendant

qu'il zigzague au milieu de bassins remplis de nénuphars aux couleurs nacrées, Joao ne peut s'empêcher d'être frappé par la beauté du lieu. Même s'il n'y est pas le bienvenu, il se trouve bel et bien dans ce paradis dont il a tant rêvé. Quand ils arrivent près d'une étrange fontaine semblable à un rocher blanc et lisse autour duquel l'eau semble se jouer des lois de la pesanteur, elle s'approche de la cascade qui s'arrête miraculeusement à son contact et s'engouffre dans une cavité invisible de l'extérieur.

— Bon, pour le moment tu vas rester ici. Je ne sais pas s'ils nous ont repérés, mais de toute façon ça m'étonnerait qu'ils pensent à venir ici dans l'immédiat. L'îlot des anciens n'est pas très surveillé.

— D'accord, accepte Joao calmement, comme si la situation était on ne peut plus normale. Et après, c'est quoi la suite des évènements ?

Elle s'immobilise et le fixe quelques instants d'un air pensif. Puis elle lève les yeux au ciel en secouant sa chevelure brune avant de déclarer :

— Ça, je n'en ai pas la moindre idée pour l'instant !

Chapitre 20

« La sécurité à l'intérieur de l'archipel est en partie assurée par la conviction, profondément ancrée en chacun de ses membres, que le strict respect des règles établies est le socle fondateur de la communauté. »

Extrait du journal de Jonas Samson

Tous deux fixent Shani avec le même regard médusé.

— Mais qu'est-ce qui t'a pris ? parvient enfin à articuler Analia. Quand je t'ai vue t'éloigner dans le ciel dans les bras d'un gardien de la sécurité, j'ai cru que tu étais gravement blessée.

Shani secoue la tête avec impatience.

— C'est pour ça que ça a marché, tout le monde a cru que j'étais réellement blessée !

— Mais pourquoi as-tu pris un tel risque ? insiste Analia.

— Je ne sais pas, j'ai agi par instinct en fonction des évènements. Quand ce disque est tombé devant moi, je me suis dit que c'était une sorte de… signe !

— De signe ? répète Analia en la regardant comme si elle avait perdu l'esprit.

— Oui, je ne sais pas, un signe du destin, quelque chose comme ça ! s'agace Shani. Ils ne vont jamais ramener les réfugiés chez eux, ils vont s'en débarrasser beaucoup plus loin pour être bien certains qu'ils ne reviennent pas dans les parages ! Si je n'avais rien fait, tu n'aurais jamais revu Joao alors que maintenant vous pouvez agir !

— Ils peuvent agir ? répète Analia. Mais tu es complètement folle ! Dès qu'ils auront retrouvé l'homme que tu as déshabillé, ils vont immédiatement faire le lien avec toi. Il y a des caméras partout ! Et c'est toi qui vas être expulsée.

— Arrête de tout dramatiser ! Il n'y avait pas de caméra derrière le bâtiment. N'oublie pas que j'étais blessée et inconsciente ! On ne va quand même pas me reprocher de m'être fait enlever par un barbare qui m'a ensuite abandonnée sur le premier îlot venu ! réplique Shani en la défiant d'un regard amusé.

— Et tu crois qu'ils vont avaler ça ? Tu vas te faire expulser du lagon aussitôt qu'ils se rendront compte de ce que tu as fait ! C'est tout toi, ça : ne jamais réfléchir ! Foncer sans penser aux conséquences !

Même si Shani est sa seule véritable amie, sa sœur de cœur, son inconscience la désespère et cette fois-ci, force est d'avouer qu'elle a battu tous les records !

— Et c'est tout toi ça miss parfaite : faire la morale à tout le monde et ne jamais lever le petit doigt pour faire quoi que ce soit ! rétorque Shani en fixant Analia sans sourciller.

— Arrêtez, intervient Aylan, cette discussion ne sert à rien. Ce qui est fait est fait, même si c'est vrai que je ne t'aurais jamais rien demandé si j'avais su que tu allais prendre de tels risques, ajoute-t-il à l'adresse de Shani. Rentre chez toi mais reste sur la défensive. Je suis d'accord avec Analia, ils risquent de très vite découvrir le rôle que tu as joué dans cette affaire !

— On va aller tous les deux sur l'îlot des anciens, personne ne trouvera anormal qu'on aille faire une promenade avec mon grand-père, puis qu'on l'emmène s'asseoir près de la fontaine, ajoute Analia.

— Apportez-lui de quoi manger, recommande Shani, ainsi qu'une de tes combinaisons, Aylan. On le remarquera moins que dans une tenue d'agent de sécurité ! Et… n'oubliez surtout pas de le remercier de ma part pour cette incroyable promenade dans les airs ! ajoute-t-elle avec un regard provocateur destiné à son amie.

Un peu plus tard dans la journée, Analia est tranquillement assise avec son grand-père sur un banc près d'une fontaine. Aylan, quant à lui, semble fasciné par les mouvements de l'eau sur la surface blanche de la sphère. Il tourne autour comme s'il voulait en comprendre le fonctionnement et soudain, après s'être assuré que personne ne le regarde, disparaît à l'intérieur. Il ne s'attend pas à l'émotion qui lui serre soudain la gorge quand il aperçoit Joao assis contre la paroi. Au moment où il le prend dans ses bras et pose son front contre le sien comme quand ils étaient enfants, il sait que ce dernier partage le même sentiment. Il n'en est pas moins désarçonné par ses premières paroles.

— C'est quoi son prénom ?

— Hein ?

— La fille incroyable qui m'a amené jusqu'ici, une fille magnifique avec des yeux verts, je n'arrête pas de me demander comment elle s'appelle.

Aylan l'observe avec la plus grande perplexité avant de répondre :

— Shani, elle s'appelle Shani.

— Shani, c'est un beau prénom ! dit Joao rêveusement.

— Elle m'a dit que tu n'avais pas vu Anna et Louna sur Pedrosa ! enchaîne aussitôt Aylan, peu soucieux des accès de romantisme de son ami.

— Non, je ne les ai pas vues, répond-il en reprenant ses esprits. Quand tous ces types bizarres ont débarqué, j'étais plus loin sur la plage. Du coup je suis allé me réfugier près du grand rocher à l'ouest, beaucoup de gens y étaient déjà. Nous sommes restés cachés là plusieurs jours. Tu te souviens du petit Slim ? Ce gamin est agile comme un singe, capable de se glisser n'importe où sans qu'on le remarque. Alors on l'envoyait guetter. Les types en noir ont pris possession du village. Ils ont menacé les gens mais d'après ce qu'il a vu, ils n'ont tiré sur personne. Le lendemain, un solavion a atterri, l'homme qui est descendu était armé, il devait se méfier mais il est tombé dans un piège.

— Pourtant, elles devaient être dans cet avion !

— Non, sûr et certain ! Slim les aurait reconnues, si elles avaient été là ! Il n'y avait que cet homme !

— Mais ils sont nombreux ? Comment font-ils pour contrôler tout le monde ?

— D'après Slim, ils sont une bonne centaine, peut-être plus. Mais il en arrive d'autres au fur et à mesure. Ils veulent sans doute quadriller l'île. La plupart des gens peuvent aller et venir comme ils veulent, mais ils ont prévenu que s'il y avait une attaque, ils exécuteraient des villageois pris au hasard en représailles. Oren est retenu dans la maison du peuple et, apparemment, les gens du solavion sont emprisonnés à part. Si le type dans l'avion a pensé qu'il y avait un danger, il a peut-être déposé Anna et Louna sur une autre île !

— C'est ce que j'espère ! Je n'en peux plus de ne pas avoir de nouvelles ! dit Aylan, en se massant la nuque. Ils sont arrivés comment ces hommes en noir ?

— Les premiers dans un solavion et les autres dans des bateaux rapides à moteur ! On n'a même pas compris pourquoi ils venaient ni ce qu'ils voulaient ! Ils ont débarqué et en quelques minutes, ils étaient les maîtres de l'île !

— Je pense qu'ils se servent de Pedrosa comme base arrière pour venir ici, dit Aylan. Ils ont pu détourner deux solavions, celui où étaient le père d'Analia et celui de Naom, puis ils s'en sont servis pour attaquer Eden Island.

— Là-bas, j'étais complètement impuissant. Nous n'avons

plus de munitions, les routes sont coupées, enchaîne Joao, quand je suis monté sur le radeau avec les gens qui fuyaient, je pensais que si on arrivait jusqu'ici on nous aiderait à les chasser. Mais puisqu'ils sont capables d'observer l'île, ils devaient être au courant même avant qu'on leur dise ! Comment ça se fait qu'ils ne sont pas intervenus ? Ils ne viennent même pas au secours de leurs propres hommes ?

— Je n'en sais absolument rien, dit Aylan en secouant la tête. Peut-être que les caméras ont été détruites ou bien qu'il n'y en a pas en permanence. Il faut qu'on parte d'ici le plus rapidement possible, je dois retrouver ma famille.

— Quel est ton plan ? demande Joao avec une grimace.

— Essayer d'aller sur une île voisine. Je pense qu'ils vont lancer une attaque, mais le problème est qu'il risque d'y avoir beaucoup de victimes : d'un côté comme de l'autre. Je ne pense pas qu'ils se soucient beaucoup des habitants de Pedrosa ! Ils vont se faire la guerre et notre île sera leur champ de bataille. Il faut qu'on essaie de trouver de l'aide ailleurs qu'ici... qu'on entre en contact avec Oren... Je suis certain qu'il y a encore des armes et des munitions cachées quelque part. La résistance va forcément s'organiser. Mais pour commencer, il faut trouver un moyen de partir d'ici.

— Pour moi, rien de plus simple, remarque Joao, je sors de là, ils m'arrêtent et ils m'expulsent !

— Et tu te retrouveras à des milliers de kilomètres sans aucun espoir de retour. Non, il faut partir d'ici, mais que ce soit nous qui décidions de l'endroit où nous allons.

— Mais tu n'es pas censé rester ici pendant au moins deux ans ? objecte Joao.

— S'ils n'ont pas ramené Louna et Anna à Pedrosa, le marché tombe à l'eau. Il faut que je trouve un moyen d'entrer en contact avec Naom pour savoir ce qui s'est passé.

— Ça fait deux fois que j'entends ce nom ? Qui est-ce ?

— C'est lui qui m'a recruté et c'est également lui qui était chargé de ramener Anna et Louna sur l'île. Je crois qu'on peut lui faire confiance, déclare Aylan.

— Pour le moment, il est aux mains des types en noir. C'est qui d'ailleurs ces types ? Tu le sais, toi ?

— Des gens qui ont probablement été formés par un banni d'Eden Island, un certain Othon, mais ce ne sont que de simples suppositions ! Nous ne sommes sûrs de rien pour l'instant !

— En tout cas, ce qui est sûr c'est qu'ils ont l'air de vous détester, remarque Joao.

Aylan regarde son ami droit dans les yeux.

— Ne dis pas « vous », je ne suis pas un des leurs et je n'ai aucune intention de m'attarder ! Il va falloir que je trouve de l'aide, pour le moment tu ne bouges surtout pas d'ici. Ils savent que quelques personnes ont échappé à l'expulsion, mais ils pensent qu'ils sont peut-être morts à cause du champ de force. Ils cherchent des cadavres. Par miracle, il n'a pas été question pour le moment de ta balade sur le disque volant, mais ils ont appelé la population à la plus grande vigilance. Si on te voit dehors sans bracelet, tu seras dénoncé dans la seconde.

— Tu crois que je vais la revoir avant qu'on parte ? demande Joao en prenant son bras.

— Qui ? demande Aylan distraitement.

— La fille aux yeux verts, Shani !

— Je ne veux pas te décevoir mais ça m'étonnerait, elle a déjà pris des risques démesurés pour t'amener jusqu'ici ! Mais je veux bien te présenter sa copine, propose-t-il sous le coup d'une soudaine impulsion, je lui ai parlé de toi, elle meurt d'envie de faire ta connaissance !

Aylan s'approche de la cascade et appelle doucement Analia. Pendant qu'il sort, elle se faufile discrètement à l'intérieur.

— Salut, dit-elle en s'approchant de lui, je m'appelle Analia, je t'ai apporté de quoi manger.

Puis elle lui tend la main en se disant que ça le rassurera de la voir respecter ses coutumes. Il prend sa main tout en contemplant rêveusement le gracieux visage encadré d'une cascade de boucles brunes qui se penche vers lui.

— C'est tout bonnement incroyable ! murmure Joao en haussant les sourcils pour marquer son étonnement.

— Que tu sois ici ? Oui, c'est assez incroyable en effet, en général personne n'arrive jusque là sans y avoir été invité, remarque Analia. Shani est complètement folle : si on te découvre, ta situation risque d'être bien pire que si tu avais été expulsé avec les autres ! Et la sienne aussi !

— Elle est peut-être folle, oui, c'est l'avenir qui le dira, mais ce n'est pas de ça dont je parlais, répond Joao en souriant béatement. Ce qui est incroyable, c'est que je sois tombé coup sur coup sur les deux plus belles filles de l'île ou alors… il semble méditer son idée quelques instants avant d'enchaîner : ça voudrait dire qu'ici toutes les filles sont comme vous deux ?

Analia, d'abord stupéfaite, ne peut s'empêcher d'éclater de rire à son tour.

— Et quand je pense qu'on ne veut pas de moi dans ce monde-là…, conclut Joao avec une mimique navrée.

Chapitre 21

« L'archipel est un environnement hautement sécurisé. La violence du monde doit être tenue à l'extérieur, d'où l'absolue nécessité d'ériger une barrière infranchissable. »

Extrait du journal de Jonas Samson

— Je vais t'aider, mais avant tu vas me promettre une chose.

— Laquelle ? demande Aylan en regardant Nilo assis à côté de lui sur le banc.

— Tu vas me promettre de laisser ma petite fille en dehors de tout ça ! L'archipel est loin d'être parfait, mais ici au moins elle est protégée ! S'il lui arrivait quelque chose, je ne me le pardonnerais jamais.

— Vous n'avez pas besoin que je vous promette quoi que ce soit, répond Aylan, en le fixant sans ciller, je n'ai aucune intention de la mettre en danger !

— Bon, si on est d'accord sur ce point, reviens ici à la tombée de la nuit, je te présenterai une de mes copines, dit-il en se levant.

Devant l'air perplexe d'Aylan, il croit bon d'ajouter :

— Tu verras, tu ne seras pas déçu !

Puis, sans en dire davantage, il s'éloigne en claudiquant légèrement dans l'allée bordée de massifs de fleurs qui déversent leurs cascades de corolles rouges sur d'immenses feuilles vertes aux bords dentelés.

Après avoir raccompagné Analia, l'adolescent décide d'aller faire du solar-surf. C'est encore le meilleur moyen de tromper son impatience en attendant la tombée de la nuit. Tout en glissant souplement sur les vagues, il ne cesse de penser à Joao caché sous sa fontaine. Comme il aurait aimé qu'il soit, en cet instant, sur une planche à côté de lui ! Seulement Joao n'a pas le droit d'être là, pas plus que les autres sans bracelet qu'on a dû, à cette heure, déposer sur une île quelconque dont la principale qualité est sans doute d'être suffisamment éloignée pour qu'ils ne reviennent jamais cogner leur misère contre la barrière ! Cela lui rappelle une histoire qu'Anna lui racontait quand il était petit : un homme et une femme étaient au paradis, et un jour, il ne savait plus très bien pourquoi, Dieu les avait chassés ! Qui sont donc, aujourd'hui, ces hommes qui se prennent pour des démiurges en décidant ainsi du destin des autres ? Alors qu'il dérive lentement, enveloppé des limbes orangés du soleil déclinant, il sent soudain sa poitrine se déchirer, il aurait voulu hurler ses peurs et ses frustrations, détruire ces hommes qui érigent des barrières entre eux et le reste du monde, ouvrir les portes du paradis à tous ces misérables qui flottent sur leurs radeaux de déchets. Il ne peut s'empêcher de revoir le visage émerveillé de Louna quand ils avaient pique-niqué au bord de lagon. Où était-elle ? Naom l'avait-il réellement mise à l'abri ? Il accélère alors sa planche au maximum pour obliger son cerveau à se concentrer uniquement sur l'instant présent.

Quand il retrouve enfin Nilo quelques heures plus tard dans le jardin des anciens, ce dernier n'est pas seul. Une dame de petite taille, dont la chevelure blanche est coupée de telle sorte qu'on a l'impression qu'elle porte un casque sur la tête, se tient toute droite à côté de lui. La combinaison violette qu'elle porte est, d'étrange façon, agrémentée d'une sorte de dentelle noire finement ouvragée qui borde le col et les poignets. Un sourire bienveillant éclaire son visage rond parsemé de minuscules rides.

— Aylan, je te présente Idriss ! dit Nilo, la seule personne sur cet îlot qui accepte encore de me fréquenter !

Cette dernière lui tend la main comme si ce geste lui était naturel.

— Je suis ravie de faire ta connaissance, jeune homme. Nilo a l'air de beaucoup t'apprécier.

Aylan, un peu décontenancé, saisit la main tendue tout en se demandant de quelle façon cette charmante vieille dame va bien pouvoir l'aider.

— Je lis dans tes pensées, ajoute-t-elle en le regardant d'un air espiègle qui la rajeunit instantanément, tu te dis que Nilo est en train de te faire perdre ton temps en te présentant une vieille femme sans intérêt. Inutile de protester, dit-elle alors qu'Aylan s'apprête à ouvrir la bouche pour démentir, c'est ce que tu penses mais tu vas vite changer d'avis. Dis à ton ami de sortir de sa cachette, on va dans ma cellule.

— Mais, on va nous voir quand on va pénétrer dans le bâtiment, objecte Aylan en regardant Nilo pour s'assurer de son soutien.

— Pas d'inquiétude, réplique Idriss avec un geste méprisant de la main, j'ai mis des leurres sur les caméras, ils ne verront rien d'autre que les palmiers et les fleurs du jardin. On a plusieurs heures devant nous.

— Je te l'avais dit qu'elle était bien, rappelle Nilo qui semble aux anges.

Quelques instants plus tard, ils se retrouvent tous les quatre dans la cellule d'habitation d'Idriss. Joao regarde autour de lui et touche les matériaux qui l'entourent comme s'il ne parvenait pas à croire que tout cela puisse réellement exister. Idriss, avec une moue méprisante, leur indique une minuscule lumière rouge insérée dans le mur :

— S'ils regardent ce qu'on fait, ils verront deux gentils petits vieux en train de jouer aux échecs pendant deux bonnes heures au terme desquelles Nilo se fera battre, comme toujours, par la dame qui se tient devant vous. J'ai enregistré la séquence tout à l'heure !

— Un jour je t'aurai ! promet ce dernier.

— Dans tes rêves ! réplique-t-elle avec un petit sourire méprisant.

Plus elle parle, plus Aylan la trouve fascinante. On aurait dit qu'un lutin facétieux avait malencontreusement été enfermé dans un corps de vieille dame.

— Bon, passons aux choses sérieuses, dit-elle en s'installant dans une boule blanche qui prend aussitôt la forme d'un confortable siège. Ne me regarde pas comme si je venais d'exécuter un tour de magie, lance-t-elle à Joao qui l'observe d'un œil médusé. Installe-toi sur la boule à côté, tu verras que c'est très simple !

Pendant que Joao s'installe sur le siège avec la méfiance de celui qui s'apprête à dompter un animal sauvage, elle poursuit :

— Ce n'est pas simple de partir d'ici, il n'y a que deux façons : par les airs ou par la mer. La première est exclue, vous n'allez pas apprendre à piloter un solavion en quelques jours. Reste la mer…

— Mais il y a la barrière, objecte aussitôt Aylan.

— Oui et elle a été encore renforcée ces derniers jours, concède la vieille dame.

— En fait les bateaux qui partent d'ici passent sous la barrière, précise Nilo.

— Comment est-ce possible ? s'enquiert Joao qui ne cesse de se trémousser sur son siège afin d'en modifier la forme.

— Grâce à l'algoplast, c'est le matériau qu'on utilise dans toute l'île, expliqua-t-il à Joao, sa souplesse permet de modifier tous les objets, comme le siège sur lequel tu es assis. Même si c'est un peu plus compliqué, c'est pareil pour les bateaux. Quand ils sont sous l'eau, ils ressemblent à des sortes d'œufs allongés qui font fonction de sous-marin, puis, une fois à la surface, la coque se modifie pour en faire des bateaux rapides.

— Et on est censés s'enfuir en bateau ? interroge Aylan d'un ton sceptique.

— Si vous voulez partir, vous n'avez pas d'autre choix, affirme Idriss.

— Mais, on les prend où ces bateaux ? questionne Joao.

— Là-dessous, répond Nilo, en pointant le sol de son doigt. Il faut passer par les boyaux de la Centrale !

— Je ne veux pas vous manquer de respect, intervient Aylan, mais de mon point de vue, c'est absolument n'importe quoi ! Comment voulez-vous qu'on descende dans la Centrale ?

— C'est là que j'interviens, dit la vieille dame sur le ton qu'elle aurait adopté pour proposer une activité récréative. Figurez-vous qu'avant d'être une vieille dame qui s'ennuie au point de faire de la couture pour embellir cette affreuse combinaison, dit-elle en agitant la dentelle qui orne ses poignets, j'étais chargée du développement des bracelets et, sans me vanter, on peut dire que je suis une sorte de petit génie de l'électronique.

— Elle ne se vante pas, confirme Nilo, son talent m'a souvent été utile !

— Si tu veux dire par là que sans moi tu n'aurais plus un seul voyant vert, c'est vrai ! réplique-t-elle en regardant le vieil homme d'un air faussement sévère. Notez que je ne lui rends jamais tous ses voyants verts pour ne pas attirer l'attention, mais je fais en sorte qu'il lui en reste toujours deux ou trois ! Ils croient que leur système de sécurité est infaillible parce qu'ici, les gens sont tellement obéissants que personne n'a l'idée de s'y attaquer, mais en réalité, il est très rudimentaire, même avec les protections renforcées. Tous les efforts sont tournés vers l'extérieur, la sécurité intérieure est beaucoup plus sommaire ! Un système basique sans aucun raffinement ! Pour quelqu'un qui sait comment ça marche, ce n'est pas très compliqué à pirater. Bon, en même temps, ce que je vais faire aujourd'hui est une première, avoue-t-elle à Aylan, je vais modifier ton bracelet de façon à ce que tu puisses avoir accès au passage qui conduit au port. Je reconnais que je n'ai jamais fait un piratage de cette ampleur, mais ça devrait marcher, affirme-t-elle d'une voix assurée, il faudra juste que tu ne perdes pas de temps ! Quant à toi, Joao, je vais te mettre un faux bracelet, mais je ne pourrai pas le relier à l'ordinateur central…

— Son talent a quand même des limites, fait remarquer Nilo d'un ton ironique.

— Mais il aura l'air suffisamment réel pour ne pas attirer l'attention le temps que tu te rendes à la porte d'accès de la Centrale, termine-t-elle sans tenir compte de la remarque de Nilo.

Elle plonge ensuite la pièce dans l'obscurité et fait apparaître un plan en quatre dimensions.

— Regardez bien : vous voyez ici la partie flottante de l'archipel, au centre, la partie naturelle et autour toutes les extensions artificielles.

Elle déplace ensuite le plan pour leur montrer la partie immergée : un enchevêtrement inouï de tubes qui mènent à des sortes de sphères souterraines de dimensions plus ou moins importantes.

— Vous avez devant vous les entrailles de l'archipel. Comme vous pouvez le voir, la partie immergée est plus importante que la partie visible. Au centre, dit-elle en montrant la plus grande sphère du doigt. C'est la Centrale ! Mais vous, bien sûr, vous n'irez pas jusque-là ! Voici le chemin que vous devrez suivre.

Elle fait alors apparaître un serpent lumineux qui s'enfonce dans l'océan en empruntant plusieurs boyaux pour s'achever à une extrémité de forme circulaire, prolongée par huit bras, dont elle leur explique qu'il s'agit de la rampe de lancement des bateaux.

Aylan et Joao regardent la dame âgée assise en face d'eux avec, dans leurs yeux, le même mélange d'incrédulité et d'accablement.

— On descend, on vole un bateau et on s'en va, c'est ça le plan ? demande Aylan en regardant les deux vieillards comme s'il s'adressait à deux enfants totalement inconscients.

Idriss et Nilo opinent du chef d'un même mouvement.

— C'est bien le plan, en effet ! affirme Idriss comme si cela allait de soi.

— C'est vraiment gentil à vous d'essayer de nous aider, mais ça me paraît irréalisable, conclut Aylan en secouant la tête avec découragement. Ça suppose qu'on sache s'orienter là-dessous et que, si par miracle on parvenait à monter sur un bateau sans se faire intercepter, on arrive à le faire démarrer ! J'ai bien peur que vous ne surestimiez nos capacités !

— Pas simple, en effet, reconnaît Idriss en le regardant dans les yeux, mais je ne t'ai pas tout dit : je vais également modifier ton bracelet pour te permettre d'être en contact permanent avec Nilo, il connaît parfaitement bien les tuyaux de passage…

— Et je sais aussi piloter les bateaux ! ajoute ce dernier d'un ton où perce un soupçon de fierté.

— Il guidera tes faits et gestes en permanence, je ne dis pas que ça va être facile…

— Mais ça devient jouable, complète Aylan en regardant Joao qui hoche la tête en retour.

— Je te l'avais bien dit qu'elle ne te décevrait pas ma copine, conclut Nilo dont le visage chiffonné de rides affiche une satisfaction juvénile.

Chapitre 22

« Le chaos mondial ne nous a laissé d'autre choix que d'envisager Eden Island comme un monde entièrement clos. Aucun résident ne peut entrer ou sortir sans accord préalable d'un membre du comité des Dix. »

Extrait du journal de Jonas Samson

Depuis des heures, cette phrase insensée ne cesse de tambouriner dans sa tête : il va partir ! Bien sûr qu'elle sait qu'il veut quitter l'île depuis plusieurs semaines, mais son cerveau refuse tout simplement d'admettre qu'il va réellement passer à l'action. S'il s'en va, son départ sera définitif et ça, c'est inimaginable ! Tout en tentant vainement de finaliser son exposé, elle ne peut s'empêcher de penser qu'au moment où elle projettera la tour Eiffel dans la salle d'apprentissage, Aylan sera déjà loin d'Eden Island. Dans un endroit inconnu où le danger le guettera de toutes parts. Il n'est pas encore parti que, déjà, une horrible sensation de manque la déchire tout entière.

— J'aurais quand même aimé avoir le temps de mieux connaître Joao, déclare Shani tout en faisant apparaître dans la pièce l'hologramme d'une statue d'une femme élevant fièrement un flambeau vers le ciel, il m'avait l'air d'un garçon tout à fait intéressant.

— Arrête Shani, ordonne Analia avec agacement, cette statue n'était pas à Paris, elle était dans une autre ville qui s'appelait New York, elle n'a rien à faire dans notre exposé.

Shani fait aussitôt disparaître la statue en haussant les épaules.

— De toute façon, si tu veux mon avis, toutes ces vieilles villes englouties n'ont pas le moindre intérêt. C'est sur le présent qu'on devrait s'interroger, sur notre façon de vivre, tu ne crois pas ? Avec tout ce qui se passe en ce moment, je ne sais pas comment tu fais pour te concentrer sur ce stupide exposé, remarque-t-elle d'un ton irrité.

Analia s'arrête pour regarder son amie. Comment lui expliquer que ce « stupide » exposé comme elle l'appelle est juste censé mobiliser quelques cellules de son cerveau afin de lui permettre de ne pas devenir complètement folle. Tenir temporairement à distance toutes les images qui se cognent dans sa tête. Elle voudrait se confier à son amie, mais elle n'y parvient pas. Lui parler de son adoption ? Lui dire que sa vie n'a été qu'un vaste mensonge ? Quand elle voit les yeux rougis et le visage fatigué de Jaine, elle n'ose pas aborder la question avec elle. Un fardeau supplémentaire risquerait de la briser. Le mieux serait d'en parler à Nilo, mais elle n'en a pas eu l'occasion… Plus tard, quand les choses se seront calmées, si elles se calment un jour… Lui parler du déchirement que va lui causer le départ d'Aylan ? À quoi bon ? Elle choisit finalement d'aborder avec Shani un sujet moins personnel mais tout aussi douloureux.

— Quand je ferme les yeux, je n'arrête pas de revoir cette femme avec son bébé. Elle me dit que son enfant va mourir et moi, je ne peux rien faire. Avant, j'avais, au fond de moi une confiance aveugle dans le comité des Dix, je pensais qu'ils savaient vraiment ce qui était bon pour nous, mais maintenant je ne sais vraiment plus quoi penser. J'ai l'impression que tous les adultes sont des traîtres, qu'on nous cache tout. Plus j'y pense et plus je crois qu'il doit être possible de vivre autrement.

— On nous a toujours dit qu'on n'avait pas le choix. Dehors, beaucoup de gens meurent de faim, tu crois que c'est mieux ? objecte Shani sans réelle conviction.

— Je n'ai jamais prétendu que je rêvais de mourir de faim, rétorque Analia d'une voix lasse, mais tu ne crois pas qu'un autre monde est possible ?

— Moi, si je faisais partie de la classe dirigeante, je créerais un monde plus ouvert où on aiderait davantage les autres, où on les ferait profiter de notre technologie, un monde sans barrière où il ne te serait pas interdit d'aimer Aylan…

Analia, surprise par cette attaque directe, s'en veut de rougir violemment.

— Je crois qu'il est temps que tu y ailles, se contente-t-elle de répondre en tournant le dos à son amie.

— J'y vais, mais il faudra quand même qu'on reparle de tout ça ! déclare Shani qui presse affectueusement l'épaule de son amie avant de partir. Il est temps de faire tomber les barrières ! Toutes les barrières, ajoute-t-elle, avec un ample geste du bras. À tout à l'heure ! Quelque chose me dit que la cérémonie des étoiles va être animée, cette année !

Tout en regardant d'un œil distrait son amie qui s'éloigne, Analia pense avec nostalgie à toutes les cérémonies auxquelles elle a assisté depuis qu'elle est née. C'est l'occasion pour tous les habitants de l'archipel de se retrouver afin d'observer la voûte céleste. Les enfants apprennent le nom des constellations dont les contours sont surlignés dans le ciel par des lignes imaginaires. La soirée se termine invariablement par un spectacle époustouflant qui, ajoutant des hologrammes aux étoiles réelles, illumine le ciel nocturne de milliers de diamants qui dansent dans l'espace comme s'ils avaient été jetés là par la main d'un géant invisible. Quand elle était enfant, Analia attendait cette soirée avec une impatience fébrile, mais ce soir les choses sont extrêmement différentes. Aylan et Joao comptent mettre à profit la cérémonie pour quitter l'archipel, car exceptionnellement ce soir-là, l'île est plongée dans l'obscurité afin de permettre aux habitants de mieux observer la voûte céleste.

Afin de faciliter le départ des deux garçons, Analia a prévu d'accompagner Aylan près du sas d'entrée qui va lui permettre de descendre vers la Centrale pendant que Shani s'occupera d'amener Joao. Même si son amie lui avait fait remarquer que c'était imprudent, elle n'en avait pas démordu : elle allait le revoir et l'aider jusqu'au bout. Deux adolescents faisant une promenade dans la douceur du soir pour se rendre à la cérémonie des étoiles ne devraient pas attirer l'attention outre mesure. Ils avaient redouté, pendant un moment, que la soirée soit annulée à cause des troubles récents, mais les dirigeants, sans doute soucieux de montrer qu'ils avaient la situation sous contrôle, avaient annoncé par la voix d'Eléa 2 que le programme était maintenu et que la cérémonie serait grandiose. Elle s'efforce de s'en réjouir puisque cela va permettre aux deux garçons de mettre leur projet à exécution.

L'île commence déjà à s'assombrir quand la voix annonce l'arrivée d'Aylan. À peine a-t-il franchi le seuil qu'Aîko saute littéralement dans ses bras.

— Tu viens faire des hologrammes avec moi ? demande le petit garçon avec enthousiasme.

— Pas ce soir, mon bonhomme, dit-il en ébouriffant affectueusement ses boucles brunes, j'ai promis à ta sœur de faire une promenade avec elle au bord du lagon.

— Ça, j'arrive pas à y croire, tu préfères aller te promener avec une fille plutôt que de faire des hologrammes avec moi ! s'insurge Aîko en contemplant l'adolescent comme si ce dernier avait perdu la raison. Bon, d'accord pour la promenade, concède-t-il après quelques secondes de réflexion, mais ensuite on se retrouve pour regarder les étoiles ensemble, hein ?

— Laisse Aylan tranquille, ordonne Jaine qui vient de pénétrer à son tour dans la pièce.

Analia ne peut s'empêcher de remarquer à quel point sa mère, naguère si enjouée, a l'air exténuée. À chaque instant, la même question lui brûle les lèvres, mais elle ne peut se résoudre à lui infliger une douleur supplémentaire. Aylan est en train de se pencher vers le petit garçon qu'il serre dans ses bras.

— Tu es un grand garçon maintenant, Aîko, tu es capable de te débrouiller tout seul. D'ailleurs tu es bien plus fort que moi pour faire des hologrammes et reconnaître les étoiles ! Et en plus je suis sûr que tu vas très vite devenir un champion de solar-surf.

Le petit garçon se dégage avec brutalité tout en le fixant intensément.

— J'aime pas ta façon de dire tout ça. Toutes ces choses que je suis capable de faire tout seul ! On dirait…

— Aîko, intervient une nouvelle fois sa mère, viens par ici.

— Que toi aussi, tu vas m'abandonner ! conclut-il avant de partir en courant vers sa cellule.

Aylan le regarde partir d'un air navré sans pour autant essayer de le retenir.

— Ne t'inquiète pas, je vais aller lui parler, le rassure Jaine, tout est compliqué pour lui en ce moment.

Elle s'approche à son tour de l'adolescent et, pour la première fois depuis qu'ils se connaissent, le serre dans ses bras.

— J'ignore quels sont tes projets, mais sois prudent, murmure-t-elle en s'éloignant.

Puis elle se tourne vers sa fille et ses mots résonnent comme un avertissement.

— Je t'attends pour dîner. Ne sois pas en retard.

Analia la regarde à son tour. Cette femme au regard clair qui s'est toujours occupée d'elle avec amour et qui lui a menti pendant des années ! Comment réagirait-elle si elle lui posait cette simple question : qui sont mes vrais parents ? Mais ce n'est ni le lieu ni le moment. Elle répond machinalement à son sourire puis quitte la cellule avec Aylan. Une fois à l'extérieur, les deux adolescents marchent silencieusement dans l'obscurité. Les étoiles éclairent le ciel d'un éclat singulier pendant qu'une voix féminine aux inflexions veloutées s'échappe des divers haut-parleurs disséminés sur l'île : « nous allons en premier lieu observer la couronne boréale, offerte par un dieu à une jeune femme abandonnée par l'homme qu'elle aimait. » Toutes ces légendes contées lors de la cérémonie des étoiles ont toujours enflammé l'imagination d'Analia, mais ce soir elles prennent une résonance inhabituelle. L'air est doux, comme toujours sur l'archipel, et la brise transporte jusqu'à eux les effluves sucrés des plantes environnantes. Analia sent la main d'Aylan qui se glisse dans la sienne et ils continuent à avancer sans qu'aucun d'eux ne se résolve à briser le silence. Ils ne sont plus maintenant qu'à quelques mètres du sas qui permet de descendre dans la partie immergée de l'île. Elle ne peut s'empêcher de presser beaucoup plus fort cette main qui tient la sienne. Aylan l'entraîne derrière un mur de forme ondulée recouvert de plantes grimpantes afin d'attendre les deux autres adolescents sans se faire repérer.

— Il faut qu'on se sépare, maintenant, murmure-t-il comme s'il ne brisait le silence qu'à regret.

En disant cela, il la contemple longuement, comme s'il voulait graver à tout jamais chacun de ses traits dans sa mémoire.

— Tu es vraiment une chouette fille, ajoute-t-il.

Une vague de déception la submerge soudain. Il va donc la

quitter comme une bonne camarade, seulement ça ne lui suffit pas d'être une chouette fille, elle a besoin d'être autre chose de bien plus important, de bien plus signifiant… même s'ils ne se revoient jamais.

— La constellation du Phénix, poursuit la voix, selon la légende, tous les cinq cents ans, il se consume sur un bûcher pour renaître de ses cendres…

Elle lève la main et effleure doucement le visage qui lui fait face.

— Analia, non, ne fais pas ça, chuchote-t-il d'une voix sourde en repoussant doucement sa main.

Mais le tremblement qu'elle sent dans sa voix l'enhardit et, passant ses deux bras autour de son cou, elle attire son visage vers le sien. Il résiste une infime seconde, puis elle le sent capituler dans un gémissement étouffé. À son tour, il saisit sa nuque et l'embrasse avec toute la passion qu'il semble avoir contenue pendant des mois. Les sensations qu'elle avait éprouvées quand Idrian l'avait embrassée n'ont rien à voir avec cet élan sauvage qu'elle sent monter du fond de son ventre. Les lèvres imprégnées du goût salé de ses propres larmes, elle se presse contre lui tout en redoutant déjà le moment où s'achèvera cette frêle seconde de bonheur absolu. Loin de la satisfaire, leur long baiser ne fait qu'accroître son désir. Hors du temps, hors du monde, rien ne compte hormis ce corps plaqué contre le sien et ces bras qui la serrent à l'étouffer. Ne plus laisser le moindre interstice entre leurs deux peaux, se fondre l'un dans l'autre pour ne plus faire qu'un. Elle l'aime comme elle n'a jamais aimé auparavant, et l'idée qu'il va disparaître à jamais de son univers lui est soudain totalement intolérable. Elle éloigne à contrecœur sa bouche de la sienne pour murmurer ce qui lui paraît être une évidence :

— Je pars avec toi.

À peine a-t-elle dit cela qu'elle sent Aylan s'éloigner

instantanément. Il saisit ses poignets avec une détermination presque brutale pour la maintenir à distance.

— Jamais, tu m'entends ! dit-il d'une voix sourde. Je n'ai aucune idée de ce qui m'attend dehors et il est hors de question que je te sépare de ta famille ! Déjà ce soir, je n'aurais jamais dû accepter que tu m'accompagnes, j'ai fait une erreur, j'ai été égoïste, je voulais encore quelques instants avec toi...

— Aylan, supplie-t-elle, je veux venir avec toi ! Je suis une étrangère moi aussi, toute ma vie n'est qu'un mensonge.

— Ta famille t'aime, tu es protégée ici...

— Ce n'est pas ma famille, insiste-t-elle... peut-être ma famille se trouve-t-elle sur une des îles près d'ici...

— Chut ! intime-t-il en posant un doigt sur ses lèvres, il est hors de question que je te fasse prendre de tels risques, en plus Nilo me tuerait. J'espère juste qu'un jour...

— On se retrouvera, termine-t-elle à sa place. Mais tu n'y crois pas vraiment, n'est-ce pas ? Comment pourrait-on se retrouver si je ne pars pas avec toi ?

— Je n'en sais rien encore, mais j'ai la certitude qu'on se retrouvera.

Il approche à nouveau sa bouche de la sienne en murmurant la formule si chère à Louna :

— Parce que c'est ce que disent le soleil, la lune et les étoiles...

— Et elles ne se trompent jamais ! dit-elle avec une pointe d'amertume. C'est ce qu'on fait croire aux petites filles.

— Je pensais ce que j'ai dit à Louna et je pense aussi ce que je suis en train de te dire. En tout cas, je ferai tout ce qui est en mon pouvoir pour ne pas les faire mentir. Je te le jure, dit-il avant de saisir son visage entre ses mains pour l'embrasser avec passion.

— Il ne peut en être autrement, chuchote-t-elle d'une voix rauque, jure-moi qu'une fois que tu auras retrouvé ta famille, tu ne m'oublieras pas… tu feras tout pour revenir…

Elle s'interrompt car deux silhouettes approchent, qu'elle devine être Joao et Shani.

— Prends soin de toi, murmure-t-il en se détachant brusquement d'elle pour rejoindre Joao.

Elle voit Shani se fondre dans l'ombre avant que les deux garçons ne se rejoignent pour se diriger promptement vers le sas d'accès. Mais au moment où Joao passe près d'elle, un aveuglant rai de lumière balaie violemment le sol. La voix de velours qui conte les légendes célestes est momentanément couverte par les ordres donnés par une voix métallique beaucoup plus agressive :

— Ne bougez plus, vous êtes en état d'arrestation.

Aylan, aveuglé, s'immobilise aussitôt. Le faisceau de lumière est braqué sur lui. Shani et Joao sont encore dans l'ombre, mais il ne fait aucun doute qu'ils ont été repérés. Avant que quiconque n'ait eu le temps de réagir, Analia se précipite sur Joao. Quand le faisceau lumineux éclaire ce dernier, il menace l'adolescente de sa matraque.

— Si vous tentez de m'arrêter, hurle-t-il, je lui envoie la dose maximale et je ne pense pas qu'elle s'en remettra.

— Aylan 1254, Shani 1898, sans bracelet non identifié, vous êtes en état d'arrestation. Libérez immédiatement votre otage, reprend la voix métallique.

— Fonce vers le sas sans me lâcher, chuchote Analia à Joao.

— Lâche-la immédiatement, hurle Aylan.

— Désolé, c'est notre seule chance, répond l'adolescent en entraînant Analia avec lui. Active l'ouverture, Aylan.

— Lâche-la d'abord ! Tu m'entends, lâche-la ou je te ferai regretter d'être venu jusqu'ici !

— Ne sois pas stupide, dit Analia à voix basse, vous me relâcherez avant d'embarquer ! Dépêche-toi. Tu n'auras pas d'autre occasion, pense à ta sœur !

Elle sait que cet argument va porter. Aylan hésite encore une fraction de seconde puis dirige son poignet vers le sas qui s'ouvre aussitôt. Il se jette à l'intérieur, suivi de Joao qui tient toujours Analia, et quand la porte se ferme automatiquement, ils constatent que Shani est là aussi !

— Ce n'est pas la peine d'avoir l'air si étonné, lance-t-elle en les regardant tour à tour. Je vous signale qu'ils ont prononcé mon nom, je suis donc en état d'arrestation moi aussi, alors quitte à me faire virer de l'archipel autant que ce soit en bonne compagnie. Au fait, ajoute-t-elle à l'adresse d'Aylan, va falloir m'expliquer, comment, en même pas un an, tu as un chiffre de famille plus bas que le mien !

— N'oublie pas que sur cette île je suis un héros, rétorque ce dernier, mais quelque chose me dit que ça ne va pas durer !

Chapitre 23

« Recyclage : toute opération de valorisation par laquelle les déchets, y compris les déchets organiques, sont retraités en substances, matières ou produits aux fins de leur fonction initiale ou à d'autres fins. »

Extrait du journal de Jonas Samson

— Mille milliards d'hologrammes ! C'est comme ça que tu tiens parole, espèce de tronc de palmier décérébré ?

La voix de Nilo tempête directement dans le crâne d'Aylan, menaçant de le faire exploser.

— Je n'y suis pour rien, Nilo ! se défend l'adolescent, je n'ai pas pu faire autrement. Elle va rester avec nous le temps que nous accédions à la rampe de lancement des bateaux, après je vous promets qu'on la libère !

— T'as intérêt, tête d'algoplast, sinon t'auras pas besoin de la barrière pour te faire désintégrer ! Même si je suis un vieillard, j'aurais assez d'énergie pour te faire regretter d'être venu jusqu'ici ! Bon, active la caméra de ton bracelet pour que je vois où tu es, ajoute-t-il plus calmement.

Aylan, soulagé que la tempête au sein de son crâne semble sur le point de s'apaiser, s'exécute aussitôt pour montrer une salle circulaire d'où partent quatre identiques tunnels de formes sphériques.

— Prenez à droite; ordonne Nilo d'une voix bourrue que la colère n'a pas totalement désertée, et magnez-vous l'arrière-train. Maintenant que vous vous êtes fait repérer, pauvres têtards d'eau douce, je ne parierai pas cher sur vos chances d'arriver jusqu'aux bateaux. Au bout de cent mètres, prenez l'escalier sur votre gauche, n'utilisez aucun ascenseur sinon vous allez être faits comme des poissons dans le lagon.

Aylan transmet aussitôt les instructions et ils se lancent tous les quatre dans le tunnel luminescent qui s'enfonce en pente douce dans l'océan. Alors qu'ils atteignent une nouvelle alvéole, ils entendent la même voix métallique qui leur ordonne d'un ton impératif :

« Veuillez vous immobiliser et attendre l'arrivée des représentants des forces de l'ordre. Vous êtes en état d'arrestation. »

— Et puis quoi encore ? réplique Joao à la voix invisible.

— L'escalier est là, dit Aylan en se précipitant pour descendre les marches.

Pensant que chaque instant de leur fuite est sans doute filmé et enregistré, il tient fermement Analia par le poignet afin de donner l'impression que c'est contrainte et forcée qu'elle les suit. Maintenant qu'ils sont repérés, chaque seconde qui passe amenuise leurs chances, mais s'ils doivent être arrêtés, il veut au moins être certain qu'elle ne soit pas inquiétée.

L'escalier dans lequel ils se sont engagés semble ne pas avoir de fin. Alors que la voix qui les somme de s'arrêter débite son message en continu, les quatre adolescents s'enfoncent aussi rapidement qu'ils le peuvent dans les profondeurs de l'océan. Ils courent à un rythme effréné le long des tubes plongés dans la pénombre. Les virages se succèdent, les conduits s'enchaînent, la structure labyrinthique est encore plus vaste que ce qu'ils ont imaginé. Ils fuient, tête baissée, sans se regarder. La voix martiale résonne dans leur tête. Au bout de quelques minutes, ils parviennent enfin dans une nouvelle salle. Entièrement vide, ses parois blanches légèrement incurvées sont éclairées d'une lumière opalescente.

— C'est un cul-de-sac, constate Shani d'une voix désappointée en regardant autour d'elle.

En effet, hormis l'escalier par lequel ils viennent d'arriver, il ne semble y avoir aucune autre issue.

— Nilo ? On est coincé ! hurla Aylan.

— Calme-toi, répond aussitôt le vieil homme, et observe attentivement la paroi, tu vas voir un petit cercle lumineux apparaître par intermittence.

— On doit chercher un cercle sur la paroi, répète-t-il aussitôt.

Chacun d'eux scrute attentivement la pièce. Au moment où ils commencent à perdre espoir, Shani s'écrie :

— Là, le cercle, il est là !

— Ça y est, on le voit, enchaîne aussitôt Aylan.

— Colle immédiatement ton bracelet à la paroi, ordonne Nilo.

Dès qu'Aylan s'exécute, la paroi se dissout pour laisser place à un nouveau couloir. Par miracle, son bracelet fonctionne encore. Il ne peut s'empêcher de penser brièvement qu'Idriss doit être un véritable génie ! Mais alors qu'ils reprennent leur course effrénée, trois hommes armés, vêtus de l'uniforme noir des forces de l'ordre, apparaissent devant eux.

— Arrêtez-vous immédiatement, ordonne l'un d'entre eux.

— Si vous ne nous laissez pas passer, nous allons exécuter notre otage, réplique Aylan d'une voix qu'il tente de rendre la plus assurée possible.

Les hommes échangent un rapide regard entre eux.

— Tuez-la, réplique alors avec une glaçante sérénité celui qui se tient au centre.

Matraques levées, les trois hommes attendent, apparemment peu soucieux de la destinée d'Analia qu'ils regardent d'un œil totalement indifférent. L'adolescent, d'abord désarçonné, comprend très vite qu'ils ne sont pas dupes : l'otage est en réalité leur complice. Ils sont parfaitement conscients que leurs proies sont désormais à leur merci. Aylan ne voit plus d'issue possible. Peut-être que s'ils se rendent tout de suite, Shani et Analia pourraient encore s'en tirer avec seulement quelques voyants rouges ? Cela paraît improbable, la sanction sera forcément beaucoup plus grave. Elles seront jugées pour trahison. Comme Othon ! Mais il n'a pas le loisir de tergiverser davantage : Joao est en train de foncer sur leurs agresseurs en actionnant sa matraque. Sous l'effet de la surprise, il parvient sans mal à atteindre l'un des hommes qui s'effondre sur le sol en titubant, mais aussitôt les autres répliquent en se jetant sur lui. Les trois autres adolescents, sans autre forme de concertation, foncent sur les assaillants pour lui venir en aide. Aylan remercie intérieurement Oren de lui avoir enseigné la tactique de combat qui lui permet de neutraliser le deuxième homme : jambe droite qui fouette avec tout le poids du corps, talon qui s'écrase sur le menton, coup puissant sur la nuque. Chorégraphie parfaitement réglée et au bout de quelques secondes seulement, son adversaire gît à terre comme une poupée de chiffon. Aidé des deux filles, Joao vient à bout du troisième après une indescriptible mêlée au cours de laquelle chacun donne des coups aussi désordonnés que violents.

— Ben dis donc, dit Joao en regardant les deux adolescentes avec admiration, de vraies guerrières !

— L'énergie du désespoir plutôt, rectifie Analia en reprenant son souffle.

Laissant les trois hommes momentanément inanimés sur le sol, les quatre adolescents s'élancent dans le couloir.

— Foncez, je vous suis, ordonne Aylan qui, mû par une soudaine impulsion, décide de rebrousser chemin pour s'emparer des matraques.

Mais au moment où il se penche, un claquement sec se

fait entendre. L'un des hommes a retrouvé suffisamment de force pour lever le bras et tirer dans sa direction, parvenant à l'atteindre au bras gauche. Une vague brûlante horriblement douloureuse lui traverse le corps au point de le faire tomber à genoux. Analia, qui s'est retournée pour s'assurer qu'il les suivait, est le seul témoin de la scène. Elle fait aussitôt demi-tour pour lui venir en aide.

— Aylan, crie-t-elle, en se précipitant vers lui.

Mais à peine est-elle arrivée à sa hauteur que la paroi se referme derrière elle. Ils se regardent, atterrés. Comme l'homme qui l'a blessé tente de se relever, Aylan le neutralise à l'aide de sa propre matraque. Quand il se redresse, il tente de bouger son bras gauche : il est raide mais semble en bon état. Ils examinent ensuite attentivement la paroi, seulement leur recherche est vaine : le cercle qui actionnait l'ouverture semble avoir définitivement disparu.

— Nilo ?

Il prie intérieurement pour entendre à nouveau la voix bougonne du vieil homme. Et même quelques-unes de ces insultes dont il a le secret. Au lieu de quoi, seul un long silence lui répond.

— J'ai peur que le bracelet soit désactivé, constate-t-il en regardant Analia.

— On fait demi-tour, on n'a pas le choix. Tu es blessé ? demande-t-elle.

— Ce n'est pas grave, j'ai reçu un choc électrique, mais il m'a à peine effleuré. Mon bras est juste tétanisé.

Il frappe rageusement la paroi de son poing droit en s'exclamant :

— Shani et Joao sont de l'autre côté.

— Ça, je l'ai remarqué aussi, il faut absolument qu'on trouve un autre passage, réplique Analia d'un ton ferme.

— Non, on doit se rendre, affirme Aylan. Ils vont venir et

avec un peu de chance, tu ne seras pas expulsée.

— Mais tu rêves, répond-elle d'une voix exaspérée. Évidemment qu'ils vont m'expulser, ils ont compris depuis le début que j'étais ta complice ! Alors tu laisses tomber ? Tu abandonnes ta famille ? On a pris tous ces risques pour rien ? Je vais te dire, moi, ce qu'on va faire : maintenant qu'on est là, on va aller jusqu'au bout, on n'a pas d'autre choix !

Elle attend quelques secondes que son discours fasse son petit effet puis l'entraîne dans l'escalier.

— Il doit forcément y avoir des bifurcations, dit-elle.

Ils remontent les marches aussi vite qu'ils le peuvent tout en observant les parois lumineuses du couloir.

— Regarde, s'écrie soudain Analia en désignant le minuscule disque translucide à nouveau incrusté dans la paroi.

Aylan, sans trop d'espoir approche son bracelet. Contre toute attente, au bout de quelques secondes qui lui semblent durer une éternité, la paroi s'ouvre pour libérer un nouveau passage. Ils s'y engouffrent sans avoir la moindre idée de l'endroit où ce nouveau tunnel va les conduire.

— Ce n'est pas bon, dit Aylan après quelques mètres, il remonte au lieu de s'enfoncer.

— On n'a pas le choix, réplique Analia qui le précède de quelques pas. On doit continuer jusqu'à ce qu'on trouve une nouvelle bifurcation et qu'on puisse descendre à nouveau.

— Attends quelques secondes, je vais à nouveau essayer d'entrer en contact avec Nilo. Si la paroi s'est ouverte, c'est sans doute parce qu'Idriss est parvenue à réactiver le bracelet. Sans guide, on n'aura aucune chance dans ce labyrinthe !

Mais Analia ne l'écoute plus. Le couloir a abouti sur une étroite plate-forme circulaire entièrement vitrée qui surplombe une immense salle en contrebas. Elle s'est approchée du bord pour mieux voir. Quand Aylan – qui s'est arrêté quelques mètres en arrière – relève la tête, il est frappé par l'expression de sa compagne. L'incompréhension la plus absolue semble avoir investi chaque parcelle du visage d'Analia alors que ses yeux démesurément agrandis par la terreur regardent fixement quelque chose au niveau inférieur.

Chapitre 24

« L'algoplast constitue à lui seul 90 % des matériaux utilisés sur l'archipel. Son extrême flexibilité a permis de réaliser des structures mouvantes totalement innovantes. Les possibilités d'utilisation sont immenses et ouvrent la voie à des concepts inédits à ce jour. »

Extrait du journal de Jonas Samson

— Je ne sais pas comment tout ça va finir, dit Joao en regardant Shani d'un œil admiratif, mais je voudrais te dire que t'es la fille la plus fantastique que j'aie jamais rencontrée.

Après avoir couru à perdre haleine, les deux adolescents se sont arrêtés quelques instants afin de reprendre leur souffle.

— Toi, on peut dire que t'as vraiment pas le sens du timing, constate ironiquement Shani tout en tentant de réguler sa respiration. Tu crois que le moment est bien choisi pour me faire une déclaration ? Je te signale qu'on ne sait pas où on est et qu'on a perdu nos amis !

— Je sais, répond Joao. Mais c'était impossible de faire demi-tour. On doit continuer.

— Continuer ? On n'a même pas de plan…, objecte l'adolescente.

— Ce n'est pas un problème, rétorque-t-il avec assurance. J'ai vu le plan quand Idriss l'a projeté et j'ai une sorte de mémoire photographique, quand je vois quelque chose, j'en retiens les moindres détails.

Devant l'air sceptique de Shani, il se croit obligé d'ajouter :

— Bon, d'accord, je n'ai peut-être pas l'air d'un gars exceptionnel au premier abord, mais je t'assure que mon cerveau enregistre tout ce que je vois. C'est comme ça depuis que je suis tout petit ! Je ne le fais même pas exprès ! Je suis à peu près certain de pouvoir m'orienter, tu peux me faire confiance. Par contre, certains itinéraires sont certainement moins risqués que d'autres, et ça, sans Nilo, je ne peux pas le savoir. À mon avis, même si les chances sont minces, tout n'est pas perdu !

— Une chance infime, ça reste toujours une chance, conclut Shani avec fatalisme. Après toi, monsieur « je me souviens de tout » !

Ils reprennent leur course. Joao s'enfonce dans le dédale de boyaux, bifurquant parfois à droite ou à gauche sans la moindre hésitation. Shani le suit en se demandant s'il a vraiment photographié mentalement tout l'itinéraire ou s'il s'en remet simplement au hasard en comptant sur la chance. Elle n'a guère le choix : son destin est désormais entre les mains de ce drôle de garçon venu de l'extérieur dont elle ne connaissait pas l'existence quelques jours auparavant.

— Je pense qu'on ne doit plus être très loin du port, cachons-nous là, dit Joao avant de se plaquer dans un renfoncement de la paroi.

— Tu peux m'expliquer pourquoi on s'arrête alors qu'on a presque atteint le but ? s'énerve Shani.

— Parce que tout ça ne me dit rien qui vaille, réplique-t-il. Ils nous ont laissés venir jusqu'ici sans tenter de nous intercepter et vu les moyens dont ils ont l'air de disposer, je suis certain qu'ils savent parfaitement où nous sommes. Cette absence d'obstacle me met mal à l'aise. C'est trop facile !

— Tu crois qu'ils nous laissent volontairement avancer pour mieux nous piéger ? s'inquiète l'adolescente.

— J'ai l'impression qu'ils veulent nous donner un faux sentiment de sécurité ! dit Joao en regardant attentivement autour de lui.

— Même si tu as raison, on n'a pas d'autre option que d'aller jusqu'au bout et d'improviser sur place.

— Oui, mais on n'est pas obligés de foncer tête baissée. S'ils nous observent, ils ne vont pas comprendre pourquoi on a arrêté de progresser. Ça va les surprendre et les obliger à agir. Et peut-être que ça va donner le temps à Aylan et à Analia de nous rejoindre.

— Tu crois vraiment qu'on a une chance de s'en sortir ? demande Shani en le fixant de ses yeux verts.

— À mon avis, si on regarde les choses en face, il faut reconnaître que nos chances sont vraiment très minces. Si je devais parier, j'avoue que je ne miserais pas gros sur notre avenir. Tu as peur ? demande-t-il en la regardant à son tour.

— Je ne sais plus, avoue Shani. Quand on courait, tout mon corps était mobilisé par l'effort ! En fait, depuis qu'on est rentrés dans le sas, je n'ai pas une minute pour réfléchir, mais là tout de suite, je réalise ce que je viens de faire et je crois que… je n'ai pas peur, non, ce n'est pas le mot juste, je dirais plutôt que je suis complètement terrorisée. Et toi ?

— À partir du moment où je suis monté sur le radeau de déchets, j'ai su que plus rien ne serait comme avant. Et depuis que je suis ici, tout me semble complètement irréel, à commencer par toi, ajoute-t-il en lui souriant.

Mais Shani ne le regarde plus. Quelque chose d'autre a attiré son attention.

— Non, hurle-t-elle, en voyant les murs se déformer pour supprimer toutes les issues. Ils sont en train de nous emprisonner !

Ils se précipitent vers les parois, mais plus aucun passage ne semble exister. La matière uniformément lisse les entoure maintenant de toutes parts.

— On est fait comme des rats, s'écrie Joao en tambourinant

vainement contre les parois ! Tu avais raison, on n'aurait jamais dû s'arrêter. Ils jouent avec nous comme un chat avec des souris.

— Je pense qu'ils nous auraient arrêtés tôt ou tard. Ils sont beaucoup plus forts que nous, s'exclame Shani d'une voix où se mêlent découragement et résignation. À un moment, j'ai vraiment cru que partir ailleurs était une possibilité réelle, mais on a été naïf : personne ne quitte Eden Island sans leur bénédiction !

Ils tâtent en vain chaque centimètre carré de la paroi avant de s'avouer vaincus ! Pris au piège, privés d'espoir, totalement découragés, ils finissent par s'affaler sur le sol, au milieu de la cellule, en attendant de voir surgir les forces de l'ordre venues les arrêter. « Tout ça pour ça ! » se dit Shani. En repensant à ce que vient de dire Joao, elle sent des larmes frémir au bord de ses paupières.

— C'est idiot, mais quand tu as dit qu'ils jouaient avec nous au chat et à la souris, j'ai réalisé que je n'ai jamais vu ni l'un ni l'autre.

— Sans blague, tu ne sais pas ce que c'est, un chat ? demande Joao en la regardant d'un air éberlué.

— Si, je sais ce que c'est, on peut avoir des hologrammes de compagnie, mais ce que je veux dire, c'est que je n'ai jamais vu un vrai chat ! Ni aucun autre animal, d'ailleurs ! Il n'y en a aucun sur cette île. Tu avais un animal, toi, là où tu habitais ?

— J'avais un chien, un bon chien, il s'appelait Jasper, je l'avais recueilli quand il était petit, on peut dire que je lui ai sauvé la vie.

— Ça doit être doux, le poil d'un animal…

— Ha, mon chien, il avait plutôt le poil rêche mais il faut dire…

Joao s'interrompt tout à coup pour observer les parois en fronçant les sourcils.

— Dis-moi si je rêve, mais j'ai l'impression que les murs bougent, dit-il d'une voix blanche, regarde, on dirait qu'ils sont en train de se resserrer.

Shani regarde autour d'elle, les yeux écarquillés par la terreur. Joao ne rêve pas : sans bruit, souplement, lentement, mais inexorablement les parois se rapprochent.

— Non, hurle-t-elle en se levant brusquement, ce n'est pas possible ! Ils ne tuent jamais personne, ici. Ils ne vont pas oser nous écraser. Ils ne peuvent pas faire ça ! Au secours, arrêtez ! Vous êtes fous, on est là ! Je suis sûre que vous nous voyez ! Arrêtez, je vous en supplie !

Joao a recommencé à sonder frénétiquement les murs, mais rien ne semble pouvoir arrêter le mouvement des parois qui se rapprochent inéluctablement les unes des autres.

— Le plafond ! ils baissent aussi le plafond ! hurle-t-elle d'une voix hystérique.

— Arrêtez, on se rend, nous sommes vos prisonniers, beugle à son tour Joao.

Au bout de quelques minutes, il reste à peine assez de place pour leurs deux corps et le mouvement des parois ne semble pas vouloir s'arrêter. Ils ont cessé de hurler, la terreur les fait suer à grosses gouttes. Les boyaux de la Centrale vont les dissoudre et les digérer. Comme s'ils n'étaient que de vulgaires excréments !

— Ça va s'arrêter, ce n'est pas possible, dit Shani d'une voix tremblante.

Tous ses muscles semblent tétanisés, la sueur dégouline dans son cou et son cœur bat tellement fort dans sa poitrine qu'elle a la sensation qu'il va exploser avant même que les parois ne l'écrasent.

Quand l'espace rétrécit encore, ils doivent tant bien que mal se mettre face à face. Essayer de repousser les murs est inutile. Ils sont pris en étau dans une sorte de broyeur géant et ils commencent maintenant à sentir la pression de la paroi contre leurs corps. Leur respiration devient de plus en plus difficile, leurs visages tournés l'un vers l'autre vont bientôt être écrasés par les murs. Au paroxysme de la terreur, Shani se raidit dans l'attente de la douleur et toutes ses pensées tendent vers la même conclusion : ils vont mourir là, absurdement, atrocement, broyés dans l'algoplast, étouffés par les entrailles de l'archipel ! Totalement prisonnier de cette matière blanche qui se rapproche inexorablement, désormais incapable d'esquisser le moindre mouvement, Joao se dit que la dernière chose qu'il va voir sur cette terre sera le vert hypnotique des yeux de Shani.

Chapitre 25

« Rien ne périt jamais : les choses déjà existantes, une fois arrivées à leur terme, et ce, quelle que soit leur nature, se combinent à nouveau pour donner naissance à la matière. Ainsi le concept d'écologie intégrale vise-t-il à supprimer toute forme de gaspillage. Le recyclage total est la préoccupation première des dirigeants afin de pouvoir subvenir aux besoins de chacun sans plus jamais risquer de mettre en péril les ressources de la planète. »

Extrait du journal de Jonas Samson

Aylan s'approche d'Analia qui regarde toujours fixement quelque chose en contrebas. Quand l'adolescent, intrigué, se penche à son tour pour découvrir ce qu'elle peut bien observer ainsi, son sang se glace aussitôt, ses jambes se ramollissent et il est contraint de s'appuyer à la balustrade pour ne pas s'écrouler sur le sol.

Les immenses parois en contrebas sont recouvertes de voyants lumineux, de manettes et d'étroits tuyaux bleutés. Mais ce n'est pas cela qui retient toute son attention : à l'intérieur de ces parois sont creusées des cavités en forme d'alvéoles légèrement phosphorescentes, occupées par de gigantesques bulles gélatineuses. Aylan sent ses mains trembler malgré lui quand il comprend la nature de leur contenu : chacune d'entre elles abrite le cadavre nu d'un homme ou d'une femme disposé en position fœtale. Vu la profondeur de la salle, il estime qu'il doit bien y en avoir plusieurs centaines. Avant qu'il ait le temps de totalement assimiler ce qu'il est en train de voir, une bulle se détache silencieusement de son alvéole pour se mettre à flotter souplement dans l'espace comme une sorte de méduse géante aux formes mouvantes. Elle contient le corps replié d'une jeune femme mince au crâne rasé qui semble emprisonnée dans cette matière informe et visqueuse. Comme mue par une main invisible, la bulle commence à onduler dans l'espace en subissant de légères distorsions pour venir se placer devant une machine semblable à un coquillage géant de forme spiralaire. Arrivée à ce stade, elle s'immobilise quelques instants puis commence à effectuer plusieurs tours sur elle-même à une vitesse de plus en plus rapide avant de se déformer pour être aspirée par la machine.

Les deux adolescents, complètement tétanisés, suivent du regard les tuyaux transparents qui sortent du côté opposé du mécanisme pour voir apparaître, quelques instants plus tard, une sorte de pâte grisâtre se déversant dans une immense sphère remplie d'algues brunes. Le tout est malaxé quelques instants à une vitesse inouïe avant qu'une nouvelle matière de couleur brunâtre en ressorte par un autre tuyau translucide. Ce dernier aboutit dans une sphère remplie de ce qui semble être des déchets agglomérés. La même opération recommence. Une pâte qui semble plus compacte sort de la machine puis passe dans plusieurs alvéoles sans doute destinées à la traiter. Devenue totalement blanche et parfaitement homogène, elle est recueillie dans de grands tubes transparents emportés hors de la pièce par un système de rails automatiques. Une fois l'opération parvenue à son terme, une autre bulle se détache à son tour de la paroi pour venir se placer face à la machine. Il n'y a aucune trace de présence humaine. Les appareils réglant ce ballet macabre et silencieux semblent en effet fonctionner en totale autonomie.

Aylan fait un effort surhumain pour réprimer la nausée

qu'il sent monter du tréfonds de ses entrailles. Analia le fixe maintenant de ses pupilles dilatées par l'effroi sans paraître réellement le voir. Elle semble anesthésiée, comme si son esprit engourdi par l'horreur refusait de traiter les images que ses yeux lui envoient. Elle pressent cependant qu'ils viennent de découvrir fortuitement quelque chose d'énorme, d'atroce, d'épouvantable. Un monstrueux secret soigneusement caché à la population. Avant même d'analyser la scène qu'elle vient de voir, elle sait intuitivement que plus rien ne sera jamais comme avant.

Aylan pose une main glacée sur la sienne, elle retrouve dans son regard l'incompréhension effarée qu'elle éprouve elle-même, mais la boule d'effroi qui obstrue sa gorge l'empêche d'articuler la moindre parole. Dans la salle en contrebas, les bulles continuent à se détacher de la paroi à intervalle régulier et elle les suit du regard, comme hypnotisée par leur incessant mouvement. Elle entend qu'Aylan est en train de lui parler sans pour autant parvenir à comprendre le sens de ses paroles.

— On ne doit pas rester là, insiste-t-il en prenant ses mains pour tenter de les détacher de la balustrade.

Mais elle est figée. Complètement paralysée. Plus aucun muscle de son corps ne semble opérationnel. Ses doigts sont incapables de se séparer de la barre qu'elle serre avec une force telle, que les jointures de ses mains sont devenues blanches. Comprenant qu'elle est complètement tétanisée, il se positionne derrière elle et tente de détacher lentement ses doigts tout en lui parlant à voix basse.

— Je ne sais pas ce qu'ils fabriquent là-dessous, mais je suis certain qu'on n'aurait jamais dû voir ça, on est vraiment en danger maintenant. Il faut qu'on se tire d'ici vite fait. S'il te plaît Analia, lâche la balustrade, fais-moi confiance…

Quand il sent que ses mains se détendent et lâchent prise, il la force doucement à reculer tout en la tenant fermement dans ses bras, car il pressent qu'elle va s'écrouler sur le sol s'il s'éloigne d'elle.

— Analia, regarde-moi, je t'en supplie, il faut qu'on parte ! Tu es capable de courir ?

Elle hoche affirmativement la tête tout en lui lançant un regard égaré. Après avoir embrassé furtivement son front, il prend sa main et l'entraîne en sens inverse.

— Mille milliards d'hologrammes, mais qu'est-ce que vous fichez dans la Centrale ?

Le ton bourru de Nilo ! Jamais il n'a été aussi heureux de l'entendre !

— Nilo ! Je vous entends ! s'exclame Aylan qui se sent comme un naufragé à qui on vient enfin de lancer une bouée de sauvetage.

— Ne dis rien, la communication va très vite être coupée. Idriss a fait en sorte que je sois le seul à vous localiser, vous êtes invisibles pour les autres, mais ça va pas durer, crois-moi. Sors de là en vitesse ! Repars sur ta droite, ensuite deux fois à gauche et à partir de là il faut descendre tout le temps. T'as compris ? Dépêche-toi ! Laisse Analia, ils viendront la chercher…

— Nilo, il faut que je vous dise… là-dessous…

Mais Aylan comprend aux grésillements qui lui répondent que la communication est à nouveau rompue. Il suit à la lettre les instructions du vieil homme et parvient jusqu'à un escalier spiralaire qui descend à pic vers les tréfonds de l'océan.

— Passe devant, dit-il à Analia, s'assurant ainsi de la garder dans son champ de vision.

Il craint à chaque instant de la voir s'écrouler, mais elle s'exécute sans commentaire tel un robot programmé pour obtempérer. Elle essaie de concentrer tout son esprit sur chaque mouvement afin d'oublier momentanément l'effroyable spectacle auquel elle vient d'assister dans la Centrale.

Descendre l'escalier. Marche par marche. Sentir la présence rassurante d'Aylan à ses côtés. Alors que tous ses repères viennent de s'écrouler, il est désormais sa seule boussole. Avancer avec lui sans penser à rien d'autre. Pourtant ces corps sans vie qui flottent dans l'espace semblent s'être imprimés sur sa rétine. Les éloigner de son esprit. Fixer l'escalier. Continuer à descendre. Marche par marche. Des gestes mécaniques et précis alors que tout son corps ne demande qu'à trembler. Respirer. Ne pas penser. Ne pas s'écrouler. Ne pas pleurer. Être efficace et rapide. Précise dans ses mouvements. Avec une seule obsession : atteindre le port, prendre le large et fuir le plus loin possible !

Au bout d'un temps qui leur semble infini, l'escalier s'arrête enfin et ils se retrouvent dans une sorte de tube transparent descendant en pente douce dans l'océan. Ils doivent avoir atteint une grande profondeur, car, hormis la lumière bleutée qui éclaire faiblement le couloir, l'environnement est plongé dans une obscurité absolue. Un monde glauque et inhospitalier en total contraste avec l'univers paradisiaque de la surface. Le boyau qu'ils ont emprunté finit par déboucher sur une pièce circulaire ressemblant à une immense pieuvre. En guise de tentacules, elle est dotée de huit couloirs pourvus de ventouses auxquelles sont collés des véhicules semblables à de grands œufs transparents.

— C'est le port, dit Analia d'une voix étouffée. Là, ce sont des hydrobulles, précise-t-elle en désignant les formes transparentes accrochées aux immenses tentacules s'enfonçant sous l'eau. Mon grand-père m'a déjà décrit cet endroit.

— Il n'y a personne ici ? s'inquiète Aylan. Ça doit forcément être gardé, un endroit pareil !

— Normalement, personne à part le personnel autorisé ne vient jusque-là ! Tout doit être automatisé. Comme dans la Centrale.

— Et c'est truffé de caméras bien sûr, constate Aylan en observant les parois. Je n'ai aucune idée de ce qu'on est censé faire maintenant. Nilo ? On a besoin de vous, murmure-t-il à voix basse comme une sorte de prière. Mais seul un silence abyssal lui répond. Pas le moindre grésillement pour lui donner un peu d'espoir !

Ils se tiennent au bout du couloir, plaqués contre la paroi, indécis. S'aventurer dans l'immense pièce sans avoir la moindre idée de la stratégie à adopter ? Ils restent ainsi, quelques minutes, le cœur battant, l'œil aux aguets.

— Il faut avoir une accréditation sur le bracelet pour ouvrir un des sas, remarque Analia d'une voix qu'elle s'efforce de rendre le plus calme possible. Peut-être qu'Idriss est parvenue à modifier le tien pour que ce soit possible.

— Si c'est le cas, je suis censé faire quoi ? Plaquer mon bracelet contre le premier sas venu et ça va s'ouvrir ?

— Il doit y avoir des détecteurs quelque part, mais je ne les vois pas, murmure l'adolescente en scrutant attentivement les branches qui partent de la salle. Il faut qu'on avance, je ne discerne pas les détails d'ici.

— C'est trop risqué, hésite Aylan. Dans le couloir, je ne vois pas de caméra, mais dès qu'on va avancer ils vont nous repérer immédiatement. Il ne faut pas bouger tant qu'on n'a pas de plan !

— Un plan ! ?

Analia hésite entre fondre en larmes ou partir d'un fou rire hystérique. Leur fuite s'apparente davantage à une série de soubresauts dus au hasard qu'à une évasion organisée et voilà qu'Aylan se met à parler de plan comme si tout cela avait été soigneusement planifié en amont. Elle pressent que d'un instant à l'autre, les forces de l'ordre vont apparaître dans le couloir, les hommes seront certainement plus nombreux et mieux armés que la dernière fois, leur seule option sera donc de se précipiter dans la salle en priant pour qu'un miracle leur permette d'ouvrir le premier sas venu. Elle se tourne vers son ami pour le convaincre d'agir immédiatement, mais il lui intime l'ordre de ne pas bouger.

— Attends.

La voix de Nilo résonne à nouveau dans sa tête de façon chaotique. Des interférences brouillent la communication.

— Premier couloir, sas numéro trois, bracelet, bouton bleu… libère Analia, tu as juré. Vite.

— Il veut que je te libère.

Elle le fixe quelques instants tout en s'emparant de son bras avec une force inouïe.

— Nilo ignore ce qui s'est passé. Il est hors de question que je reste ici, pas après ce que j'ai vu, énonce-t-elle d'une voix étrangement calme. Inutile de discuter ! Je viens avec toi ! On n'a pas de temps à perdre !

Elle le voit hésiter une fraction de seconde, puis il hoche la tête comme si elle venait d'énoncer une évidence. Il prend fermement sa main dans la sienne avant de s'engouffrer en toute hâte dans la pièce. Il bifurque dans la première branche en hurlant « sas numéro 3 ».

— Là, dit Analia, en montrant le chiffre gravé en bas de la porte.

Aylan s'arrête, hésitant devant le montant. Elle lui indique le détecteur, quasi invisible, incrusté au centre. Il plaque son bracelet dessus et la paroi coulisse aussitôt pour leur permettre de pénétrer à l'intérieur de l'œuf transparent avant de se refermer derrière eux. Il y a deux sièges sur lesquels ils prennent place. Ces derniers s'adaptent immédiatement aux contours de leurs corps afin de leur offrir une assise optimale. Aylan observe le tableau de bord en essayant de réfléchir aussi vite qu'il le peut. « Bouton bleu » a dit Nilo. Dès qu'il le repère, il le presse et sent que l'hydrobulle se détache silencieusement de la branche. L'appareil prend ensuite la direction du large. Le tableau de bord sous leurs yeux leur permet de suivre sa trajectoire.

— Idriss et Nilo ont dû prendre la main, ce sont eux qui nous dirigent vers le large, dit Aylan encore sous le coup de la surprise. Idriss est un véritable génie ! ajoute-t-il d'un ton admiratif.

Ils avancent maintenant dans les eaux sombres de l'océan sans avoir le moindre repère visuel.

— Ils vont nous laisser sous l'eau jusqu'à ce qu'on dépasse la barrière, suppose Analia.

Aylan hoche la tête en signe d'assentiment.

— Je ne sais pas où on va, mais ce qui est certain, c'est qu'il faut qu'on s'éloigne d'ici le plus rapidement possible !

— Et après ? Qu'est-ce qu'on va faire ? interroge Analia presque pour elle-même.

En quelques jours à peine, tout ce qui constituait son univers a disparu ! Sa vie ressemble soudain à une gigantesque explosion qui semble ne pas vouloir s'arrêter ! Mais elle n'est pas seule. Elle imagine qu'Aylan est aussi déstabilisé qu'elle par ce qu'ils viennent de vivre ces dernières heures.

— C'est déjà un miracle qu'on soit là ! répond-il en ébauchant un sourire. Pour le moment, on va vers le large, on dépasse la barrière, on remonte à la surface et après on avisera.

Il se tourne vers elle pour caresser sa joue.

— Je suis terriblement désolé… rien n'aurait dû se passer ainsi. C'était stupide et irresponsable de ma part de te laisser m'accompagner. J'aurais dû te laisser en dehors de tout ça. Je t'ai arrachée à ton monde, je t'ai mise en danger. Je ne pourrai jamais te dire à quel point je suis navré, répète-t-il.

— Tu es désolé de quoi exactement ? De m'avoir ouvert les yeux ? De m'avoir montré la face cachée d'Eden Island, l'envers de mon petit paradis ? demande-t-elle tout en tentant

tant bien que mal de maîtriser ses larmes.

Elle presse sa main dans la sienne avant d'ajouter :

— C'est sûr, ce n'est pas beau à voir. Le moins qu'on puisse dire est que tout mon univers vient de s'écrouler… mes parents d'abord… mais finalement c'est rien à côté de… ça ! Je ne sais pas ce qu'ils vont faire quand ils vont découvrir qu'on sait…

— Qu'on sait quoi exactement ? Qu'est-ce qu'ils fabriquent là-dessous, nom d'un chien ? interroge Aylan.

Avant de lui répondre, elle s'efforce de surmonter son dégoût pour se remémorer la scène aussi précisément que possible. Les corps aspirés par la machine. Les algues, les déchets. Le liquide gélatineux qui sortait à l'arrière et devenait de plus en plus blanc et compact au fur et à mesure qu'il passait dans les tubes.

— La matière qui sort des tubes à la fin, c'est de l'algoplast. On nous a souvent montré des reportages sur sa fabrication au centre d'apprentissage. À ceci près que, dans les images qu'ils montrent au public, ils ont volontairement sauté une étape du processus.

Elle s'arrête, écrasée par l'ampleur de ce qu'elle s'apprête à formuler.

— Ce qu'ils ont omis de vous dire, c'est que la chair humaine est une des composantes de l'algoplast, termine Aylan à sa place. Ce qu'on vient de voir, c'est… le ventre de l'ogre !

— Oui, Eden Island est une sorte d'ogre… un ogre qui dévore la chair de ses propres enfants, ajoute Analia d'une voix blanche comme si elle ne pouvait croire elle-même aux mots qu'elle est en train de prononcer.

— Et les cadavres sont un véritable réservoir de matière première, conclut Aylan d'un ton lugubre.

Chapitre 26

« Qu'il soit végétal ou animal, le vivant est, par définition, dans un perpétuel devenir ; il se transforme, s'adapte, évolue. En abolissant les frontières entre ce qui est créé par la nature et ce qui est fabriqué par la main de l'homme, l'algoplast a révolutionné notre rapport à la matière. »

Extrait du journal de Jonas Samson

— « Merci à toi pour cette vie harmonieuse. Merci à toi de nous protéger. Merci à toi de nous éduquer… » C'est ce qu'on récitait chaque matin en arrivant au centre d'apprentissage quand j'étais en première année, précise Analia d'un ton sarcastique, j'ai répété ça des centaines de fois, et tu sais ce que c'est le pire ? C'est que je le pensais, je croyais vraiment que Jonas Samson était notre bienfaiteur ! Remarque, j'aurais dû me méfier, une autre phrase qu'on nous répétait tout le temps était : « rien ne se perd, tout se transforme » en même temps qui aurait pu imaginer que ça s'appliquait aussi aux morts ? Maintenant on peut ajouter un couplet : « Merci à toi de nous recycler… », voyons à quoi je voudrais ressembler quand je serai morte ? Un siège moelleux ? Un plateau-repas ? Une aile de solavion ?

— Arrête Analia, ça ne sert à rien de te torturer comme ça…, lui conseille Aylan en pressant son bras.

— Comment veux-tu que j'arrête ? Même le siège sur lequel nous sommes assis en ce moment contient sa part de cadavre, dit-elle avec dégoût… J'ai beau me repasser sans cesse cette scène, je n'arrive pas à y croire, j'ai l'impression d'avoir rêvé. Ça ne peut être qu'un cauchemar ! Ça ne peut pas être vrai !

L'hydrobulle poursuit sa progression silencieuse dans les eaux noires de l'océan.

— Joao et Shani, tu crois qu'ils ont vu ça eux aussi ? reprend Analia d'une voix tremblante. Ils ont dû se faire arrêter…

C'est la première fois depuis qu'ils ont été séparés qu'elle s'autorise à penser à eux.

— C'est ce que je crains aussi, soupire Aylan. Dans le cas contraire, même sans plan, Joao aurait été capable d'arriver jusqu'au port, on les aurait vus…

— Et mon grand-père ? Ils vont s'apercevoir qu'il nous a aidés. Aîko, ma mère, tout le monde est en danger…

La carapace d'adrénaline qui la protégeait tant qu'elle était dans l'action commence à dangereusement se fissurer maintenant qu'elle est réduite à l'immobilité… Sa respiration devient saccadée, elle a du mal à empêcher ses mains de trembler. Les larmes qu'elle a retenues jusque-là inondent ses joues sans qu'elle en ait vraiment conscience.

— Analia, ne pense qu'à l'instant présent, sinon, tu ne vas jamais tenir. Il faut qu'on arrive à partir d'ici. Tu m'entends ? On ne peut pas échouer, ajoute-t-il d'une voix déterminée. Regarde l'écran. C'est la barrière, tu crois, qu'on voit là ? l'interroge-t-il en montrant du doigt une ligne rouge qui vient d'apparaître sur l'écran.

— C'est possible, oui, répond-elle en faisant un effort surhumain pour se concentrer sur ce qu'elle voit. Quand on l'aura dépassée, on va sans doute commencer à remonter…

— Si Idriss a encore la main.

— Si Idriss a encore la main, concède-t-elle en le regardant.

— Sinon on va devoir piloter nous-même, conclut Aylan en regardant le tableau de bord d'un air sceptique.

— Si tout ça devait mal finir, je veux que tu saches…

— Chut, la coupe-t-il en mettant un doigt sur ses lèvres. Tu vas me dire que je suis le garçon le plus crétin que tu aies jamais rencontré, que personne d'autre que moi n'aurait été capable de t'embarquer dans une telle galère ? Inutile, je sais tout ça. Mais je suis aussi le garçon le plus bêtement optimiste du monde. Ça ne peut pas mal finir, le soleil, la lune et les étoiles ne le permettront pas, dit-il en posant son front contre le sien.

— C'est sûr qu'avec des alliés pareils, dit-elle en tentant de sourire…

Mais Aylan a rapproché son visage du sien et soudain tout cesse d'exister hormis cette bouche qui cherche ses lèvres. Peu importe qu'ils soient au fond de l'océan, l'attirance qu'elle éprouve pour lui abolit instantanément tout le reste. Que sa vie s'arrête ou continue, elle a l'absolue certitude que sa place est là, dans ses bras puisque chaque grain de sa peau semble irrémédiablement attiré par son corps… Et elle sait, sans qu'il ait à le dire, qu'il éprouve, en cet instant précis, exactement la même sensation. Il murmure son nom d'une voix sourde en caressant sa nuque et la serre plus étroitement contre lui. Mais leur étreinte est interrompue par une légère secousse qui les ramène à la réalité.

— Je crois qu'on remonte vers la surface, dit Aylan qui s'est détaché d'elle pour observer le tableau de bord.

Analia contemple l'eau sombre qui enveloppe l'hydrobulle, mais tous ses repères sont brouillés. Difficile de dire s'ils se déplacent encore à l'horizontale ou s'ils se dirigent vers la surface. Ils ont maintenant tous les deux les yeux rivés sur le tableau de bord. L'idéogramme qui représente l'hydrobulle continue à avancer en direction du large tout en montant doucement vers le haut. Ils ne font plus le moindre mouvement, regardant alternativement le tableau de bord et le plafond transparent de l'appareil. Puis, soudain, ils émergent sur la nappe noire et frémissante de l'océan. La première chose qu'ils aperçoivent est l'obscure voûte céleste parsemée de milliers d'étoiles.

— Regarde, dit Analia en tournant la tête.

Derrière eux, les filaments rouge incandescent du champ de force se détachent nettement dans la nuit.

— On est sorti, dit-elle d'une voix étranglée en pressant très fort la main d'Aylan.

L'hydrobulle émet de légères vibrations et commence de façon autonome à modifier ses contours. Comme l'a annoncé Nilo, il perd de sa rondeur pour adopter une forme plus effilée à l'avant, le plafond s'ouvre et les deux adolescents sentent tout à coup la fraîcheur du vent nocturne sur leur peau. L'appareil a maintenant l'apparence d'une de ces navettes rapides qu'elle a parfois aperçues dans des reportages. Arrivé au terme de sa métamorphose, le bateau cesse tout mouvement, se contentant de flotter sur l'océan, balancé par la houle.

— On est trop loin, ils ne doivent plus pouvoir nous aider. Nous devons prendre les commandes, décrète Analia.

— D'accord, il faut juste que je me remémore ce que m'a dit ton grand-père, répond Aylan en observant le tableau de bord. Bon, je crois qu'en premier lieu je dois pousser cette manette…

— Fais-le, alors.

— Tu crois ? hésite-t-il, comme si l'idée de conduire un tel engin l'effrayait tout à coup. OK, on essaie ça, se reprend-il aussitôt en amenant doucement la manette vers l'avant.

Après un léger choc, le bateau s'élance silencieusement sur l'océan en fendant l'eau sombre d'un sillon régulier. Ils se regardent, stupéfaits.

— Ça a marché, on a réussi, je n'arrive pas à y croire,

s'exclame Aylan, tout en poussant la manette à fond. On est libres, hurle-t-il en tendant son poing vers le ciel nocturne.

Le bateau avance maintenant à grande vitesse et la barrière n'est plus désormais qu'un point lumineux loin derrière eux.

— Il faut qu'on aille vers le sud, dit Aylan, c'est de là que je viens. Il y a un chapelet d'îles avant même d'arriver à Pédrosa et si on parvient à les atteindre, on pourra se réfugier là-bas.

Analia scrute attentivement les constellations.

— À première vue, on est dans la bonne direction. L'étoile polaire est derrière nous. Depuis le temps que j'assiste à la cérémonie des étoiles, ça finit par servir à quelque chose, dit-elle d'un ton presque joyeux en se serrant contre lui.

À cet instant précis, elle a l'impression d'être écrasée par une avalanche d'émotions contradictoires : le seul univers qu'elle a connu depuis sa naissance vient de s'effondrer de façon radicale, Nilo risque d'être arrêté par sa faute, sa mère et son petit frère seront peut-être inquiétés aussi, Shani et Joao ont sans doute été interceptés, son père, Anna et Louna ont disparu et pour finir elle ignore s'ils vont parvenir à atteindre une autre île. Pourtant, les affres de l'angoisse semblent s'incliner devant un sentiment encore plus puissant : il y a, dans la fraîcheur du vent nocturne qui la frappe en plein visage, dans ces milliers d'étoiles qui strient le ciel comme des guides bienveillants, dans l'immensité mouvante de l'océan, la promesse d'une autre vie excitante et mystérieuse. Et il y a à côté d'elle ce grand garçon blond dont elle ne connaît l'existence que depuis quelques mois à peine et qu'elle aime maintenant plus que tout. Même si leur destination reste encore très vague et leur situation bien précaire, elle a le sentiment qu'ils seront désormais capables d'abattre toutes les barrières. De mener toutes les batailles.

— J'espère qu'Anna et Louna sont là-bas…, s'exclame Aylan.

— On va les retrouver, j'en suis sûre. Et mon père aussi !

Elle contemple avec un amour infini son beau visage qui fixe l'horizon. Forte de sa présence à ses côtés, elle a l'impression qu'ils sont désormais invincibles.

— Regarde, dit-il en montrant quelque chose dans l'eau. C'est un dauphin, un vrai dauphin.

Analia contemple avec incrédulité l'animal qui joue dans les vagues un peu plus loin.

— Je croyais qu'ils avaient tous disparu !

— On en aperçoit rarement mais il en reste quelques-uns. Ils se méfient généralement des humains et ils n'ont pas tort. C'est un vrai privilège de les apercevoir, déclare Aylan en fixant avec admiration l'animal aux lignes pures et à la peau luisante. Sur mon île, on dit qu'apercevoir un dauphin porte chance !

— On dirait qu'il veut nous escorter ! remarque Analia. J'ai même l'impression qu'il nous sourit, regarde-le !

Mais alors qu'elle tourne son visage émerveillé vers son compagnon, elle le voit froncer les sourcils. Le sourire qui éclairait son visage a soudainement disparu.

— Qu'est-ce qui se passe ?

— J'ai l'impression qu'on perd de la vitesse.

Effectivement, alors qu'il pousse la manette à fond, le bateau ralentit de plus en plus. Il s'évertue à actionner la manette, tente d'appuyer sur différents boutons mais rien n'y fait. L'engin finit par s'immobiliser totalement.

— Non, pas ça ! hurle Aylan, en appuyant frénétiquement sur le tableau de bord.

Avant qu'ils aient pu faire quoi que ce soit, une structure transparente recouvre l'appareil et ils se retrouvent emprisonnés dans une sorte de caisson ballotté par les flots. Le dauphin observe avec curiosité l'étrange ballet de ces deux humains cognant contre les parois pour tenter de les ouvrir.

Puis il s'éloigne un peu, car l'eau s'est mise à tourbillonner et le caisson s'enfonce dans les flots. De fines gouttelettes sont projetées dans l'habitacle. La dernière chose que voit Analia avant de sombrer dans le néant, est l'œil rond du dauphin qui la contemple d'un air interrogateur à travers la paroi transparente.

Chapitre 27

« L'éthique et la morale varient en fonction de l'époque et du lieu où on se trouve. Ainsi les critères qui opposent le bien et le mal se modifient-ils en fonction des aspirations et des besoins d'une société. »

Extrait du journal de Jonas Samson

— Jeunes, sublimes et… stupides !

Analia entend vaguement ces paroles prononcées d'un ton méprisant. Elle ouvre douloureusement les yeux pour découvrir le magnifique visage d'Elea 2 penché à quelques centimètres du sien. Son cerveau est tellement embrumé qu'elle se sent incapable d'avoir la moindre pensée cohérente. Une succession d'images confuses se bouscule dans sa tête : les corps flottant dans l'espace, la voûte étoilée, la fraîcheur de la nuit, la douceur du vent sur son visage et le bateau qui se métamorphose soudain en prison. L'effroi le plus total. Puis le noir complet. Elle fixe le visage aussi parfait qu'impassible qui se penche vers le sien en essayant de rassembler ses esprits malgré la douleur lancinante qui taraude son crâne. Les yeux glacials d'Elea 2 semblent la scruter dans un mélange de curiosité et de mépris. Sa vue se trouble, la contraignant à fermer brièvement les paupières et, quand elle les rouvre, la dirigeante a disparu de son champ de vision.

Elle tente de bouger, mais elle se rend très vite compte qu'elle ne peut effectuer le moindre mouvement. Elle a beau bander ses muscles, ses bras ne bougent pas d'un millimètre. Elle finit par comprendre que son corps est plaqué sur quelque chose qui doit agir sur elle comme un aimant. Elle essaie encore de soulever ses mains, mais sa tentative se révèle à nouveau vaine. Seule sa tête semble libre de ses mouvements. En se tournant vers la gauche, elle constate qu'Aylan est là, à côté d'elle, le corps immobilisé sur une sorte de plaque rectangulaire. Lui aussi paraît sortir de sa torpeur. Enfin, un peu plus loin, elle aperçoit Shani et Joao encore endormis. Ils sont tous prisonniers ! Elle tente d'articuler le nom d'Aylan, mais sa gorge est tellement sèche qu'elle parvient seulement à émettre un son inintelligible.

— Roméo et Juliette ont tout l'air d'être réveillés !

Eléa 2 réapparaît dans son champ de vision, mais elle n'est pas seule. Les jumeaux Argoz et Gozrek 11 se tiennent derrière elle avec, sur leurs deux visages, le même rictus sarcastique. Aylan aussi regarde autour de lui. Elle devine qu'il tente à son tour de se libérer.

— Inutile de vous agiter, déclare Eléa 2, d'une voix neutre. Vos corps sont maintenus dans un champ de force, seule votre tête peut bouger afin que vous puissiez pleinement vous rendre compte de votre situation.

Elle se plante tour à tour devant chacun des adolescents.

— Comment avez-vous pu croire que vous seriez suffisamment malins pour quitter Eden Island ? dit-elle d'une voix dangereusement douce. Frivolité de la jeunesse ! Vous d'abord, s'exclame-t-elle à l'adresse de Joao et de Shani qui la regardent maintenant avec des yeux médusés, vous croyez qu'il suffit de courir dans les couloirs pour arriver jusqu'au port et partir. Un peu facile, non ? Tu l'as dit toi-même, jeune homme ! On vous a laissés faire pour voir jusqu'où vous étiez capables d'aller. C'était un excellent exercice d'entraînement pour les forces de sécurité.

Elle s'approche de Joao qui la dévisage avec une véritable

fascination. Comme une magnifique vipère venimeuse qui risque de le piquer à chaque instant, mais qui n'en demeure pas moins envoûtante.

— Je dois avouer que vous nous avez surpris. On n'aurait jamais cru que vous seriez capables d'aller si loin. Tu es un sujet à haut potentiel, dommage que tu sois né au mauvais endroit, regrette-t-elle en effleurant sa joue de sa main. J'ai beaucoup aimé ton expression, c'est vrai que nous avons joué avec vous « comme le chat avec la souris ». C'était tellement émouvant, dit-elle en se tournant vers Shani, quand tu as regretté de n'avoir jamais vu de chat. Remarque, les chats n'ont pas toujours été gentils. Dans les temps antiques, on jetait des chats affamés sur les prisonniers et ils les dévoraient. Heureusement que nous sommes devenus beaucoup plus civilisés, remarque-t-elle avec un sourire aussitôt démenti par son regard de glace.

— Vous avez essayé de nous tuer, réplique Shani d'une voix sourde.

— Ne sois pas sotte, il n'a jamais été question de vous tuer, juste de vous donner une bonne leçon ! La preuve, vous êtes ici, bien vivants ! Ça fait quel effet, dis-moi, de croire qu'on va mourir écrasé dans l'algoplast ?

— Vous êtes des monstres, articule Joao qui aussitôt se met à hurler de douleur.

— Je te rappelle que tu es venu ici sans y avoir été invité ! Je te prie donc de rester respectueux, dit Eléa 2 d'une voix encore plus doucereuse. Ce que tu viens de recevoir s'appelle une décharge électrique. Argoz l'a juste rendue assez forte pour déclencher une légère souffrance, mais s'il règle la puissance plus haut, la prochaine endommagera définitivement ton petit cerveau si brillant. Ce serait tellement regrettable !

— Arrêtez de nous torturer, expulsez-nous, qu'on en finisse, hurle Analia.

— Oh, je constate avec plaisir que tu as retrouvé ta voix,

remarque Eléa 2, qui se tient maintenant au centre de la pièce à égale distance des quatre adolescents. Parlons de vous deux, maintenant, dit-elle en regardant tour à tour Aylan et Analia. Tellement sûrs de votre bonne étoile que vous n'avez même pas été étonnés de ne plus croiser les forces de l'ordre ! Mais votre fuite a constamment été sous contrôle. Savez-vous pourquoi on vous a laissés aller aussi loin ? C'est simplement pour avoir le temps de localiser vos complices. Vous ne pouviez pas avoir préparé tout ça tout seuls. Quelqu'un d'extérieur vous aidait forcément !

Analia observe son interlocutrice avec une horreur grandissante. Cette dernière lui adresse en retour un immense sourire.

— Eh oui, ton grand-père et son amie Idriss ont été arrêtés eux aussi.

— Non, laissez-les tranquilles, hurle Analia, ils n'y sont pour rien, je vous en supplie.

— Ils ont au contraire joué un rôle primordial. Une des premières choses que l'on enseigne à Eden Island est qu'il faut assumer la conséquence de ses actes. Tu as donc déjà oublié toutes les leçons de civilité communautaire ? Oui, bien sûr que tu les as oubliées, sinon tu n'aurais jamais agi ainsi, constate la dirigeante avec un soupir faussement apitoyé.

— Ne vous en prenez pas à eux, par pitié, dit Aylan, tout est arrivé par ma faute ! Je suis le seul responsable de tout ça ! Moi seul dois payer !

— Toujours aussi héroïque à ce que je vois ! Mais il faut reconnaître que ce que tu dis est en partie vrai, réplique Eléa 2 en s'approchant de lui. Tu es celui sans qui rien ne serait arrivé. Héroïque et rebelle ! Le parfait fauteur de troubles ! Quand Naom 398 a proposé ta candidature, j'ai voté contre, il y avait quelque chose que je n'aimais pas chez toi, quelque chose qui me disait qu'on n'arriverait pas à te dompter, que tu n'accepterais jamais les règles de la communauté. J'étais certaine que tu serais une source d'ennuis ! Mais les autres étaient enthousiastes, il nous fallait du sang neuf, un champion capable de faire rêver les foules ! Ils ont toujours tellement peur que la population sombre dans la morosité ! Malheureusement, la suite m'a donné raison. Tu es le serpent au paradis !

— Vous appelez ça le paradis ? s'étonne-t-il d'une voix acerbe.

— Je vois à quoi tu fais allusion. Il y a des choses qu'il est préférable de ne pas voir ! Les hommes sont bien plus heureux dans l'ignorance, ils ne sont pas encore prêts…

— Prêts à quoi ? À voir ce que vous faites des cadavres ? crie Analia.

Eléa 2 élève une main apaisante en direction d'Argoz qui s'apprête à envoyer une décharge électrique à l'adolescente.

— Mais de quoi tu parles ? demande Shani en regardant Analia avec effroi.

— Toutes vos questions vont avoir des réponses, promet la dirigeante, vous avez voulu savoir, vous saurez. Mais ce n'est pas moi qui vais vous les donner.

Elle se déplace pour insérer son bracelet dans un détecteur. Aussitôt, le centre de la cellule dans lequel ils se trouvent s'enfonce dans le sol et descend tel un ascenseur. Ils se retrouvent plongés quelques instants dans l'obscurité la plus totale et sentent l'air se refroidir nettement. Puis le sol se stabilise à nouveau, ils sont dans une nouvelle cellule, en tous points semblable à la première, si ce n'est qu'elle doit se trouver à une profondeur beaucoup plus importante. La pièce est éclairée par une lumière d'un blanc laiteux qui peu à peu se nuance de bleu. Eléa 2 s'éloigne d'eux pour se diriger vers la paroi :

— J'ai l'honneur de vous présenter celui qui restera à jamais le numéro 1 au sein de la communauté, dit-elle avec un geste théâtral alors que la paroi se dissout pour dévoiler une autre pièce.

Chapitre 28

« Qu'est-ce qui définit le vivant si ce n'est sa capacité à s'adapter à son milieu en établissant sans cesse de nouvelles normes vitales ? Contrairement à une croyance largement répandue, la matière ne doit pas être conçue comme le contraire du vivant, mais comme son réceptacle. Elle est susceptible d'accueillir le vivant permettant ainsi de repousser les frontières entre la vie et la mort. »

Extrait du journal de Jonas Samson

Au premier abord, la pièce dévoilée par la paroi semble totalement vide. Eléa 2 ainsi que les jumeaux ont pourtant l'air d'attendre quelque chose dans la plus parfaite immobilité. Les quatre adolescents, toujours prisonniers du champ de force, essaient d'accommoder leur vision à l'étrange pénombre bleutée qui les entoure sans pour autant parvenir à discerner quoi que ce soit.

Au bout de quelques instants, cependant, il leur semble que la paroi qui leur fait face commence à se déformer. Elle se plisse de manière imperceptible, ondule doucement puis des protubérances apparaissent, dessinant une sorte de relief mouvant. Le phénomène s'accentue et les variations s'intensifient jusqu'à ce que la paroi ne soit plus qu'une fine membrane où la forme de ce qui semble indéniablement être un corps humain se profile peu à peu. Un silence absolu règne dans la salle pendant que les contours du corps et de la tête de cet homme emprisonné dans le mur se dessinent de manière plus précise. Le visage se déforme, se rétracte, s'allonge comme s'il ne parvenait pas à atteindre sa forme définitive. Puis, peu à peu, il parvient à se stabiliser, les traits s'affinent et il ne fait plus aucun doute que cette étrange créature incrustée dans l'algoplast n'est autre que Jonas Samson, le créateur d'Eden Island.

— Mais il est censé être mort depuis des centaines d'années, murmure Shani d'une voix étranglée. Qu'est-ce que c'est que ça ? ajoute-t-elle en regardant avec des yeux horrifiés le corps qui reste plaqué contre la paroi. Un hologramme nouvelle génération ?

Seul le silence lui répond, les trois représentants de la communauté contemplent la créature avec une sorte de ferveur extatique. Peu à peu, le masque blanc qui lui sert de visage semble gagner de la mobilité et ses yeux s'ouvrent. Le choc est immense, car le regard intense qu'il pose sur les adolescents n'autorise plus aucun doute sur le fait qu'il est bien vivant. Il y a même une étincelle d'amusement qui flotte dans son regard singulièrement clair. Au moment où ses lèvres bougent, une voix étrange – grave et rauque – résonne dans la pièce, semblant venir de partout à la fois.

— Je comprends votre étonnement, dit-il en fixant Shani et Analia. Certes, vous avez croisé mes statues et mes hologrammes très souvent sur l'archipel, mais en tant qu'être humain, je suis censé avoir achevé mon existence depuis fort longtemps.

Il marque une pause.

— Vous êtes… vivant ? s'étrangle Analia.

— On peut considérer que je suis une nouvelle forme de vie. Mon esprit est bien là, mais le corps, hélas, est périssable. Abominable finitude de la condition humaine ! Bien avant que vous soyez nés, la science avait déjà effectué des progrès prodigieux. Pour vous expliquer brièvement les choses, on a remplacé peu à peu tous les tissus de mon corps par des cellules issues de l'algoplast. Je suis le premier et l'unique cobaye humain jusqu'à ce jour. Comme vous pouvez le constater, dit-il en se mouvant légèrement sur la paroi, c'est loin d'être parfait, je n'ai pas de réelle autonomie et je ne peux me séparer de la paroi qui alimente constamment mon organisme. Néanmoins mon cerveau est en parfait état, ce qui me permet de continuer à diriger cette communauté. Comme des progrès scientifiques sont accomplis chaque jour, je ne désespère pas de retrouver prochainement un aspect, disons… plus humain. Et un peu plus d'autonomie spatiale ne serait pas de refus ! Mais des siècles d'existence m'ont enseigné les vertus de la patience !

— Vous êtes une sorte d'immortel ? demande Joao qui semble fasciné au plus haut point par l'homme en algoplast.

— Parler d'immortalité n'a aucun sens, répond ce dernier, disons que la science m'a accordé une certaine pérennité afin que je poursuive mon œuvre. Il faudrait que je vous explique un grand nombre de choses.

— Comme l'utilisation de cadavres comme matière première ? intervient Aylan d'un ton sarcastique.

— Mais qu'est-ce que c'est que cette histoire de cadavre ? interroge à nouveau Shani.

— J'ai observé votre réaction dans la Centrale, poursuit l'homme sans tenir compte de son intervention. Cette incompréhension, cette répulsion sur vos visages ! C'est bien pour cela que ce qui se passe dans la Centrale doit rester le secret de quelques initiés. Les autres ne sont pas prêts. Ils réagiraient comme vous, avec une sensibilité déplacée. Ce qu'ils veulent, c'est qu'on enterre les morts ou qu'on les jette dans l'océan.

— Mais vous nous avez toujours fait croire que les morts reposaient au fond de l'eau, il y a même des cérémonies, intervient Analia.

— Bien sûr, c'était tellement plus simple, pourquoi vous perturber ? Vous trouvez normal que les dépouilles des vivants se décomposent dans la terre ou au fond de l'eau, par contre l'idée qu'ils puissent être recyclés et devenir matière vous semble une monstruosité. Mais qu'y a-t-il de tellement monstrueux ? Une fois que la vie les a quittés, ils ne sont plus que des enveloppes vides destinées à pourrir et à disparaître. Je leur permets de devenir autre chose en s'inscrivant dans l'infini cycle de renouvellement de la nature.

— Vous recyclez les cadavres ? hoquette Shani dont le visage est devenu presque aussi pâle que celui du fondateur. Dites-moi que vous n'utilisez pas des cadavres pour notre alimentation.

— Bien sûr que non ! Ce serait totalement déplacé ! Eden Island n'est pas une société anthropophage ! Jamais je n'aurais autorisé une telle abomination.

— Alors que d'imaginer de la chair humaine dans les combinaisons que vous portez ou les bâtiments que vous édifiez, ça n'a bien sûr, absolument rien de choquant, reprend Aylan d'un ton persifleur.

— Vous voyez en moi un être cynique et dénué de tout scrupule, n'est-ce pas ? Vous venez, vous voyez et vous jugez ! Mais les choses ne sont pas aussi simples, il n'y a pas des gentils d'un côté et des méchants de l'autre. Il faut essayer de changer votre angle de vision pour comprendre, poursuit patiemment Jonas Samson en orientant son regard vers l'adolescent, ouvrir votre esprit à une vision différente des choses. Au départ, nous avons créé l'algoplast en mélangeant une variété d'algues aux déchets trouvés dans les océans, cela donnait une matière intéressante, mais qui devenait rigide et s'abîmait très vite au fil du temps. Un jour, un des chercheurs a eu l'idée d'introduire des cellules animales et là, les résultats ont dépassé toutes nos espérances. Nous avons obtenu un matériau unique, que nous pouvions transformer à notre guise, à partir duquel nous pouvions tout fabriquer et qui était recyclable quasiment à l'infini. Devions-nous renoncer à cette chance unique ?

— En gros, si j'ai bien compris, vous tuez les gens pour en faire du plastique ? demande Joao dont les yeux démesurément écarquillés traduisent la confusion la plus totale.

— Nous ne tuons personne, nous nous contentons de récupérer les dépouilles. Beaucoup de migrants, par exemple, périssent en mer…

— Vivants, vous n'en voulez pas, mais morts ils font l'affaire, remarque Aylan d'une voix sarcastique. Et vous nous demandez de ne pas voir en vous quelqu'un de cynique…

— Tais-toi, intime Argoz d'un ton menaçant.

— Nous achetons les cadavres dans certaines îles, continue imperturbablement Jonas Samson. Tu dois comprendre qu'il y a des chefs de village très contents de les troquer contre des armes ou de la nourriture, tout ça dans le plus grand secret, bien évidemment ! Ils ne veulent surtout pas savoir ce qu'on en fait !

— Oren ? interroge Aylan qui a peur d'entendre la réponse.

— Oren ? Le chef de ton village ? Non pas lui, nos prospecteurs n'ont même pas tenté de l'aborder, jugé trop obtus, il était inutile de perdre du temps.

Aylan ne peut s'empêcher de pousser intérieurement un soupir de soulagement.

— Et enfin, nous utilisons aussi les corps des personnes qui décèdent sur l'archipel. Il serait immoral de ne pas recycler les dépouilles de nos propres morts !

— C'est ce qu'avait découvert Othon, n'est-ce pas ? intervient Aylan.

Le regard délavé du fondateur s'arrête sur lui.

— Tu as compris beaucoup de choses. C'est ce qu'il

a découvert, en effet. Il a réussi, comme vous, à descendre dans la Centrale. Il voulait passer la nuit près de son épouse décédée, mais elle avait déjà été préparée pour le recyclage et quand il l'a vue, il est devenu fou. On l'a emmené dans la pièce où vous êtes aujourd'hui, il se tenait à la même place que vous et j'ai tenté de le ramener à la raison, mais il n'a rien voulu entendre, il voulait alerter toute la population. Aucun argument ne pouvait endiguer sa douleur. On l'a gardé plusieurs mois en observation, j'ai beaucoup parlé avec lui, il a compris certaines choses mais il ne voulait plus vivre ici. C'est lui qui a choisi d'être externalisé. Il voulait construire une nouvelle vie ailleurs. Toute haine avait disparu. Nous sommes même restés ensuite en contact pour diverses raisons, précise-t-il en regardant pensivement Analia.

— Mais il est revenu, poursuivit Aylan. C'est lui qui vous a attaqué.

— C'est difficile à croire mais tout porte à croire que tu aies raison. Nous ignorons encore si c'est vraiment lui ou quelqu'un qui veut se faire passer pour lui. Cela lui ressemble si peu ! Qui que ce soit, il a réussi à rassembler une véritable armée. Mais l'effet de surprise passé, il n'a aucune chance de gagner : d'ici quelques jours, ses troupes seront éradiquées.

— Où est mon père ? demande Analia.

— Nous pensons qu'il est sur l'île de Pedrosa. Il fait partie des otages, mais ça, tu le sais déjà.

— Ils vont le tuer si vous attaquez !

— Ce n'est pas exclu, mais je peux t'assurer que nous ferons tout pour éviter d'avoir des pertes.

— Pourtant, ça vous ferait de la matière première !

Joao a à peine le temps de terminer sa phrase avant de se mettre à hurler sous le coup de la douleur.

— On t'a pourtant prévenu ! remarque Eléa 2.

— Vous avez décidé de ramener ma mère et ma sœur sur

notre île alors que vous saviez pertinemment qu'elle était assiégée, hurle Aylan en s'agitant vainement sous l'effet de la colère.

— Nous ne les avons pas ramenées là-bas, elles sont, pour le moment, sur une autre île à proximité. Elles rentreront chez elles une fois le territoire pacifié.

— Comment est-ce que je peux vous croire ?

— Parce que tu n'as pas d'autre choix.

— Et les médicaments que doit prendre ma sœur ?

— Il n'y a jamais eu de médicaments. Elle n'en a pas besoin. Elle était entièrement guérie quand elle a quitté l'archipel. Mais, disons que c'était un moyen de nous assurer que tu te tiendrais tranquille.

— Mais pourquoi ne les avez-vous pas tout simplement autorisées à rester ? demande Analia.

Jonas Samson fixe l'adolescente d'un air pensif.

— Cela te semble inhumain, car tu fais passer l'individu avant l'intérêt de la communauté. Quand on édicte des règles, on les respecte. Quelles que soient les circonstances.

— C'est cruel, rétorque l'adolescente.

— Non, c'est juste. N'oublie pas que nous avons sauvé la vie de cette petite fille. Le contrat tel que l'avait accepté Aylan a été rempli. Plus elles restaient à Eden Island, plus leur départ devenait difficile.

Il marque une pause et ferme les paupières comme s'il était devenu trop douloureux pour lui de les maintenir ouvertes. Les quatre adolescents l'observent avec une identique fascination. Incrusté dans la paroi comme Dieu dans son sanctuaire, qui voit tout, qui sait tout, qui dirige tout sans jamais sortir de son abri. Limité dans l'espace et cependant omnipotent.

— J'aimerais avoir plus de temps pour vous convaincre que ce que nous faisons n'a rien de monstrueux, mais je ne dispose plus que de quelques minutes avant de devoir à nouveau me dissoudre dans la paroi. Alors, écoutez-moi bien : la solution la plus évidente consiste bien sûr à vous expulser sur des terres lointaines. C'est un châtiment largement mérité au regard de ces dernières 24 heures. Mais, s'il y a une chose que j'ai apprise au cours de ma longue expérience, c'est que les solutions les plus évidentes ne sont pas toujours les meilleures. J'ai donc une proposition à vous faire.

Il marque une pause et semble mobiliser ses dernières forces pour observer tour à tour chacun des adolescents.

— Même si vous vous êtes montrés indisciplinés et impulsifs, vous êtes tous les quatre de jeunes personnes particulièrement brillantes et pleines de ressources. Vous avez de belles qualités d'endurance, vous avez prouvé que vous êtes capables de maîtriser votre peur et vous êtes maintenant au courant de quelque chose que seuls quelques initiés connaissent. Dépassez vos préjugés et restez ici. Intégrez le groupe des Alphas.

— Le groupe des Alphas ? Qu'est-ce que c'est encore que ça ? demande Joao.

— Vous serez mes bras et mes jambes, vous assisterez aux réunions du comité des Dix.

— Vous êtes en train de nous proposer de devenir des moins de Dix ? interroge Shani, interloquée.

L'homme lui fait une sorte de sourire.

— Vous n'aurez plus de numéro, mais tous vos voyants seront verts. Vous serez dorénavant désignés par la lettre A. Vous deviendrez des Alphas. Dans un premier temps, vous serez tenus au secret et suivrez une instruction spécifique, puis, quand nous serons sûrs de pouvoir vous faire confiance, vous regagnerez la surface pour accomplir les missions qui vous seront confiées.

Analia se rappelle avoir parfois croisé ces mystérieux citoyens répertoriés comme étant des Alphas. Ils se mêlaient rarement au reste de la population, personne ne savait exactement ce qu'ils faisaient, mais ils étaient l'objet d'un grand respect, car chargés d'œuvrer pour assurer la sécurité des citoyens. L'armée des ombres, c'est comme ça que les appelait son grand-père, qui, lui, ne semblait pas beaucoup les respecter.

La lumière bleutée s'atténue dans la salle. Jonas Samson ferme les yeux pendant que son corps se fond peu à peu dans la paroi, mais sa voix métallique résonne une dernière fois :

— À mon grand regret, je suis contraint de vous quitter. C'est un grand honneur que je vous fais en vous proposant de vous intégrer dans le réseau le plus confidentiel de l'archipel. Vous avez toute la nuit pour choisir de partir ou d'accepter ma proposition, chacun d'entre vous devra prendre sa décision seul de son côté.

La voix devient de plus en plus faible et c'est à peine s'ils entendent les derniers mots. Les contours de son corps se disloquent lentement et la matière se répand comme un magma avant que la paroi ne se solidifie à nouveau, effaçant toute trace du fondateur de l'archipel.

Chapitre 29

« Chaque décision humaine est lourde de conséquences : lorsque nous faisons des choix constructifs, nous bâtissons de solides fondations sur lesquelles les générations à venir pourront s'appuyer pour édifier sereinement le futur. Inversement, lorsque nous prenons des décisions déraisonnables, nous léguons à nos enfants et petits-enfants un fardeau dont ils auront du mal à se débarrasser. »

Extrait du journal de Jonas Samson

Analia observe les personnes assemblées devant elle. Jamais auparavant elle n'avait vu d'aussi près le comité des Dix. Eléa 2 se tient au centre, quatre femmes sont à sa droite, cinq hommes à sa gauche. Tous sont vêtus d'une sorte d'uniforme d'un noir si profond qu'il semble absorber la lumière. Quelques-uns semblent très âgés bien que leurs visages aient sans doute été plusieurs fois lissés grâce à des injections d'algoplast. Certains la dévisagent avec une sorte de curiosité un peu dédaigneuse alors que d'autres affectent la plus franche indifférence à son égard. Il est probable que l'étonnante proposition de Jonas Samson n'a pas eu l'agrément du comité, mais le fondateur semble le seul maître de ses décisions. Analia est seule face à eux. Absurdement, cette scène lui rappelle son oral de fin d'études. Mais ici, ce ne sont pas ses professeurs bienveillants qui lui font face, il n'y a pas de réponse juste ou fausse et ce qui se joue est autrement plus important.

— As-tu choisi de partir ou de rester ? demande Eléa 2

d'une voix neutre en la fixant de ses yeux clairs. Tu dois énoncer ton choix à haute voix devant le comité des Dix. Quelle que soit ta décision, elle sera irrévocable.

La veille au soir, chaque adolescent avait été libéré du champ de force puis conduit dans une cellule individuelle, rendant ainsi toute communication entre eux totalement impossible. La pièce qu'occupait Analia était étrangement rassurante. Peut-être parce qu'elle ressemblait beaucoup à sa propre chambre si ce n'est qu'elle était dotée d'un perfectionnement supplémentaire qu'Argoz lui avait montré quand il l'avait accompagnée : les murs blancs pouvaient se transformer à volonté en forêt profonde, désert de sable, ville du passé, ciel étoilé… il suffisait d'une simple pression sur la paroi. Comme la salle de voyage où l'avaient emmenée ses parents quand elle était toute petite ! Elle avait pu courir dans un drôle de paysage aux couleurs ocre au milieu d'animaux tout aussi étranges, certains avaient des rayures noires et blanches sur le corps, d'autres, des cous démesurés qui leur permettaient d'atteindre les hautes branches des arbres. Elle avait d'abord cru que ces animaux étaient tout droit sortis de l'imagination du concepteur, mais ses parents lui avaient certifié qu'ils avaient bel et bien existé au temps des Grandes Terres. Pourquoi ce souvenir lui donnait-il soudain envie de pleurer ? Parce qu'elle était entre ses deux parents, ses petites mains glissées dans les leurs, tellement certaine que rien de grave ne pourrait jamais arriver ? Son père avait l'air si grand et si fort, et il y avait Jonas Samson, ce lointain ancêtre bienveillant, qu'elle remerciait chaque matin ! Tous les adultes étaient là pour la protéger ! Mais là, elle n'avait plus la moindre envie de contempler les images d'un monde enfoui. Assez d'illusions ! de mirages ! de mensonges ! La réalité, c'est qu'elle était séquestrée dans cette cellule blanche située à plusieurs centaines de mètres au fond de l'océan. Alors elle s'était mise à arpenter nerveusement le sol de la pièce et, quand elle en avait eu assez de tourner en rond, elle s'était allongée sur la couchette ronde qui s'était aussitôt adaptée à son corps pour lui offrir une coquille protectrice. Puis elle avait contemplé le plafond blanc. Obstinément. Interminablement. Cherchant vainement un point où fixer son regard. Un défaut ! une tache ! une fissure ! Mais il était uniformément lisse. Elle savait qu'au même instant, Aylan, Shani et Joao, étaient dans des cellules semblables, seuls eux aussi, face à cette décision qu'il fallait prendre sans consulter personne et qui changerait définitivement le cours de leur existence.

À bien y réfléchir, son propre choix n'était pas si compliqué : elle souhaitait plus que tout partir avec Aylan, peu importe où ils iraient ! N'importe quelle vie, si difficile qu'elle fût, si aride que soit le sol qu'ils fouleraient, si dure que soit la couchette où ils s'allongeraient, prendrait sens du moment qu'il serait à ses côtés. Elle faisait confiance au comité des Dix pour les envoyer à l'autre bout de la terre. Ils avaient vu le ventre de l'ogre, ils connaissaient le secret, il faudrait faire en sorte qu'ils ne puissent jamais revenir. Puis, soudain, elle avait pensé à sa famille, son père disparu, son grand-père qui risquait d'avoir de gros problèmes à cause d'elle, elle avait revu le visage amaigri de sa mère et la bouille réjouie d'Aïko le soir où ils s'étaient allongés sous la tour Eiffel. Alors elle avait éclaté en sanglots en songeant à tout le mal qu'elle allait leur infliger. Peu importait au fond, qu'ils soient ses parents biologiques ou pas, elle savait au plus profond de ses entrailles qu'ils l'avaient toujours aimée et protégée. Si elle acceptait d'intégrer le corps des Alphas, les membres de sa famille ne seraient pas inquiétés, elle pourrait veiller secrètement sur eux. Oseraient-ils externaliser Nilo et Idriss ? Jamais on n'avait expulsé d'anciens auparavant ! Mais les autres se contentaient de prendre leurs pilules et de s'asseoir dans le jardin pour humer le parfum des fleurs, aucun ancien avant ces deux-là n'avait songé à pénétrer dans le système informatique de l'archipel pour modifier les paramètres de sécurité ! Quoi qu'il en dise, Nilo s'était beaucoup affaibli ces derniers temps, il ne pourrait jamais supporter les conditions de vie à l'extérieur. Et ce serait elle, et elle seule la responsable de sa mort. Mais rester, c'était perdre Aylan et devenir complice de ce qu'elle avait découvert. Elle savait que ce qu'elle avait vu dans la Centrale était définitivement imprimé sur sa rétine. Il suffisait qu'elle pense aux cadavres emprisonnés dans ces sortes de méduses géantes pour avoir immédiatement la nausée. Alors rester en espérant faire évoluer le système de l'intérieur ?

Au bout d'un moment, elle n'avait plus supporté le confort moelleux de la couchette et elle avait passé une partie de la nuit à arpenter à nouveau la cellule comme une bête en cage. Enfin, n'y tenant plus, elle avait pressé la paroi d'une main furibonde pour que les images se succèdent à un rythme effréné : montagnes enneigées, vastes prairies fleuries, cascades monumentales, forêts sombres et épaisses, fêtes foraines, rues bondées, désert de sable, immense fleuve glissant comme un serpent dans la verdure, oiseaux multicolores perchés dans des arbres, elle avait appuyé encore et encore, elle souhaitait plus que tout revoir ces drôles d'animaux à longs cous qu'elle avait aperçus dans son enfance, mais ils ne faisaient visiblement pas partie de la banque d'images mises à sa disposition. Elle avait fini par s'allonger à même le sol, en position fœtale, écrasée par l'ampleur de la décision à prendre.

Et maintenant, elle est là, debout au centre de la salle. La toute première à passer devant le comité des Dix. Les trois autres ne sont pas encore entrés. Les adultes qui lui font face attendent patiemment sa réponse. Sans manifester la moindre émotion. Avec une certaine indifférence. Pourtant, sans doute n'est-ce qu'une illusion, il lui semble déceler une étincelle de compassion dans le regard doré de la magnifique femme noire au crâne rasé qui se tient sur la droite. Elle se souvient qu'elle se nomme Yola.

— Je te prie d'énoncer maintenant ta réponse à haute et intelligible voix, exige Eléa 2.

Analia contemple ses yeux qui, semblables à deux pierres froides, la fixent sans ciller et c'est à haute et intelligible voix, sans la lâcher du regard, qu'elle énonce sa réponse :

— Je pars !

Elle voit dans le regard d'Elea 2 une petite lueur de surprise qui disparaît aussitôt.

— Très bien, enchaîne cette dernière d'une voix totalement neutre, le comité des Dix accepte ta décision. Ton bracelet va être ôté et tu ne comptes plus, désormais, au nombre des enfants d'Eden Island. Toute trace de ton existence sera supprimée du système central. Ton externalisation aura lieu dans les prochaines heures et tu n'es, bien sûr, pas autorisée à revoir ta famille avant ton départ.

Analia la défie du regard, si cette femme attend qu'elle craque, qu'elle la supplie finalement de rester, elle peut toujours rêver. Elle a épuisé toutes ses larmes la nuit précédente. Balayé ses doutes et ses peurs. Aujourd'hui, elle est décidée. Armée. Caparaçonnée. Rien ne pourra plus l'atteindre ! Par les mots qu'elle vient de prononcer, elle sait qu'elle a scellé son destin. Et elle est prête à l'affronter !

Deux gardes s'approchent d'elles. Ils ne la contraignent pas à quitter la pièce, juste à se mettre sur le côté pendant que Shani arrive et se positionne à son tour devant le comité des Dix.

— As-tu choisi de partir ou de rester ? demande Eléa 2. Tu dois énoncer ton choix à haute voix devant le comité des

Dix. Quelle que soit ta décision, elle sera irrévocable.

Shani balaie la salle d'un regard paniqué. Ses yeux se fixent un instant sur Analia à qui elle semble adresser une sorte de prière muette.

— Ta décision ? l'interroge Eléa 2.

— Je reste.

Sa voix est tellement faible qu'Analia pense avoir mal entendu.

— Tu dois énoncer ta décision à haute et intelligible voix, précise la dirigeante.

— Je reste, répète Shani plus fort.

— Le comité des Dix accepte ta décision. Tu intégreras le corps des Alphas dans les prochaines heures après avoir prêté serment. Je te prie de te ranger sur le côté.

Shani se dirige du côté opposé à celui où se tient Analia. Cette dernière essaie de capter son regard, mais l'adolescente qui fut si longtemps son amie garde maintenant le visage obstinément baissé. C'est ensuite au tour de Joao de s'avancer au centre de la pièce. Comme Shani avant lui, il regarde toutes les personnes présentes, mais avec une assurance tranquille. À la question d'Elea 2, il répond, après un court silence :

— Je reste.

— Le comité des Dix accepte ta décision, répète la dirigeante. Tu intégreras le corps des Alphas dans les prochaines heures après avoir prêté serment. Je te prie de te ranger aux côtés de Shani.

Contrairement à Shani, il n'hésite pas à regarder Analia sans qu'elle puisse déchiffrer quoi que ce soit dans ses yeux. Elle sent soudain quelque chose de froid et d'horriblement douloureux s'insinuer en elle : la peur. Elle se rend compte qu'avec une grande naïveté, elle avait cru jusqu'ici qu'ils allaient partir tous les quatre. Comme une évidence. Comment Shani et Joao pouvaient-ils prendre une telle décision après ce qu'ils avaient découvert ?

Sa respiration devient de plus en plus difficile, une main d'acier semble jouer avec ses entrailles, elle sent la sueur dégouliner dans son dos. La carapace qu'elle s'était forgée la veille est en train de voler en éclats. Elle a beau s'exhorter au calme, les battements de son cœur s'accélèrent pour atteindre leur paroxysme au moment où Aylan pénètre à son tour dans la pièce. D'un seul regard, il embrasse l'ensemble de la scène. Analia, seule de son côté, le comité des Dix, les gardes, et enfin Joao et Shani, côte à côte dans l'angle opposé de la pièce.

— As-tu choisi de partir ou de rester ? demande Eléa 2. Tu dois énoncer ton choix à haute voix devant le comité des Dix. Quelle que soit ta décision, elle sera irrévocable.

— Je pars, répond-il sans l'ombre d'une hésitation.

Chapitre 30

« Adam et Eve vivaient dans le jardin d'Eden, un lieu d'harmonie où la souffrance et la peur avaient été bannies. Mais un jour ils prirent la mauvaise décision et Dieu, à son grand regret, fut contraint de les chasser. Ainsi en va-t-il de chaque citoyen d'Eden Island qui ne respecte pas les règles édictées pour le bien commun. »

Extrait du journal de Jonas Samson

Un silence écrasant règne à l'intérieur du solavion qui poursuit sa course linéaire dans le ciel azuré. Aylan et Analia sont debout contre des plaques métalliques les empêchant d'effectuer le moindre mouvement. Le même pansement à leur poignet droit témoigne de l'extraction du bracelet. De part et d'autre des deux prisonniers se tiennent les jumeaux Argoz et Gozrek. Shani et Joao sont tous deux assis face à eux. Ils sont montés quelques minutes avant le décollage et aucune parole n'a été échangée depuis. Analia qui pensait ne jamais les revoir ne comprend toujours pas ce qu'ils font là, mais elle se refuse à poser la moindre question. Elle essaie de faire abstraction de tout ce qui l'entoure hormis la présence d'Aylan qui la regarde comme s'il voulait lui insuffler un peu de sa propre force. Après que chacun ait fait part de sa décision, ils avaient été à nouveau séparés. Elle avait été emmenée dans une salle où on l'avait anesthésiée pour lui ôter son bracelet. Puis elle s'était réveillée peu avant le décollage, le corps emprisonné contre la plaque avec une horrible sensation de brûlure dans le poignet.

La douleur s'est depuis atténuée, ne subsiste plus maintenant que l'étrange sensation de manque créée par l'absence du bracelet.

— Pourquoi sommes-nous ici ? finit par demander Shani aux deux jumeaux. Joao et moi avons décidé de rester, nous n'avons donc rien à faire dans ce solavion.

Argoz lui jette un regard moqueur avant de répondre :

— Eléa 2 a peut-être pensé que vous souhaiteriez saluer vos amis avant leur départ définitif.

— C'est absurde, s'énerve Shani, nous avons choisi de prendre des routes différentes, chacun avait le choix… Que cherchez-vous à faire ? Vous voulez nous piéger ?

— Ou alors, vous avez finalement décidé de nous expulser aussi ? demande à son tour Joao qui peine à rester immobile sur son siège.

Gozrek lui adresse un petit sourire énigmatique :

— N'aie pas peur, barbare, tu veux vivre à Eden Island, tu vivras à Eden Island. Seulement pour que ton rêve se concrétise, tu vas devoir nous prouver ta loyauté. Un peu de patience.

La tension à l'intérieur de l'appareil devient de plus en plus tangible. Aylan regarde pensivement celui qui a été si longtemps son ami. Comme s'il pouvait trouver des réponses sur son visage.

— Tu veux savoir pourquoi j'ai décidé de rester, c'est ça ? demande Joao en le regardant à son tour dans les yeux. C'est comme si je pouvais lire dans tes pensées : mais comment Joao a-t-il pu prendre une telle décision ? C'est ça, hein, que tu te demandes ? l'interroge-t-il.

— J'avoue ne pas comprendre, dit Aylan d'une voix dénuée d'animosité.

— J'en ai toujours rêvé, tu le sais, répond Joao sans détourner le regard, on en parlait, souviens-toi quand on devait surveiller ces stupides légumes ! Et maintenant, c'est à portée de main. Pourquoi est-ce que je n'accepterais pas, qu'est-ce qui m'attend de mieux dehors ?

— Tu as pourtant vu l'envers du décor…, intervient Analia.

— J'ai rien vu du tout. Vous dites qu'ils recyclent les cadavres pour en faire de la matière première… et alors ? Ils ne les tuent pas exprès que je sache… je me fiche éperdument de ce qu'ils peuvent faire de moi après ma mort ! S'ils veulent me recycler, je ne trouve pas ça plus terrible que de croupir sous la terre ou au fond de l'océan.

— On pouvait partir ensemble…, remarque Aylan d'une voix lasse. Je pensais…

— Tu pensais quoi ? enchaîne brusquement Joao sous le regard apparemment fasciné des deux jumeaux. Que te suivre était pour moi plus important que tout le reste ? Le brave Joao, le bon copain, l'éternel second, le brave toutou… Ça t'a posé un problème, toi, de me laisser à Pedrosa quand ils sont venus te recruter ? Tu es parti avec ta famille, peu t'importaient les gens que tu laissais derrière toi ! J'ai tellement pensé à toi : chaque soir, j'essayais d'imaginer ce que devait être ta vie au-delà de la barrière ! J'aurais tout donné pour être à ta place ! Je ne te dois rien, Aylan, chacun de nous est libre de ses choix ! Tu as fait le tien, et moi j'ai décidé de rester ! C'est aussi simple que ça !

— Il a raison, intervient Shani d'une voix posée. Rien ne l'obligeait à prendre la même décision que toi.

— Et toi ? l'interroge Aylan, toi qui te révoltais constamment contre le système…

— Peut-être que je suis moins rebelle que j'en ai l'air ! J'ai longuement hésité, soupire Shani, et j'ai fini par conclure que je serai plus utile ici.

Elle cherche le regard d'Analia. Cette dernière finit par tourner la tête afin de la dévisager à son tour.

— Je crois que je pourrai changer les choses en restant,

insiste Shani, les Alphas sont puissants ! Ils sont en contact avec le comité des Dix. On pourra peut-être accueillir davantage de réfugiés, revoir le principe des bracelets, prendre plus de décisions avec l'accord de la population… leur dire, un jour, la vérité…

— Tu ne crois pas un mot de ce que tu dis ! Mais libre à toi de te bercer d'illusions si ça suffit à te donner bonne conscience. Tu vas devenir la complice d'un système que tu dénonçais toi-même, lâche Analia d'un ton acide.

— Je persiste à croire que c'est de l'intérieur qu'on peut faire évoluer les choses ! Fuir ne sert à rien… C'est la guerre à l'extérieur… la sécheresse, la famine…

— La liberté, enchaîne Analia.

— La liberté ? Tu dis ça parce que tu as toujours vécu ici, remarque Joao. Tu ne sais pas ce que c'est que d'avoir faim, d'avoir peur… La liberté, ce n'est pas ça qui remplira ton estomac quand tu crèveras de faim…

— Tais-toi, intime Aylan. Il est inutile de rendre les choses encore plus difficiles !

— Elle ne sait même pas dans quoi elle s'engage, conclut Joao d'un ton désabusé.

— Elle condamne toute sa famille pour te suivre, enchaîne Shani. Alors si on pouvait éviter les leçons de morale…

— Tout cela est à proprement parler fascinant, intervient Gozrek avec un sourire narquois. Qui a tort ? Qui a raison ? Où se trouve la vérité ? Il est vraiment regrettable que je sois obligé d'interrompre ce passionnant débat, mais nous approchons à grands pas de votre destination, déclare-t-il aux deux adolescents. Le solavion va descendre à très basse altitude, la trappe s'ouvrira sous vos pieds et grâce à ce petit appareil que je tiens dans ma main, le champ de force qui vous maintient contre la paroi sera désactivé.

— Et vous n'aurez plus qu'à vous laisser tranquillement

glisser vers un monde meilleur, termine son frère en haussant un sourcil ironique.

Il s'interrompt, laissant aux adolescents quelques instants pour bien comprendre ce qu'il vient de dire. Puis il se tourne vers Shani qu'il dévisage un court instant :

— Tiens, c'est toi qui vas désamorcer le champ de force, annonce-t-il en lui lançant la petite sphère qu'il tient dans la main.

Cette dernière l'attrape par réflexe en regardant Gozrek d'un air hébété.

— Non, je ne peux pas faire ça ! s'insurge-t-elle. C'est impossible !

— Oh que si, dit-il en la regardant froidement, c'est toi qui vas avoir le privilège de précipiter ton amie vers ce monde libre dont elle a tant rêvé !

— Non ! crie Shani. Vous ne pouvez pas me demander de faire ça !

— Encore un nouveau dilemme ! s'amuse Gozrek. Suis-je une mauvaise personne si j'appuie sur le bouton ou est-ce qu'au contraire, je montre mon courage en accomplissant mon devoir ?

— Tu vas le faire, intervient Argoz d'un ton plus solennel, car c'est le premier acte par lequel tu vas prouver ta loyauté envers l'archipel.

Elle regarde tour à tour les deux jumeaux d'un air égaré.

— Et Joao fera la même chose pour Aylan.

— Je vous en supplie, ne me demandez pas ça, insiste Shani.

— Tu vas le faire, à moins que tu ne préfères partir avec eux ! insiste Argoz sans se départir de son calme.

Shani lance un regard affolé en direction d'Analia.

— Je ne pourrai jamais vivre avec ça ! Faites votre sale boulot tout seul !

— Trop d'affect, de désirs contradictoires, d'émotions incompatibles ! Les Alphas doivent se débarrasser de tous les sentiments encombrants pour être efficaces, le remords en fait partie…, constate Argoz d'un ton désabusé.

— Et je vais devenir comme vous, c'est ça ? s'insurge Shani.

— Qu'est-ce que ça change ? remarque Joao d'une voix calme. Ce sont eux qui ont décidé de partir. Si ce n'est pas nous qui appuyons, ils le feront quand même ! Ça n'a aucune importance !

— Je vois que tu apprends très vite, jeune barbare, remarque Gozrek en lui jetant un coup d'œil amusé, peut-être que tu feras un bon Alpha en fin de compte.

— Ça a de l'importance pour moi ! hurle Shani. Il n'a jamais été question de faire une chose pareille !

— Il a raison, intervient soudain Analia d'une voix déterminée. Que ce soit toi ou quelqu'un d'autre qui appuie sur le bouton ne change absolument rien. C'est nous qui avons pris cette décision, alors faites ce qu'ils disent et qu'on en finisse !

Shani semble hypnotisée par la petite sphère qui repose au creux de sa main, une simple pression et son amie disparaîtra à jamais de son existence. Analia se raidit contre la plaque, elle ne souhaite plus qu'une chose : en finir ! Peu importe quelle sera la main qui ouvrira la trappe, elle veut partir… Tout, plutôt que de rester là emprisonnée entre deux mondes ! Il lui suffit de jeter un coup d'œil à Aylan pour lire dans son regard qu'il éprouve la même impatience.

— Pressés de nous quitter ? demande Gozrek comme s'il lisait dans leurs pensées. Il va pourtant falloir patienter encore un peu, ajoute-t-il en reprenant la petite sphère dans la main de Shani. Il reste encore une toute dernière formalité.

Le visage d'Eléa 2 apparaît soudain en gros plan contre la paroi de l'appareil. Ses yeux d'acier dévisagent les différents occupants avant de se fixer sur Aylan.

— J'ai une information à te donner avant que tu ne nous quittes, annonce-t-elle sans que son visage exprime le moindre sentiment. Étant donné les derniers évènements, nous avons été contraints de déposer ta mère et ta sœur sur une île qui nous semblait plus sécurisée que Pedrosa. Mais les choses n'ont pas évolué comme prévu et cette île est désormais aux mains des pilleurs. Au vu de ces circonstances exceptionnelles, nous avons décidé de te donner le choix : soit nous te déposons ici avec ton amie, soit nous te conduisons auprès de ta famille. À toi d'opter pour la solution qui te semble la plus adaptée.

Le visage de la dirigeante disparaît aussitôt, laissant place à un silence sidéré. Analia sent son sang se figer dans ses veines. Sa respiration s'accélère brutalement sous l'effet de la panique. La trappe vient de s'ouvrir emplissant soudain l'appareil d'un air brûlant. Elle aperçoit le sol quelques mètres au-dessous de l'appareil. Seul le champ de force qui la relie à la plaque l'empêche de tomber. Elle se tourne aussitôt vers Aylan qui lui rend un regard totalement paniqué.

— Aylan…

À peine a-t-elle le temps de prononcer son nom qu'elle se sent glisser dans le vide. Elle chute brutalement avant de s'effondrer quelques mètres plus bas sur un sol souple constitué d'un amas de déchets. Mais pour le moment, elle ne voit rien de ce qui l'entoure, pas plus qu'elle n'est sensible à la chaleur torride qui règne à l'extérieur, son œil hagard regarde fixement la trappe ouverte du solavion. Aylan va forcément la suivre, il ne peut pas en être autrement. Jamais il n'oserait l'abandonner ! Pas ici ! Pas maintenant ! Pas comme ça ! C'est impossible ! Inconcevable ! Elle a tout quitté pour le suivre ! elle a mis sa propre famille en danger parce qu'il est son double, celui sans qui plus rien n'a de sens. Son cœur cogne dans sa poitrine de façon de plus en plus désordonnée. Elle va voir son corps surgir du solavion. Il va à son tour s'écraser lourdement près d'elle et c'est ensemble, main dans la main, qu'ils vont affronter ce nouvel univers hostile ! Chaque parcelle de son corps est tétanisée, ses pupilles démesurément dilatées sont rivées sur l'appareil. Elle hurle son nom en tendant les bras vers le ciel ! Le temps semble suspendre son cours pendant quelques instants avant que la trappe ne se referme, sonnant ainsi le glas de tous ses espoirs.

Pourtant, les yeux levés vers le ciel, elle ne peut s'empêcher d'espérer encore. Même si la trappe vient de se refermer. Même si l'appareil commence déjà à s'élever lentement. Même s'il est désormais évident qu'il a choisi de l'abandonner là, seule au milieu des déchets. Et quand cette insupportable réalité parvient enfin à se frayer un chemin dans les ramifications de son cerveau réfractaire, la douleur explose en milliers d'éclats qui semblent transpercer chacun de ses organes. Au moment où elle s'effondre sur le sol, il lui semble pourtant entendre une voix qui hurle son nom, mais sans doute n'est-ce que l'écho de son propre cri…

À suivre…

Bientôt

Précédemment

Imprimé en France en janvier 2021
par l'Imprimerie Maury S.A.S. à Millau (12)

Dépôt légal : janvier 2021
N° d'impression : L20/60300E

PEFC 10-31-2774 / Certifié PEFC / Ce produit est issu de forêts gérées durablement et de sources contrôlées. / pefc-france.org